WIE MAN EINE FEE ZÄHMT

WINTERDORNEN

MILA YOUNG

CONTENTS

WINTERDORNEN BÜCHER

Wie man eine Fee fängt
Wie man eine Fee verführt
Wie man eine Fee zähmt
Wie man eine Fee behauptet

WIE MAN EINE FEE ZÄHMT

Der Zauber, der ihr Schicksal an ihre Königreiche band,
hat einen lähmenden Fluch freigesetzt. Sie ist das Einzige,
was zwischen ihnen und der totalen Zerstörung steht...

Ich kann weder meine Kräfte noch die grüblerischen Prinzen
kontrollieren, die mich nicht aus den Augen lassen. Und ich
kann meine Geheimnisse nicht lange verbergen. Das ängstigt
mich so sehr wie die düsteren Vergangenheiten, die meine
kriegerischen Prinzen verfolgen.

Es ist falsch, sie an meiner Seite haben zu wollen, doch ich
will es. Ich brauche sie, ganz besonders hier auf dem
Feenhof, einem gefährlichen Ort, an dem sich noch viele
weitere Feinde vor den Augen aller verstecken... und ich
fürchte, dass sich unter ihnen meine eigenen Eltern
befinden, die nur darauf warten, mein Leben zu beenden.

Nicht, dass auch nur irgendetwas davon eine Rolle spielen
würde, wenn ich meine Kräfte nicht unter Kontrolle
bekomme.

Sie haben mich bereits so viel gekostet und uns alle in große Gefahr gebracht.

Da mir die Zeit, jemanden aus meinen eigenen Reihen davor zu retten, zu einer verfluchten Kreatur zu werden, wegrennt, muss ich mich auf meine unberechenbaren Kräfte und meine Verbundenheit mit den Prinzen verlassen, damit wir einen weiteren Tag erleben können.

Mit jedem Sieg jedoch bricht ein weiterer Schatten über uns herein. Unsere Chancen, dies lebendig zu überstehen, schwinden mit jedem Schritt in Richtung der Wahrheit hinter diesem heimtückischen Fluch und dem Schicksal, das mich erwartet, wenn all dies vorbei ist.

FEENLEGENDEN

Es gibt eine Legende, die besagt, dass wenn sich für einander bestimmte Seelen treffen, das Universum die Sterne in Bewegung setzt, um sicherzustellen, dass ihre Liebe überlebt.

1

DEIMOS

Meine Lippen streichen über die sanfte Wölbung von Guendolyns Hals und ich küsse sie an ihrem Schlüsselbein herab. Sie führt meinen Kopf zu ihren vollen Brüsten. Ihre Brustwarzen scheuen sich nicht zu antworten und drücken sich steif aufgestellt gegen den Stoff ihres blauen Kleids. Ich lege meinen Mund über eine von ihnen und uns trennt nur noch der Stoff.

Ihr Atem wird schneller, sie stöhnt und legt mir ihre Arme um die Schultern. Dabei vergraben sich ihre Finger in meiner Haut. Ich drücke sie gegen die Wand, mit ihren köstlichen Beinen um meine Hüften geschlungen und ihrem blauen Kleid bis zum Bauch hochgeschoben. Meine Finger streicheln diese wunderschönen, angeschwollenen Lippen zwischen ihren Beinen. Sie ist so verdammt feucht, atemberaubend und an genau der Stelle, an der ich sie haben will.

Ich hebe meinen Kopf und fange ihre Lippen

wieder ein. Ihr Duft lähmt mich und der Geschmack ihres Mundes erweckt einen intensiven, rauen Hunger in mir. Sie küsst mich mit brutaler Leidenschaft und ich ramme ihr meine Zunge in den Mund. Mein Schwanz kämpft in meiner Hose, als ich diesen chaotischen Kuss erwidere. Meine Finger umspielen ihre Knospe und necken ihren Kitzler.

Ich brauche so viel mehr von ihr. Ich brauche alles, immer und immer wieder.

Sie stößt meinem Mund einen Atemzug entgegen. Gleichzeitig wandert ihre Hand zwischen uns nach unten und streichelt meine Erregung durch meine Hose hindurch auf und ab. Die Reibung macht mich absolut verrückt. Ich dränge meinen Schwanz gegen ihre Hand und gebe ihr zu spüren, wie hart ich bin, wie verdammt heftig ich sie jetzt sofort nehmen will.

Ich drücke erst einen Finger in sie, dann zwei. Sie wirft ihren Kopf zurück, während ihr ein Jammern über die Lippen kommt. Sie weckt ein schmutziges Gefühl voller Begierde in mir. Ich bin so geil, ich kann mich kaum zurückhalten.

„Gott, du fühlst dich unglaublich an", knurre ich.

Sie gehört mir und ich gehöre ihr.

So sollte es immer sein.

Sie und ich.

Küssend.

Fickend.

Überall.

Mein Herz hämmert wild in meiner Brust, da ich mich so zu ihr hingezogen fühle. Dieses Gefühl schlägt förmlich in mich ein. Es schlägt so stark ein, dass es

Spuren hinterlässt, als ich realisiere, wie stark ihr Einfluss auf mich ist.

Meine Hoden haben sich stark zusammengezogen und schmerzen in Aussicht auf Erleichterung. Ich lecke über ihren Hals und die Erinnerungen, als ich sie endlich auf der Erde gefunden habe, kommen zu mir zurück. Dieses verlorene Mädchen, das daran erinnert werden musste, wer sie ist. Unsere gemeinsamen Zeiten werde ich nie vergessen und sie heizen mich bei jedem Lecken mit meiner Zunge weiter an. Wie wir durch die Wälder des Königreichs der Irrfahrten geflohen und um ein Haar den Blutverfluchten entkommen sind, bevor sie in unser Königreich eindringen konnten. Wie sie sich noch immer nicht an unseren letzten Besuch des Königreichs und meinen Bruder Luther, der darauf bestand, dass sie ihm gehört, erinnern konnte. Die Gedanken, wie kurz wir doch davorstanden, Guendolyn zu verlieren, schießen mir durch den Kopf. Mein Gehirn gibt verdammt nochmal keine Ruhe.

„Deimos." Sie schnurrt meinen Namen und ich hebe meinen Kopf. Sie blickt mich mit ihren berauschenden, ozeanblauen Augen an. Ihr weißblondes Haar ist zerzaust und noch immer leicht feucht vom Bad, das sie gerade genommen hat. Ihr Blick bleibt aber auf mich fixiert... Ihre Augen waren das Erste, was mir an ihr aufgefallen ist, als ich sie vor zwei Jahren bei ihrem Besuch im Königreich der Irrfahrten kennengelernt habe. Damals, als sie uns zum ersten Mal traf, hatte sie keine Ahnung, mit wem sie es zu tun hat und wusste auch nichts von den

Schwierigkeiten, in die sie hineingeraten war. Dieses Verlangen, das ich schon damals nach ihr verspürte, hat sich nie aufgelöst. Es wartete auf den Moment, wenn wir wieder miteinander vereint wären. Darauf, dass ich es durch das Portal schaffe, um sie aus der menschlichen Welt zu holen und sie zurück ins Königreich der Irrfahrten zu bringen, wo sie hingehört. Sie mag es vielleicht noch nicht akzeptieren, doch schon bald wird sie es als ihr neues Zuhause ansehen.

Sie wird weich wie Butter in meinen Armen. So habe ich sie mir vorgestellt. Gespreizt und feucht und nach mir verlangend. Ich knabbere an ihrer Unterlippe und ziehe mit meinen Zähnen zärtlich daran. Ich fingere sie härter und schneller.

Ihr Blick wird leer und ihr Körper zuckt vor Vergnügen. Ich könnte mich daran gewöhnen, sie jeden Tag an meiner Seite zu haben.

Tief in mir baut sich ein Schmerz auf, hin zu dem Punkt, dass es beinahe wehtut. Ich weiß nicht, wo er herkommt, doch ich verdränge ihn zusammen mit meinen Gedanken. Was ich jetzt will, befindet sich genau vor mir. Ich brauche sie dringend.

Ich bin voller Vergnügen, als die Energie in meinen Armen herabströmt. Alles, was ich spüren kann ist das Gefühl, das in mir pocht und die Erregung, die in mir aufsteigt.

Guendolyns Körper zittert, während ich sie weiter mit meinen Fingern stimuliere. Sie stöhnt lauter und meine Welt dreht sich. Ich ertrinke in ihrer Gegenwart, in der Lust, die meinen Schwanz sich anspannen lässt. Es scheint, als ob der ganze Raum vibriert, obwohl ich mir sicher bin, dass das nur in meinem Kopf ist.

Sie ist vollkommen bereit für mich.

Ich stehe auf Messers Schneide und verliere beinahe die Kontrolle. Ihr gegenüber verhalte ich mich wie ein wildes Tier. Ihr Kleid habe ich ihr vom Körper gerissen und ich bin ganz ungehalten mit ihr. Ich will sie schreien hören, während ich sie hart ficke.

Meine Haut kribbelt von der plötzlich aufkommenden Energie, die meine Arme entlang schießt und sich wie kleine Bisse anfühlt. Diese Energie fühlt sich wie meine eigene an, obwohl ich meine Kräfte nicht heraufbeschwört habe. Noch bevor ich mich zurückziehen und allem einen Sinn geben kann, läutet in der Ferne eine große Metallglocke. Der Klang rollt wie Donner durch das gesamte Königreich und signalisiert den Durchbruch unserer Grenzen.

Gott verfluche die Sieben Höllen des Königreichs der Irrfahrten.

Die Glocke läutet weiter.

MIST! Ich halte inne und atme tief durch. Plötzlich steigt Panik in meiner Brust auf bei dem Gedanken daran, dass die Dinge zum schlechtmöglichsten Augenblick schieflaufen müssen.

Guendolyn erstarrt in meinen Armen.

Ich reiße schwungvoll meinen Kopf nach oben und ziehe mit einer fließenden Bewegung meine Finger aus ihrem süßen Kern. Dann nehme ich sie hoch in meine Arme und setze sie auf ihren Füßen ab.

Das Läuten hört nicht auf und hämmert sich in meinen Kopf. Jeder Schlag vibriert in mir. Jemand ist in

das Königreich eingedrungen. Es müssen die Blutverfluchten sein.

„Scheiße!", zische ich durch meine zusammenge-
bissenen Zähne und stürme zur Tür hinüber. Mein
Herz schlägt wie wild.

„Was ist los?"

Ich kann die Angst in ihrer Stimme hören, während
sie mir folgt. Doch ich unterdrücke das Verlangen, sie
wieder in meine Arme zu schließen und ihr zu sagen,
dass alles gut werden wird. Wir sind gerade erst heute
im Herrenhaus angekommen und haben Guendolyn
gesagt, dass wir sie vor dem König geheim halten
müssen. Solange, bis wir herausfinden, wie sie ihre
Macht nutzen kann, um den Fluch, mit dem unser
Königreich belegt wurde, zu brechen. Dieser Plan wäre
aber gottverdammte Verschwendung, wenn das Königreich in den nächsten Stunden fiele. Zwischen meinen
Schulterblättern brennt die Anspannung.

„Das Königreich wird angegriffen", erkläre ich.
„Diese Glocke, die du hörst, signalisiert einen Durchbruch in der Schutzbarriere." Noch während ich
spreche reiße ich schwungvoll die Tür auf.

Die Dienstmädchen rennen panisch den Flur
entlang. Mein Verstand befindet sich im Überlebens-
modus und das Adrenalin schießt durch meine Adern.
Das letzte Mal, als diese Glocke läutete, war vor zwei
Jahren. Damals, als Guendolyn ohne es zu wissen, den
Fluch über unser Königreich gebracht hat, sie unserer
Welt entrissen und zurück auf den Planeten, auf dem
sie großgezogen wurde, katapultiert wurde. Seinerzeit,
als diese blutsaugenden Blutverfluchten über unser

Zuhause hergefallen sind. Wochenlang haben wir gegen sie gekämpft und dabei so viele Leben beklagt. Das darf nicht nochmal passieren. Nicht, wenn Guendolyn auch hier in Gefahr ist.

„Sind es die Blutverfluchten?", fragt sie.

Ich wende mich ihr zu. „Bleib hier. Ich werde herausfinden, was los ist und komme dann zurück."

„Vielleicht kann ich—"

„Nein, du bleibst hier." Ich gebe ihr rasch einen Kuss auf den Mund und stürme aus dem Zimmer, die Tür hinter mir schließend.

Ich habe keine Zeit, um mit ihr zu streiten, und ich kann sie unmöglich dieser Gefahr aussetzen.

Schwere Schritte begleitet von Stimmen hallen den Flur entlang und ich renne in ihre Richtung. Mein Blick fällt auf jeden Schatten, auf der Suche nach einem Zeichen der Unruhe.

Um die Ecke steht Mael, Ahrens Ratgeber, großgewachsen und mir mit dem Rücken zugewandt. Er brüllt die Helfer an. „Hört zu! Lasst alles zurück und begebt euch sofort in die unterirdischen Zellen." Er dreht sich nach rechts und seufzt das Dienstmädchen an, das scheinbar in Schockstarre verfallen ist. „Dana, hörst du mir nicht zu?" Er schnippt mit den Fingern. Sie rafft ihren langen Rock hoch und rennt durch die Tür, die zu den Stufen führt.

Es gibt für jeden, der sich bei einem Notfall verstecken muss, unterirdische Zellen und Mael hat Recht damit, dass sich alle schnellstmöglich in Sicherheit begeben sollen.

Als hätte er meine Gegenwart gespürt, wirbelt er

herum. Seine braunen Augen sind voller Furcht aufgerissen und sein Gesicht ist blass. Sein kurzes, weißes Haar ist zerzaust, nachdem er sich bereits ein halbes Dutzend Mal mit den Fingern hindurchgefahren ist.

„Es sind die Blutverfluchten", sagte er, während er um Atem ringt. „Es sind so viele."

„An welcher Stelle sind sie durchgebrochen?", verlange ich zu wissen.

„Im Thronsaal."

Seine Antwort lässt mir meinen Mund offenstehen. „Wie bitte?"

„Eure Hoheit, sie müssen evakuieren lassen, bevor es zu spät ist", plädiert er.

Mein Innerstes gefriert zu Eis. Luther und Ahren sind mit unserem Stiefvater im Thronsaal. Wie aber sind die Blutverfluchten in den Thronsaal vorgestoßen? Er ist genau in der Mitte des Palasts. Jemand müsste sie doch bemerkt haben, als sie durch eine Wand oder unseren magischen Schutzwall gebrochen sind? Der Gedanke daran verängstigt mich.

Mael sieht mich wartend an.

„Geh mit den Anderen", weise ich an. „Wahre ihre Sicherheit."

„Aber was—"

„Es geht mir gut", antworte ich, als sich leise Schritte von hinten nähern. Ohne mich umzudrehen weiß ich, dass sie es ist. Sie hört nicht auf mich, daher überrascht es mich nicht, dass sie sich weigert, im Zimmer zu bleiben. Hat sie den Raum noch im selben Moment verlassen, als auch ich gegangen bin?

Ich wende mich Guendolyn zu. Sie starrt die Tür an, durch die die Bediensteten kurz zuvor gegangen sind, reißt aber ihre Augen sofort weit auf, als sie realisiert, dass ich sie bemerkt habe.

„Gue-Gainy, gutes Timing", tadele ich sie.

Als Antwort darauf runzelt sie die Stirn. Sie hasst diesen falschen Namen, den ich ihr gegeben habe, aber es ist jetzt nicht der richtige Zeitpunkt Mael den Anreiz zu geben, Fragen zu stellen. Jeder in diesem Königreich kennt den Namen *Guendolyn* und ich habe jetzt keine Zeit, Fragen zu beantworten.

„Mael wird dich in Sicherheit bringen, bis ich komme, um dich zu holen."

Das fesselnde Blau ihrer Augen täuscht über ihr feuriges Benehmen hinweg. Ihre Lippen zucken und ihre Nase kräuselt sich, womit meine Aufmerksamkeit auf die Sommersprossen, die auf ihrer blassen Nase verteilt sind, gelenkt wird. „Ich muss mit dir zum Thronsaal gehen."

Wie lange hat sie unser Gespräch schon belauscht?

Ihre Sturheit macht mich rasend. Ich blicke sie forsch an, während sie mit hinter dem Rücken verschränkten Händen vor mir steht, als wolle sie mich testen. Wir haben jetzt keine Zeit um uns zu streiten.

„Eure Hoheit?", fragt Mael mich.

„Das ist nicht verhandelbar." Ich erhebe meine Stimme gegenüber Guendolyn und baue mich bedrohlich vor ihr auf. Mein Herz würde zerspringen, wenn ihr etwas zustieße. Kann sie das nicht verstehen? Ich wende meinen Blick nicht von ihr ab und sage über meine Schulter hinweg zu Mael: „Nimm sie mit dir mit —falls notwendig mit Gewalt."

„Deimos, bitte nicht. Du verstehst es nicht", erwidert sie beharrlich.

„Ich verstehe sehr wohl. Bis ich die Situation im Griff habe bist du im Untergrund in Sicherheit." Ich verziehe das Gesicht.

„Nein, du verstehst es eben nicht", trotz sie mir, während sie an mir vorbeiläuft und mit Absicht meine Schulter anrempelt. Sie bleibt in der Nähe der Wand hinter einer Marmorstatue eines Adlers stehen, daher nehme ich an, sie möchte mich unter vier Augen sprechen.

Ich marschiere auf sie zu. „Was ist los? Wir haben keine—"

Sie streckt ihre Handflächen vor mir aus, darauf bedacht, dass Mael uns nicht sehen kann. Blaue Energiefäden tanzen auf ihnen herum.

Mein Atem wird schneller als ich ihre Hände betrachte. „Deine Magie—", flüstere ich, aber sie fällt mir ins Wort.

„Es ist dasselbe Gefühl, das ich jedes Mal, wenn ich das Portal zwischen unseren Welten geöffnet habe, verspürte." Ihre Worte lassen es mir kalt den Rücken herunterlaufen, als mir klar wird, was sie da gerade sagt.

Ich neige meinen Kopf nach vorne und flüstere: „Deine Magie hat den Durchbruch verursacht?"

Sie zuckt mit den Schultern und die Blässe kehrt in ihre Wangen zurück. „Ich glaube, ja." Nervös knabbert sie auf ihrer Unterlippe.

Zur Hölle! Guendolyns Magie war quasi überall. Daher ist es sehr wahrscheinlich, dass sie das Portal von außerhalb des Königreichs in Richtung des Thronsaals geöffnet hat. Mein Blut rauscht mir aus dem Gesicht.

„Und die Energie verfliegt nicht wie beim letzten Mal." Sie betrachtet ihre Hände. „Ich denke, dass das Portal noch geöffnet ist." Sie verschränkt die Hände vor dem Bauch, um die Magie, die noch ihre Hände umspielt, zu verstecken.

Die Nerven in meinen Schläfen zucken, als hätten sie ihren eigenen kleinen Herzschlag. Ich reibe meinen Unterkiefer und die Rauheit meines Bartwuchses kratzt bei meiner Berührung. Wenn das, was sie sagt, wahr ist, dann ist sie die einzige Person, die in der Lage dazu sein wird, das Portal zu schließen.

„Hast du versucht es zu schließen?"

„Ja. Das war das Erste, was ich probiert habe, aber irgendetwas stimmt nicht. Normalerweise schließt es sich von selbst. Warum aber ist dann die Magie noch immer auf meinen Händen? Ich denke, ich muss in der Nähe des Portals sein, um herauszufinden, ob das einen Unterschied macht."

Ich sortiere meine Gedanken.

Meine Entscheidung ist getroffen und ich wende mich Mael zu. „Planänderung. Sie kommt mit mir. Du stellst sicher, dass alle anderen in Sicherheit gebracht werden."

Mael sieht mich forschend an und versucht, nicht schwach zu werden, damit er nicht anfängt, zu protestieren. Er war schon immer eine gutmütige Fee

und ist mit uns in dieses Königreich gezogen, als
Mutter den König des Schattenhofs geheiratet hat. Er
hat sich immer um uns gekümmert. Mael ist fast
fünfzig Feenjahre alt und für uns mehr ein Vater, als
unser eigener es je war. Deshalb vertraue ich darauf,
dass er über dies hier kein Wort verlieren wird, falls er
etwas gesehen oder überhört haben sollte.

Er streitet nicht. Er neigt einfach nur seinen Kopf
und eilt durch die offene Tür in Sicherheit.

Ich schnappe mir Guendolyns Hand. Ein prickel-
ndes Gefühl strahlt wegen ihrer Magie meinen Arm
hinauf und ich ziehe sie rennend entlang des langen
Korridors hinter mir her. Wir sprinten die Stufen
hinunter, als mir bewusst wird, dass ich keine Waffe bei
mir habe. „Scheiße, scheiße, scheiße.“

Der dunkle, steinerne Flur, durch den wir rennen,
ist ruhig. Wir haben nur die Notbesetzung hier gehalten, um das Drama und das Gerede des Königreichs
soweit wie möglich von uns fernzuhalten, doch jetzt
spüren wir die Leere.

Wir laufen an Statuen von Bären und Wölfen
vorbei, und ich hasse diese verdammten Dinger. Unser
Stiefvater besteht auf sie, um sicherzustellen, dass
unser Herrenhaus den Anschein der Königlichkeit
wahrt. Wie zur Hölle Statuen diesen Ausdruck
repräsentieren sollen, ist mir schleierhaft.

Ich biege nach links ab, dann entlang eines langen
Korridors und halte vor meinem Zimmer inne. „Gib
mir einen Augenblick.“ Als ich die überdimensionale
schwarze Tür aufstoße, strahlt mir grelles Sonnenlicht
entgegen. Da ich Vorhänge verabscheue, die das natür-

liche Tageslicht abhalten, habe ich diese bereits vor langer Zeit von meinen Fenstern heruntergerissen. An einer Wand steht ein langes Kingsize-Bett mit schwarzen Laken und auf der anderen Seite steht ein Sessel. Das ist alles, was ich brauche. Ich gehe durchs Zimmer in Richtung der langen Holztruhe, die in der Nähe des Steinkamins steht. Mit Schwung öffne ich den Deckel und greife nach dem Schwert darin. Das Leder fühlt sich weich an und schmiegt sich perfekt in meine Hand.

Guendolyn steht im Türdurchgang und betrachtet mein Zimmer. Ihr Blick verweilt auf dem großen Bett. Was mein kleines Kätzchen wohl denkt? Wie es wohl wäre, in meinem Bett in meinen Armen zu schlafen? Ich habe vor, sie irgendwann hierher zurückzubringen und sie mit allem vertraut zu machen, da ich geplant habe, viel Zeit mit ihr zu verbringen. Aber jetzt im Moment müssen wir uns beeilen. Ich marschiere auf sie zu und nehme ihre Hand.

„Wir müssen fliehen“, sage ich.

Sie gibt keine Widerworte und der Ausdruck von Entschlossenheit zuckt über ihr exquisit hübsches Gesicht. Zusammen laufen wir den Flur entlang und folgen dem Hauptgang des Herrenhauses, der uns zu der großen Brücke, die den Palast mit unserem Herrenhaus verbindet, führt.

„Was, wenn der König mich sieht?“, fragt Guendolyn mit schwerem Atem.

Ich sehe ihr in die Augen. „Im Moment ist das unsere kleinste Sorge. Wenn wir die Blutverfluchten nicht aufhalten, wird es kein Königreich mehr geben.“

Rückblickend war einem Teil von mir klar, dass mit Guendolyn intim zu werden ihre Kräfte aktivieren könnte. Oder vielleicht habe ich einfach nur gehofft, dass es nicht passieren würde. Ich hätte es besser wissen müssen.

2

GUEN

Mein Herz schlägt mir bis zum Hals.

Der vor uns liegende Anblick erfasst mich wie eine Gezeitenwelle. Sie schlägt mir immer und immer wieder entgegen und mein Gehirn weigert sich noch immer, das sich vor uns ausbreitende Chaos zu akzeptieren. Ein spektakulärer, mit Marmor gefliester Flur, dessen Zierleisten mit goldenen Ornamenten geschmückt sind, ist mit Blutverfluchten gefüllt und die Wachmänner kämpfen in einer brutalen Schlacht gegen sie an.

Die Soldaten tragen Metallhelme und verstärkte Brustpanzer. Sie schwingen ihre Schwerter und verletzen damit die infizierten Feen. Diese Kreaturen haben ihre Seelen verloren und fordern nun nach Blut und Fleisch, um sich daran zu laben. Ein Biss genügt, um einer von ihnen zu werden. An ihren knochigen Figuren hängen Kleidungsfetzen, aber sie bewegen sich schnell—erschreckend flink—und der einzige, todsichere Weg sie aufzuhalten, ist, ihnen den Kopf abzuhacken.

Wildheit entflieht den Blicken dieser Monster, während meine Hände von der Magie, die sie freigelassen haben, kribbeln. Dieselbe Magie, die ich einatme. Sie riecht nach sterbendem Feuer, doch unter ihr erstickt noch der Gestank nach Blut die Luft.

„Wo ist der Thronsaal?", frage ich Deimos im Flur, in dem wir uns verstecken, und meine Stimme gleicht gerade so einem Flüstern, um zu vermeiden, dass die Aufmerksamkeit einer dieser Kreaturen auf uns fällt. Mein Blick schweift über den Kampf und die Haare auf meinen Armen stellen sich auf.

„Er ist gleich hinter diesem Korridor", antwortet er.

Der Klang von Metall, das auf Knochen trifft, durchflutet den Raum. In der Ferne überwältigt ein Blutverfluchter einen Wachmann. Er stürzt und sein Schwert fällt klirrend auf den Marmorboden, bevor zwei seiner Gefährten zu seiner Rettung eilen.

Deimos springt aus unserem Versteck heraus und auf eine Kreatur, die in unsere Richtung rennt, zu. Ich zucke beim Anblick der Schnelligkeit dieser Blutverfluchten zusammen, und bei der Erkenntnis, dass ich seinen Angriff auf uns nicht bemerkt habe.

Deimos holt mit seinem Schwert über die Schulter aus, schwingt die Klinge ruckartig nach vorne und durchschneidet damit grausam die Luft. Das scharfe Ende verbeißt sich direkt im Hals eines Blutverfluchten und sucht sich seinen Weg ganz hindurch. Das schlürfende Geräusch einer Klinge, die Fleisch durchtrennt, lässt sich mein Gesicht verziehen. Die Knie der Kreatur geben nach, sie geht zu Boden und schlägt nur wenige Zentimeter von Deimos entfernt mit einem dumpfen Knall auf.

Mein Herz rast noch immer und alles, woran ich denken kann, ist, wie unglaublich herrlich Deimos bei seinem furchtlosen Kampf aussieht. Diese ganzen Muskeln, das lange, weiße Haar, welches bei jeder Bewegung über seinen Rücken schwingt, seine breiten Schultern und diese mächtige Brust.

Ein weiterer kraxelnder Feind stürmt auf Deimos zu.

Deimos wirbelt herum und versetzt der Kreatur einen tödlichen Tritt in den Bauch. Sie stolpert rückwärts und knallt gegen eine Wand. Deimos verschwendet nicht eine Sekunde. Er springt ihr hinterher und rammt sein Schwert durch den Kopf des Monsters, um es dann mit einem widerwärtigen, feuchten Klang wieder herauszuziehen.

Ich suche den Raum nach den anderen Prinzen ab und entdecke Ahren, den Ältesten, im hinteren Teil des Zimmers, verwickelt in einen Kampf. Er ist mächtig und schwingt sein Schwert mit enormer Stärke. Es ist betörend ihm zuzusehen, aber ich habe keine Zeit, ihn anzublicken und mich in den Dingen, die ich mit ihm anstellen möchte, zu verlieren.

Zu meiner Linken stürmen zwei Blutverfluchte auf einen Soldaten zu. Sie springen auf seinen Rücken und das Monster schlägt brüllend vor Angst wild um sich. Dieser Anblick lässt mich erschaudern.

Deimos Bruder Luther taucht blitzschnell wie ein Ritter hinter einer Marmorsäule auf, in jeder Hand ein kurzes Schwert führend. Zwei Hiebe und die Köpfe der Kreaturen rollen von ihren Schultern. Sekunden später folgen ihnen ihre Körper und plumpsen wie Säcke zu Boden.

Diese ganze Szenerie jagt mir Angst ein. Die Blutverfluchten sind den Soldaten zahlenmäßig überlegen.

Luther steckt eine seiner Waffen in die Scheide an seinem Gürtel. Er greift mit seiner freien Hand nun nach unten, umklammert die Rückseite der Jacke des gestürzten Wachmanns und zerrt ihn wieder auf die Beine. Furcht steht dem Mann ins mit Blut bespritzte Gesicht geschrieben, doch es scheint, als sei er nicht gebissen worden. Luther klopft ihm auf die Schulter und stürzt sich wieder in den Kampf, gerade in dem Moment, als er mich dabei erwischt, wie ich um die Ecke blicke. Es dauert einen Augenblick, bis er es realisiert, und seine Augen sind voller Schock weit aufgerissen. Sie glühen in den Farben einer lodernden Flamme.

Nahezu lautlos formt er mit seinen Lippen meinen Namen und seine Stirn legt sich in Falten. Ich kann seine Stimme aber wegen dem Aufruhr und dem Donnern der Schlacht nicht hören. Sein dunkles Haar verteilt sich ganz durcheinander um sein Gesicht herum und flattert auf seinen Schultern, als er durch den Raum auf mich zu stürmt. Er trägt noch seine Jacke im Militärstil mit den Silberknöpfen, die in der Mitte nach unten verlaufen, und ein Oberteil mit hohem Kragen darunter.

„Was machst du hier?", brummt er, als sich seine

Hand um meinen Arm schließt und er mich rückwärts schiebt.

„Lass das." Ich schlage seine Hand weg und hebe meine Handflächen, um ihm die feinen Magiefäden, die noch immer auf ihnen zucken, zu zeigen. „Ich glaube, dass ich aus Versehen das Portal im Schloss geöffnet habe und die Blutverfluchten so hereingekommen sind." Meine Worte sprudeln in nur einem Atemzug aus mir heraus. „Und ich weiß nicht wie es dazu gekommen ist, weil so etwas vorher noch nie passiert ist."

Ich neige meinen Kopf und sehe mir seinen starken Unterkiefer, diese vollen Lippen, die sich nach unten verzogen haben, und seine kantigen Wangenknochen genau an. Und diese intensiven Augen, deren Blick sich förmlich durch meine Seele bohrt. Luther ist eine Fee, die mich schwachmacht, und seine Gegenwart zerdrückt mein Herz. Oft bin ich mit Bruchstücken von Träumen über ihn und seinem Namen auf meinen Lippen aufgewacht. Auch wenn unsere Vergangenheit vor mir verborgen bleibt, kann ich den Schmerz in meiner Brust spüren, dass er mir so viel mehr bedeutet als das, woran ich mich erinnern kann. Jetzt aber blickt er mich mit einem schrecklichen Bewusstwerden an, als meine Worte zu ihm durchdringen. Ich möchte nicht jemand sein, den er verabscheut oder vor dem er sich fürchtet. Dieser Gedanke ist wie eine Klinge in meinem Herzen.

„Was hast du getan, kleiner Wolf?"

Meine Atemzüge bleiben mir im Hals stecken. „Es tut mir leid." Diese Wörter kommen mir schwer über die Lippen. „Ich wollte nicht, dass das passiert. Aber ich kann es wiedergutmachen." Ich bete jedenfalls, dass ich das kann. Ich muss, denn ich kann doch nicht schon an meinem ersten Tag im Palast ihr Königreich zerstören.

Meine Hände kribbeln von der Magie, während mein Herz wie wild geworden pocht und ich darauf warte, dass Luthers Wut entbrennt. Ich kann es ihm nicht übelnehmen, denn ich habe das alles hier verursacht. Ich hätte vorsichtiger sein sollen, hätte mich daran erinnern müssen, dass, als ich Deimos das letzte Mal geküsst habe, wir uns von der Erde zu diesem Königreich teleportiert haben.

„Dann müssen wir dich in den Thronsaal schaffen", weist er mich an. Er glaubt mir aufs Wort, wohingegen in meiner Brust noch die Zweifel toben. Was, wenn ich das Portal nicht loswerden kann? Was wenn... Ich sauge einen zitternden Atemzug ein und schüttele mich. Ich kann nicht weiter darüber nachdenken. Es muss funktionieren.

„Deimos", ruft er ungeduldig über seine Schulter. Anspannung und Furcht trüben Luthers Augen, als er mich ansieht und mir sagt: „Wir bringen dich in den Thronsaal, du wirkst deinen Zauber und dann bringe ich dich zurück ins Herrenhaus. Wenn die Götter uns gnädig sind, wird unser Stiefvater nichts von dir erfahren. Ich möchte mich jetzt nicht auch noch zusätzlich zu allem anderen mit seinem Scheiß herumschlagen müssen."

Ich möchte dem König auch nicht gegenübertreten. Bitte lass alles reibungslos funktionieren. Ich bitte dich nicht um viel, Universum, aber nur dieses eine Mal, stärke mir doch den Rücken.

Mein ganzer Körper wird steif, während ich darüber nachdenke, Luther davon zu erzählen, was in meinem Kopf vorgeht. Von meinen Ängsten, dass ich nicht in der Lage dazu sein werde, das Portal zu schließen. Ich will, dass er mir sagt, was für ein Narr ich bin und dass er mich in die Arme nimmt.

Jedoch ist jetzt nicht der richtige Zeitpunkt, um Schwäche zu zeigen. Wir alle beweisen Stärke und kämpfen um unser aller Leben. Kraftlosigkeit hat hier nichts zu suchen. Ich kann jetzt nicht ausflippen, stattdessen versuche ich meinen Mut zu finden und ihn anzufeuern.

Deimos stürmt auf uns zu und ringt nach Luft. Er hält sein Schwert an seiner Seite, dessen Stahl in Rot getränkt ist. Blutspritzer zeichnen sich auf seinem Hemd ab und ein paar Klekse färben seinen Hals ein. Er stellt sich neben seinen Bruder. Beide sind gleich groß, doch sie sind wie Tag und Nacht. Deimos hat blasse Haut und weißes Haar, wohingegen Luther feurige Pupillen und Haare in der Farbe von Raben-federn hat.

In der kurzen Zeit, seit ich Deimos kenne, hat er mich erobert und ich fühle mich ihm näher. Auch wenn mein Herz nach Luther verlangt, gibt es noch immer so viel, was ich bezüglich unserer Vergangenheit nicht verstehe… was durch meine verschwundenen Erinnerungen, die seit ich unwissend einen Fluch über das Königreich der Irrfahrten gebracht habe fort sind, aber auch nicht besser wird. Ein Fluch, der den Schattenhof zum Ziel für alle

Blutverfluchten im ganzen Königreich macht. Und jetzt habe ich diese Monster ins Schloss gelassen... in den Thronsaal, von allen möglichen Orten, noch dazu.

Gott, wenn der König das herausfindet, wird er mich töten lassen.

„Ich werde einen Pfad schlagen, während du hinter mir bleibst und sie beschützt", weist Luther Deimos an. „Da so viele Soldaten hier sind, könnte es uns gelingen, einen Hinterhalt von diesen verfickten Blutverfluchten abzuwehren."

Deimos freie Hand legt sich auf meinen unteren Rücken. „Ich werde die ganze Zeit auf dich aufpassen. Hör nicht auf, Luther hinterherzulaufen. Hoffentlich können wir das schnell hinter uns bringen."

„Ich bin bereit", gebe ich zu, obwohl die Unsicherheit sich fest an meine Rippen klammert.

Wir biegen in Richtung der großen Halle ab und die Blutverfluchten sind ganz nah. Die Wachmänner kämpfen tapfer, während weitere Kreaturen hineinströmen. Wie lange wird es dauern, bis die Monster die Armee bezwingen und gewinnen?

„Jetzt!", sprudelt es aus Luther heraus, als er auf den großen Flur zuhält und sein Schwert gegen den Kopf einer der Teufel erhebt. Er schlägt uns einen Pfad durch die massive Schlacht und lässt es so mühelos aussehen, den Feind zu zerstören.

Ich atme schwer, renne ihm nach und kann Deimos dicht hinter mir spüren.

Die Kreaturen sind näher, als es mir lieb ist, während das Durcheinander des Kampfs um uns herum tobt. Ich steige über einen abgetrennten Kopf und beeile mich, um mit Luther schrittzuhalten. Meine Füße rutschen auf dem Blut unter mir weg. Deimos bremst mit starken Händen meinen Fall und richtet mich am Rücken wieder auf. Meine Innereien ziehen sich zusammen, aber ich werde nicht innehalten, denn ich muss dies hier beenden.

Ein Blutverfluchter stürzt sich auf mich und ich hebe meine Fäuste.

Luther macht einen Schritt zur Seite auf ihn zu und rammt ihm seinen Ellbogen ins Gesicht. Eine geschmeidige Drehung, gefolgt von Luthers sich ausstreckendem Arm, und seine Klinge verbeißt sich in der Zartheit des Halses dieses armen Teufels.

Ich wende meinen Blick sofort ab um dem spritzenden Blut zu entgehen.

Schrei nicht. Renne einfach weiter. Bleib nicht stehen.

Das ohrenbetäubende Klirren der Waffen und das Knurren erfüllen den Flur. Nichts an diesem Ort ist normal und ich beginne zu befürchten, dass ich nie wieder Normalität erleben werde.

Ich verdränge die Furcht, die sich in meinem Fleisch verbissen hat, und irgendwie schaffe ich es, weiter zu rennen und bei allem, was vor sich geht, in meiner Mitte zu bleiben. Alles an diesem Angriff brüllt mich förmlich an, fortzurennen und mich zu verstecken, aber ich traue mich nicht. Ich kann nicht.

Verwüstung umgibt uns, jedoch höre ich nie auf, Luther zu folgen.

Eine Hand ergreift meinen Arm und eiskalte Finger vergraben sich in meiner Haut.

Ich zucke zusammen, wirbele herum und blicke dem Monster genau in die Augen. Eingesunkene Augenhöhlen, aus denen das Leben gestohlen wurde, und rissige Lippen, die sich über verweste Zähne spannen.

Deimos zerrt mich an sich, weg vom Blutverfluchten. Ich stoße gegen Deimos Körper hinter mir und er gleicht einer Wand aus Stärke und Schutz. Eine Hand hat er um meinen Oberkörper gelegt und mit der anderen stößt er dem Angreifer das Schwert, das so leicht wie eine heiße Klinge durch Butter gleitet, in den Bauch.

Luther ist ihm auf den Fersen und schlägt seine Waffe gegen den Hals des bösen Geists.

Bei diesem Anblick sinkt mir der Magen in die Kniekehlen, aber es gibt keine Zeit näher darauf einzugehen. Wir rennen bereits weiter und drängeln uns an den anderen vorbei.

Anzuhalten bedeutet den Tod.

Das wissen wir ganz genau.

Die nächste Kreatur packt mich am Arm und zerrt mich in ihre Richtung. Ein Schrei würgt mich am Hals, kurz bevor Luther herumwirbelt und der Gestalt eine Faust ins Gesicht rammt, um sie dann mit einem Tritt in die Unmengen von Körpern der Blutverfluchten zu verfrachten.

Als wir die andere Seite des gigantischen Flurs erreichen, halten wir nicht inne. Wir folgen Luther, der einen

Korridor entlang rast, bevor wir vor einem mächtigen Saal zum Stehen kommen. Doppelte Flügeltüren, so dunkel wie die Nacht, stehen weit offen und eine der beiden hängt kaum noch an ihren Scharnieren fest.

Um uns herum tobt der Krieg weiter. Im Thronsaal selbst ist es aber noch viel schlimmer.

Dort gleicht es einem vernichtenden Durcheinander. Goldene Statuen von Frauen mit Flügeln wurden umgestoßen und liegen zerbrochen in der Nähe der seitlichen Wände. Körper toter Blutverfluchten pflastern den Fußboden und es gibt viel zu viel Blut und Körperteile, um die Puzzlestücke wieder zusammenzusetzen. Einige gefallene Soldaten liegen zwischen ihnen und mir blutet das Herz. Andere wiederum kämpfen noch.

Mir wird bei dem Anblick dieses Durcheinanders schlecht und die Galle steigt mir hinten im Rachen hoch.

Der Raum ist riesengroß und am hinteren Ende befindet sich eine Podestleiter. Zwei schwarze Thronstühle befinden sich auf dem Plateau. Hinter ihnen ist ein übergroßes, rundes Fenster, durch das Licht auf das Massaker fällt.

Immer mehr Blutverfluchte stolpern durch das Portal hinein, das sich vor den beiden Herrschersesseln befindet. Es ist ein großes schwarzes Loch, an dessen Rändern blaue Energie zuckt und dieselbe Kraft, die sich auch um meine Hände schlängelt.

„Es ist zu gefährlich dort hineinzugehen", sagt Luther, als er sich umdreht. „Du musst das Portal von hier schließen. Atme tief durch", murmelt mir Deimos ins Ohr. „Du schaffst das."

Ich sauge einige tiefe Atemzüge ein und versuche mich selbst zu erden. In meinen Gedanken wende ich mich an die Magie.

Energie tanzt über meine Haut, als die Kräfte stärker werden. Sie durchzuckt mich, schlägt wie ein Peitschenhieb zu und schnellt nach außen. Wellenförmig und kaum erkennbar schwebt sie durch die Luft, aber ich erkenne die Energie. In meiner Brust brennt beim Anblick der verletzten Wachmänner und der Zerstörung, die ich angerichtet habe ein wütendes Feuer. Glühende Energie bricht in brutalen Funken aus meinem Körper heraus.

Jedoch geschieht nichts. Es ist, als hätte ich den Schlüssel in meiner Hand, aber er passt nicht ins Schlüsselloch.

Panik macht sich in meinem Kopf breit.

„Worauf wartest du", brummt Luther. „Es muss jetzt geschlossen werden."

Noch bevor ich antworten kann hat er sich selbst in das angreifende Getummel gestürzt, das in unsere Richtung vorstößt.

Ich gebe mein Bestes, die Dinge zu durchdenken und um einen Weg zu finden, wie ich das Portal schließen kann. Es fällt immer alles auf das Gleiche zurück.

Mein Blick richtet sich auf Deimos. „Du musst mich küssen, als ob ich dir die Welt bedeute."

Seine Augenbrauen heben sich. „Ich habe dich immer so geküsst."

Ich kralle mir den Stoff seines Hemds und ziehe ihn an mich heran, während ich mich auf die Zehenspitzen stelle. Unsere Münder treffen in ihrem eigenen kleinen Krieg aufeinander; Lippen zerdrücken und Zungen verknoten sich. Aber ich kann die Quelle der Energie nicht spüren. Wir lösen uns voneinander, tauschen Blicke aus und unsere Atemzüge sind zittrig.

„Ich weiß nicht, was los ist", beharre ich.

Er lässt seinen Blick über die Flure und den Thronsaal in der Ferne gleiten, wo Dutzende Wachmänner langsam gegen den Ansturm der Blutverfluchten verlieren. „Wir haben nicht viel Zeit. Du musst es jetzt schließen."

Überall ist sich kräuselnde Energie. Ich kann sie in der Luft spüren, wie sie sich an uns klammert und in mein ganz eigenes Wesen kriecht. Warum zur Hölle kann ich meine Kraft nicht mobilisieren, um dieses verfluchte Portal zu schließen?

3

GUEN

Es fühlt sich an, als würde der ganze Raum um mich herum immer kleiner werden. Der Gestank von Blut und Tod bringt mich zum Würgen, während alles zu verschwimmen beginnt.

Soldaten kämpfen gegen Blutverfluchte und weitere Kreaturen strömen durch das geöffnete Portal. Meine Prinzen befinden sich in der Schlacht. Ich aber bekomme meine Kräfte nicht in den Griff. Gott verdammt, ich habe doch gerade erst entdeckt, dass eine solche Macht in mir liegt, und deshalb habe ich keine Ahnung, wie ich sie handhaben soll. Jetzt aber habe ich keine andere Wahl.

Wegen mir sterben Leute.

Bei jedem heiseren Atemzug, den ich einsauge, kringelt sich in meiner Brust die Angst. Ich muss mich selbst beruhigen, wenn ich vorhabe, dieses Problem hier zu lösen. Aber wie zur Hölle soll ich in diesem Augenblick irgendetwas über die Kraft, die durch meine Adern pumpt, herausfinden?

Tief seufzend wird mir bewusst, dass ich dies noch einmal überdenken muss.

„Guendolyn, beeil dich", drängt mich Deimos von hinten, mit seinem Rücken gegen meinen gestemmt, während ich der geöffneten Tür, die zum Thronsaal führt, gegenüberstehe. Er nutzt seinen Körper, um mich von den Kreaturen abzuschirmen, und ich vergöttere jeden einzelnen Zentimeter von ihm.

Ich zermartere mir das Gehirn und gehe jeden einzelnen Vorfall durch, bei dem meine Macht zutage getreten ist.

Deimos zu küssen.

Auf der Erde gegen die Blutverfluchten zu kämpfen.

Alles Momente enormer Anspannung. Starke Angstgefühle.

Tod umgibt mich, daher denke ich, dass es nicht noch verrückter als jetzt werden kann. Jedoch gibt es einen kleinen Unterschied. Damals war meine Konzentration alleinig auf den Angriff selbst und den Kuss fixiert, wohingegen sich mein Gehirn jetzt mit der Schlacht, der Angst, meine Magie nicht kontrollieren zu können, und der Sorge, dass der König mich sehen könnte, beschäftigt. Meine Gedanken fransen an den Enden aus.

Deimos versteift sich gegen mich.

Ich schlucke ein Schaudern hinunter und stemme meine Fersen in den Boden, bereit dafür zu kämpfen, dass dies funktioniert.

Konzentriere dich.

Ich schließe meine Lider und das Portal im Thronsaal erscheint vor meinem inneren Auge. Eilig klammere ich mich an diesem Gedankengang fest und plötzlich gibt es eine Veränderung in der Luft, die in Wellen an meinen Armen hinuntergleitet. Die dünnen blauen Fäden knistern wilder um meine Finger herum, gleich einem stromführenden Draht, der kurz davor ist, durchzubrennen. Er reagiert auf die Veränderung in der Atmosphäre, genau wie die Magiefäden, die ich um die Flügel der kleinen Feen habe tanzen sehen. Sie prasselten und knallten, als diese kleinen Kriechtiere mich außerhalb des Eingangs zum Königreich umschwärmt haben. Ob sie eine ähnliche Kraft in sich tragen?

Deimos stößt gegen mich. Meine Augen schlagen auf und ich remple gegen die geöffnete Tür. Rasch wirbele ich herum und mein Puls rast.

Zwei Blutverfluchte greifen Deimos an und er beantwortet ihre Attacken, indem er mit schwingendem Schwert auf sie zuspringt.

Ich klammere mich am Türrahmen zum Thronsaal fest, starre auf das schwarze Portal und auf die Kreaturen, die hindurch kommen.

Das ist alles, was ich mir jetzt vor Augen halten kann. Ich stelle mir das Portal geschlossen vor und rufe die Kräfte zu mir, sauge sie in mir auf. Alle anderen Gedanken verdränge ich.

Ein eiskalter Energieschwall durchfährt mich. Er boxt mich in den Bauch, beißt in meine Haut und hinterlässt einen bitteren, metallischen Geschmack in meinem Mund. Ich blicke nach unten und die blauen Linien tanzen über meinen Körper. Mein Herz springt beim Gedanken daran, dass ich das schaffen kann, in die Höhe und das Adrenalin pumpt durch mich.

Um mich herum heulen Feen voller Zorn.

Die Haare auf meinem Kopf bewegen sich und die Luft um mich herum scheint sich erneut zu verändern. Sie bringt Kälte mit sich.

Ich stelle mir vor, dass ich Energie ausströme, rasch durch den Thronsaal eile und mich ins Portal stürze, was die Verbindung unterbricht und die Kreaturen aussperrt.

Schmerz durchzieht in dem Moment meine Brust, als ich auf das Portal blicke und mir wünsche, dass es nicht existiert.

Schweiß läuft an meinem Rückgrat hinunter und in meinem Hals zuckt ein Nerv. Plötzlich schnellt Energie aus meinem Körper heraus und lässt mich stolpernden Fußes zurück.

In null Komma nichts verschwindet das Portal. Einfach so, ist es weg. Keine weiteren Blutverfluchten kommen hindurch.

„Deimos!", rufe ich aus. „Ich habe es geschafft."

Der Energieschwall durchfährt mich ein weiteres Mal, stärker als zuvor, als würde er sich an mir rächen. Er schüttelt mich bis tief ins Innerste durch und die Panik schlägt ihre Krallen in mich.

In der Mitte des Thronsaals senkt sich die Dunkelheit und bildet eine solide Form. Eine lange, ovale Form... genau wie... Mein Magen sinkt mir in die Kniekehlen als ich mitansehen muss, wie ein weiteres Portal genau vor meinen Augen zum Leben erwacht.

Ich möchte schreien und weinen, nun da der Hoffnungsschimmer von eben in mir wie Glas zerspringt.

Ein herzzerreißender Schrei ergreift Besitz von meiner Aufmerksamkeit. Ich wirbele auf den Fersen herum und schaue in den langen Flur hinter mir, indem alle kämpfen. Dort, wo niemand mitbekommen hat, wie nah ich dran war, all dies aufzuhalten. Reue sitzt mir auf der Brust und verschlingt mich.

Bis mein Blick zu Deimos wandert.

Ein Blutverfluchter hat sich wie wild geworden in seiner Schulter verbissen und Deimos geht in die Knie.

Ich kreische und stolpere auf ihn zu. Meine Welt stirbt, als ich mitansehen muss, wie diese Bestie ihn überwältigt. Es scheint, als würden meine Bewegungen ausgebremst und jeder einzelne meiner Schritte quälend träge sein, nahezu als würde ich ihn nie erreichen.

Er sieht mich an und seine grünen Augen blicken in meine, vor Furcht brennend.

Blut spritzt aus der Wunde und eine weitere Kreatur stürzt sich auf ihn.

Blinde Wut explodiert in mir, dunkel und gewaltsam. „Haut ab von ihm!", schreie ich. Am liebsten würde ich jetzt genau in diesem Augenblick sterben.

Ich kämpfe mich durch die Massen und zwänge mich mit unvorstellbarer Kraft durch sie hindurch. Ein furchteinflößender Schmerz spaltet meinen Kopf entzwei.

Voller Wut packe ich mir die Rückseite des zerrissenen Mantels, den die Kreatur noch trägt, und zerre sie mit all meiner Stärke von Deimos hinunter. Ich zittere unkontrollierbar und alles, was ich vor mir sehen kann, ist, wie ich dieser Bestie mit meinen bloßen Händen den Kopf von den Schultern reiße.

„Hurensohn!", brülle ich in dem Moment, als Ahren den Kopf des zweiten Blutverfluchten mit seinem Schwert aufspießt. Ich erhebe meinen Blick zu ihm. In Sekundenschnelle aber greift mich die erste Kreatur an. Sie packt mich am Hals. Knochige Finger bohren sich mit der Stärke eines Schraubstocks in meine Haut. Die Bestie lacht höhnisch und Blut läuft ihr aus dem Mund... Deimos Blut.

Instinktiv greifen meine Hände nach dem Gesicht der Kreatur. Meine Handflächen pressen sich gegen seine Stirn, um das aufgerissene Maul so weit weg von mir wie möglich zu stemmen.

Ich kann nicht atmen, hole aber während ich rückwärts stolpere mit meiner freien Hand weitläufig gegen das Monster aus.

Mein Rücken knallt gegen eine der Wände im Flur. Dann passiert alles viel zu schnell.

Plötzlich schiebt sich die Kreatur an meiner Hand vorbei und beißt mich in den Unterarm. Der Schwung lässt mich rückwärts zurückzucken und ich stoße mit dem Kopf gegen die Wand. Meine Sehkraft dreht sich von dem Aufprall und der ganze Raum beginnt zu taumeln.

Scharfe Zähne bohren sich tiefer in meinen Arm und zerren an meinem Fleisch. Ich kann jedes Lecken seiner Zunge und jedes Reißen meiner Haut spüren. Tränen strömen aus meinen Augen.

Unerträglicher Schmerz strahlt meinen Arm hinauf

und es fühlt sich an, als ritzen sich Klingen in meine Haut.

Ich würge, aber höre trotzdem nicht auf, mit meiner Faust auf seinen Kopf einzuprügeln, immer und immer wieder. Der Flachwichser hat sich noch immer in meinem Arm verbissen und gibt schlürfende Geräusche von sich, von denen mir übel wird. Die Kanten meines Blickfelds fransen mit Dunkelheit aus. Ich stelle mir meinen Tod vor, wie ich in diesem Königreich zurückgelassen werde, um ziellos als einer von ihnen umherzuwandern. Eine Blutverfluchte.

Ich will nicht sterben.

Mit dem letztes Bisschen Kraft schlage ich auf das Monster ein, bevor etwas an meinem Ohr vorbei saust. Sekunden später flattert ein kleiner Vogel über dem Blutverfluchten.

Nein... kein Vogel, sondern eine kleine Fee. Dieselbe Art, die ich draußen vor dem Eingang des Königreichs angetroffen habe.

Ein klitzekleines Gesicht, große schwarze Augen und ein breiter Mund, voller zackiger spitzer Zähne. Durchsichtige Flügel funkeln in Regenbogenfarben und schlagen wie wild. Grünliche Schuppen bedecken den menschenähnlichen Körper. Sie ist klein, vielleicht die Größe meiner ausgestreckten Hand.

Und sie beobachtet mich. Dann streift etwas meinen Arm und ein Dutzend kleiner Fee steigen um mich herum auf. Sie stürzen sich auf den Blutverfluchten und zupfen an seinem Fleisch. Bösartige kleine Dinger, nichts lassen sie unangerührt.

Flügel schlagen mir ins Gesicht und ich schiebe

mich zur Seite weg, während ich darum kämpfe, meinen Arm zu befreien.

Sie zerren den Teufel rückwärts, fort von mir. Als ich mich befreien kann, stolpere ich und nutze die Wand, um mich abzufangen. Verzweifelt ringe ich wieder um Luft und fülle meine Lungen damit.

Eine Wolke aus Feen bombardiert den Blutverfluchten, der mit den Armen wild um sich schlägt, es ist aber zu spät. Er verschwindet hinter einer Wand aus peitschenden Feenflügeln und gibt ein kreischendes Geräusch von sich.

Mein Herz klopft wie wahnsinnig. Ich halte meinen blutigen Arm fest und wiege ihn gegen meinen Bauch. Es sticht so schlimm, am liebsten würde ich in Ohnmacht fallen und mir einfach die Augen ausheulen. Ich starre meine Verletzung an und kann nur Blut und tiefrotes Fleisch erkennen.

Wie lange wird es dauern, bis Deimos und ich einer von ihnen werden?

Der Raum um mich herum verwandelt sich in ein wildes Durcheinander.

Energie schießt durch mich hindurch und schüttelt mich, als wäre die Kraft von vorhin in mir erwacht. Alles, was ich spüren kann, ist der zerstörerische Schmerz der Bisswunde.

Die kleinen Feen flattern durch den Palast und greifen jeden einzelnen Blutverfluchten an.

Sauer stoße ich mich von der Wand im Flur ab und drehe mich um, damit ich in den Thronsaal sehen kann. Kleine Feen fliegen aus dem zweiten Portal, keine Blutverfluchten. Ich habe sie gerufen und diesen kleinen Lebewesen, die schon einmal zuvor mein Leben gerettet haben, die Tür aufgemacht. Ich habe sie eingeladen das zu tun, was ich nicht kann.

Sie haben eine verheerende Auswirkung auf die Blutverfluchten, rühren aber sonst keine andere Fee an. Sie machen kurzen Prozess mit den Kreaturen, reißen sie in Stücke und verschlingen sie. Alles, was zurückbleibt, sind Knochen, Haar und Kleidung.

„Deimos", rufe ich. Meine Wangen sind klatschnass, während ich versuche, durch das Chaos im Flur hinter mir zu blicken, um ihn ausfindig zu machen.

Diese grünen Augen sind alles, woran ich denken kann... Diese Verzweiflung in seinen Augen, als er begriff, dass es zu spät für ihn ist.

Schluchzend eile ich voran und ein halbes Dutzend kleine Feen kreist mich ein.

Ihre durchsichtigen Flügel schlagen wie wild. Die zierlichen Wesen versammeln sich auf meiner Wunde und ich kann spüren, wie ihre kleinen Zungen mich ablecken und von mir probieren. Keine Zähne. Sie haben nicht vor, mir wehzutun, das weiß ich. Sie laben sich an mir und ich kann nur vermuten, dass dies meine Bezahlung für ihre Hilfe ist. Genau wie damals, tief in den Wäldern, als sie mir zum ersten Mal den Arsch gerettet haben.

Sie haben mich beschützt, deshalb habe ich nicht die Absicht, sie fortzustoßen.

Trotzdem schiebe ich mich nach vorne durch das Chaos.

„Deimos!", brülle ich. „Ahren!" Ich kann nur

überall das Flattern der kleinen Feenflügel erkennen und im ganzen Raum gehen die Blutverfluchten zu Boden.

Ein dünnes Kreischen, das mir in die Ohren steigt, lässt mich zusammenzucken.

Ich drehe meinen Kopf in der Richtung des Geräuschs und sehe einen Soldaten, der sich eine kleine Fee an einem ihrer zappelnden, blauen Flügel geschnappt hat. Der zweite ist rückwärts gebogen und gebrochen. Mit der anderen Hand hebt der Feenkämpfer seine Klinge.

Mein Instinkt übernimmt und ich eile schreiend auf ihn zu. „Stopp!" Ich erinnere mich daran, wie Deimos sie ,*blutsaugende Parasiten*' genannt hat. Für mich aber sind sie meine Retter.

Der Soldat hört mich nicht und ich überrenne ihn quasi. Er taumelt auf seinen Füßen, seine Augen sind vor Schreck weit aufgerissen und er lässt die verletzte kleine Fee fallen. Hastig fange ich sie noch in der Luft auf. Ich habe keine Ahnung, welches Geschlecht sie hat, doch sie scheint weiblich zu sein. Sie alle wirken so.

„Was zur Hölle?", brummt er.

„Sie retten uns", brülle ich zurück. „Schau dich doch um. Willst du, dass sie sich alle gegen uns stellen?"

Er blinzelt hektisch und sieht sich um, als würde er zum ersten Mal die Realität der Situation erkennen.

Ich nehme die kleine Fee näher zu mir und halte sie mit einer Hand gegen meine Brust. Ihren heilen

Flügel hat sie an ihren Körper angelegt, der andere steht in einem seltsamen Winkel ab.

„Es tut mir leid, Kleines. Ich werde dir helfen, das verspreche ich dir", gurre ich leise. Doch vorher muss ich Deimos erreichen, bevor wir uns beide in Monster verwandeln. Ich möchte ihm sagen, wie leid es mir tut. Der Gedanke bereitet mir Schwindelgefühle, doch ich schlucke die Angst herunter.

Die kleine Fee blickt nach oben, schüttelt ihren Kopf und presst ihre Wange dann gegen meine Brust. Ich kann ihr leises, durch den Schmerz verursachtes Winseln vernehmen.

Ich wirbele herum und entdecke Deimos, gegen Ahren gelehnt, der einen Arm um seinen verletzten Bruder gelegt hat und diesen stützt. Deimos hält sich die Seite seiner blutenden Schulter und stöhnt.

Die Blässe ist ihm ins Gesicht gestiegen und er sieht krank aus. Ernsthaft krank. Die Infektion wandert rasch durch seinen Körper, doch ich kann noch keine Anzeichen der Ansteckung in meinem verspüren.

Er blickt mir durch das uns umgebende Blutbad in die Augen und grinst halbherzig. Trotz allem lächelt er noch. Das ist der Grund, warum ich mich so schnell in ihn verliebt habe, warum mein Herz beim Anblick seiner Verletzungen blutet.

„Deimos." Ich zittere, eile ihn auf ihn zu und steige über Körper, während sich das Flattern der Flügel langsam auflöst. Ich sehe hinter mich und in den Thronsaal, in dem viele der kleinen Feen zurück durch das Portal fliegen. Sie haben ausschließlich leblose Blutverfluchte in ihrem Totwasser zurückgelassen.

„Guendolyn, was hast du getan?", brummt Ahren und sein Blick fällt auf die kleine Fee in meiner Hand, während ich ihn ansehe.

Mein gebissener Arm hängt an meiner Seite herunter und der Schmerz ist kaum auszuhalten, doch es scheint niemandem aufzufallen.

„Es geht mir gut", lügt Deimos ganz fürchterlich, was meine Aufmerksamkeit auf die Furcht, die ihm ins Gesicht geschrieben steht, lenkt. Ich kann die Angst in seiner Stimme hören.

„Deimos, hör auf uns etwas vorzumachen." Meine Stimme versagt.

„Ich war noch nie ein guter Schauspieler." Er schnaubt ein halbes Lachen heraus.

„Nein, das warst du wirklich nicht", antwortet Ahren schnippisch. „Und du wirst heute todsicher nicht sterben."

Blut sickert zwischen Deimos Fingern hindurch und tropft auf sein dunkles Hemd. Es wird eilig vom Stoff aufgesaugt.

Ahren manövriert sie zwischen den Massen hindurch. Die Blutverfluchten sind alle tot und die kleinen Feen zischen rasch aus dem Raum ab.

„Guendolyn, bleib nah bei mir", befiehlt Ahren. Er sieht mich kaum an, da sein Blick durch das ganze Zimmer wandert. „Wir müssen ihn zu den Heilern schaffen."

Ich laufe neben ihnen her, vorbei an den Toten. Die Soldaten stehen verblüfft herum. Doch mein Blick fällt zurück auf das Feenportal, denn ich muss es schließen.

Die kleine Fee in meiner Hand zwitschert wie ein

kleiner Vogel. Ich sehe nach unten, als sie ihre Hand hebt, sie zu ihrem Mund führt und ihre Finger ausstreckt. Sie haucht einen Atemzug und heraus kommt ein blauer Nebel, farblich den Magiefäden ähnelnd.

Sie zwitschert erneut und deutet auf den Thronsaal.

Ich zögere keinen Augenblick und drehe mich in Richtung der offenen Tür zum Thronsaal um, auf das weit offenstehende, schwarze Portal starrend. Die letzten paar kleinen Feen verschwinden darin. Mit meiner guten Hand verstaue ich die kleine Fee im Oberteil meines Kleids, um dann meine Handfläche zum Mund zu führen.

Ich spreize meine Finger nach vorne ab und konzentriere mich auf das Bild des sich schließenden Portals. Dann stoße ich einen Atemzug aus.

Ein Energieschwall erhebt sich in meinem Bauch, strömt dann durch meinen Hals und hinaus durch meinen Mund. Ein blassblauer Nebel zieht durch die Luft, vorbei an Körpern und über Köpfe hinweg, bis er das Portal erreicht. Er erstickt die Öffnung und die schwarze Passage löst sich in Luft auf.

Einige der Wachleute brechen in Jubel aus.

Ich blicke herab zu meiner neuen Freundin. „Danke dir." Sie ist genau das, was ich brauche… Jemand, der mir dabei hilft, meine Kraft zu verstehen. Und ich muss herausfinden, was meine Fähigkeit mit diesen kleinen Feen zu tun hat.

„Beeil dich", knurrt Ahren. Er spricht meinen Namen nicht aus, doch ich weiß, dass er mit mir redet.

Mit einer Hand schützend auf die kleine Fee gelegt wirbele ich herum und eile den Prinzen hinterher.

Deimos Gesicht hat jetzt eine gräuliche Färbung angenommen. „Halte durch", sage ich, während mein zerbrochenes Herz in noch mehr Teile zerspringt.

Er blinzelt und blickt hinauf zur Decke. Eine Träne bildet sich im Winkel seines Auges.

„Deimos, scheiße." Ich zittere. „Ich brauche dich. Du kannst nicht..."

Zwei Soldaten schieben sich an mir vorbei und schubsen mich zur Seite. Ich stolpere umher und halte die kleine Fee fest, damit ich sie nicht verliere.

„Fall nicht zurück", ruft Ahren. „Du musst bei mir bleiben, um ihn zu heilen."

Mein Kopf dreht sich noch immer und seine Worte bringen meinen Verstand durcheinander. Wie kann ich ihn heilen, wenn auch ich gebissen wurde?

Ich beeile mich, um mit Ahren und Deimos schrittzuhalten, die in einem Flur verschwunden sind. Die Schatten haben sie aus meinem Blickfeld geraubt.

Mein Hals schnürt sich zu und ich ersticke an meinen Atemzügen. Höllenqualen reißen an meinem Innersten und mir kommen alle möglichen Bilder unserer gemeinsamen Zeit in den Sinn. Solche, die mir das Gefühl geben, die schlimmste Person auf der ganzen Welt zu sein, da ich dies verursacht habe. Ich habe ihn verletzt. Deimos ist von einem Blutverfluchten gebissen worden. Für einige kurze Augenblicke fällt es mir schwer, mich fortzubewegen. Vielleicht habe ich es verdient gebissen zu werden... Als Preis dafür, was ich hier heute freigelassen habe.

Ich suche den Raum nach Luther ab.

Mich an einer Gruppe Wachleute vorbei schiebend blicke ich instinktiv über meine Schulter, als würde ich spüren, wie mich jemand beobachtet. Und ich vermute, dass es Luther ist.

Mein Blick kollidiert mit dem eines gut genährten, großen Mannes. Er schaut auf mich mit erhobenem Kinn herab. Der Kerl trägt einen schwarzen, an der Brust zugeknöpften Mantel, und hat einen kurzen weißen Bart. Meine Aufmerksamkeit richtet sich auf die goldene Krone, die er auf dem Kopf trägt.

Das gesamte Blut entweicht meinem Körper.

Scheiße!

4

LUTHER

Meine Muskeln fühlen sich schwer und vom Kämpfen verkatert an.

Ich atme scharf ein und hebe meinen Blick in Richtung des Flurs, der mit Blutverfluchten übersät ist. Die Soldaten helfen den verletzten Feen und ihre Stimmen vermischen sich in meinen Ohren zu einem brummenden Geräusch, das dem Summen der kleinen Feen, die uns zur Hilfe geeilt sind, sehr ähnlich klingt.

Bei allen guten Geistern kann ich mir nicht erklären, wie auch sie in den Palast gekommen sind.

In einem Augenblick kämpfen wir noch um unser Leben und im nächsten strömen diese kleinen Schmarotzer herbei und greifen die Blutverfluchten an. Ich denke, ich kann sie jetzt gerade nicht wirklich hassen, wenn man bedenkt, dass sie uns geholfen haben. Aber so vieles ergibt keinen Sinn. Wie sind sie hier hereingekommen? Warum haben sie es nur auf die Blutverfluchten abgesehen? Versteht mich nicht falsch, ich beschwere mich nicht, aber die Dinge passen einfach nicht zusammen. Es gibt für alles einen Grund.

Während ich meine Schwerter in den Scheiden an meinem Gürtel verstaue, stöhne ich wegen dem Schmerz in meinen Armen auf und schreite durch die Nachwirkungen des Kampfs. Köpfe abzuschlagen ist verdammt harte Arbeit.

Alle rennen wie wild durch die Gegend, um zu helfen und mit den Aufräumarbeiten zu beginnen. Mir fallen zwei unserer Magier ins Auge, die in den Thronsaal laufen und das Massaker beäugen. Ihre schwarzen Gehröcke schleifen über die toten Körper, als sie über sie hinwegsteigen. Die Metallketten, die sie um ihre Hüften tragen, rasseln bei jeder Bewegung. Ein winziger Kopf einer kleinen Fee, so groß wie meine Faust, hängt um ihren Hals und baumelt auf halber Höhe auf ihren nackten Oberkörpern. Sie tragen ihr weißes Haar kurz, haben Federn darin eingeflochten und ihre Wangen zieren verschiedene magische Symbole—Zeichnungen, die ihnen an ihren ersten Tagen als Magier aufs Gesicht tätowiert wurden. Sie tragen die Macht unterschiedlichster Fähigkeiten in sich, stärker als die der meisten Feen, und der Großteil von ihnen verbringt sein Leben damit, bis ans Ende ihrer Tage unter der Herrschaft des Königs zu dienen.

Was die Frage aufwirft: Haben sie das zweite Portal geöffnet und die kleinen Feen hereingerufen? Es war ein riskanter Schachzug, der sich ausgezahlt hat, wenn dem so war. Jedoch war mir nie klar, dass sie eine solche Macht besitzen.

Mein Stiefvater marschiert in den Thronsaal und auf die Magier zu, wohingegen ich mich rasch abwende, bevor sein Blick auf mich fällt. Der König ist jene Art Fee, die daran glaubt, dass nur ein geschäftiger Mann ein glücklicher Mann ist. In Wirklichkeit aber verwendet er diese Aussage nur, um Leute herumzukommandieren, damit sie seinen Scheiß erledigen. Und wenn man sich das Chaos in seinem Thronsaal jetzt anschaut, dann wird er rasend wie ein Bulle sein.

Zweifelsfrei wird er kommen und uns darüber ausquetschen, was wir gesehen haben. Er wird dieses Königreich auf den Kopf stellen, um herauszufinden, wie die Blutverfluchten eindringen konnten.

Auf gar keinen Fall darf er Guendolyn in die Finger bekommen. Er hat ja bereits versprochen das Mädchen, das den Schattenhof verflucht hat, zu töten. Sie wird keine Chance haben, wenn er herausfindet, dass sie diese beschissenen Blutsauger aus Versehen hineingelassen hat.

Was ich nun tun muss, ist, herauszufinden, wie zur Hölle sie es getan hat und sicherstellen, dass es nie wieder passiert.

Die Soldaten ächzen um mich herum, als sie anfangen, die Blutverfluchten zum Verbrennen nach draußen zu schleppen. Ich weiche einem der Wachmänner aus und laufe Guendolyn genau vor die Füße.

Ihre Augen werden mit einem strahlenden Lächeln größer. „Luther!" Sie pustest sich ihre Haare aus dem Gesicht und starrt mich an, als hätte sie sich verlaufen.

Meine Aufmerksamkeit fixiert sich auf die kleine Fee, die in ihrem Dekolleté halb aus ihrem Oberteil herausschaut.

„Was zur Hölle—?"

„Nein. Nicht hier." Rasch blickt sie hinter sich in den Thronsaal und eilt dann in Richtung des Flurs, wo ich sie zuvor gefunden habe. Ich folge ihr und stelle sicher, dass uns niemand folgt.

Sobald wir die Schatten erreicht haben und mit Sicherheit außerhalb der Hörweite der Anderen sind, schnappe ich mir ihren Arm und zwinge sie dazu, innezuhalten und mit mir zu sprechen. Sie zuckt zusammen und weicht vor meiner Berührung zurück.

Ich schaue hinab auf ihren Arm. Überall ist Blut. Das Fleisch an ihrem Unterarm ist aufgerissen und Blut tropft heraus.

Für einen kurzen Moment kann ich nicht klar denken, doch die Realität trifft mich wie ein Schlag in die Brust. „Scheiße, Guendolyn. Sag mir bitte, dass das kein Biss eines Blutverfluchten ist?"

„Luther", beginnt sie mit zitternder Stimme.

In ihren Augen spiegelt sich so viel Schmerz wider. Ich hätte mehr tun sollen um sie zu beschützen. Ich habe geglaubt, dass jeder abgeschlachtete Blutverfluchte ein Stück mehr Sicherheit für sie bedeutet, doch ich habe mich geirrt.

Ich habe sie enttäuscht, genau wie meinen leiblichen Vater auch, der mich täglich daran erinnerte, dass ich in seinen Augen wertlos bin. In all den Jahren, seitdem er meine Mutter verlassen hat, habe ich mich gefragt, wie die Dinge hätten anders sein können, wenn ich der Sohn gewesen wäre, den er sich immer gewünscht hat.

Ich hatte keine Möglichkeit, dieses Chaos zu beseitigen, mit Guendolyn aber ist vielleicht noch nicht alle Hoffnung verloren.

„Scheiße!", brülle ich, während mir mein Herz in der Brust zerspringt. Ich schreite im Flur vor und zurück und streiche mir mit der Hand übers Gesicht. Eiskalt läuft es mir den Rücken hinunter und bohrt sich mir in die Knochen.

„Flippe jetzt nicht aus", fleht sie.

„Wie sonst soll ich denn sonst reagieren?", gebe ich schnippisch zurück. Das Mädchen, das ich vor Jahren auf der Erde gefunden habe, eine verlorene Fee aus unserer Welt, von der ich glaube, dass sie unser Königreich retten kann, und die mir mein Herz gestohlen hat, wird jetzt durch den Biss eines beschissenen Blutverfluchten sterben. Ich will immer und immer wieder mit meinen Fäusten auf die Wand einschlagen.

Ich bleibe vor ihr stehen. „Ich kann dich nicht verlieren." Noch während mir diese Worte über die Lippen kommen, kann ich sie auf meiner Zunge schmecken.

„Luther", flüstert sie, während ich innerlich zerfalle.

Mit beiden Händen halte ich zärtlich ihr Gesicht und ziehe ihren Mund an meinen heran. Verzweifelt küsse ich sie und versuche mir alles von ihr zu merken, während sie mich meinen Kuss erwidert. Nichts wünsche ich mir mehr, als sie für mich zu beanspruchen und sie zu erobern, bis sie für immer mir gehört. Ich möchte sie schmecken, endlich zwischen ihren atemberaubenden Oberschenkeln versinken und die aufgestauten Emotionen, die mich während der letzten beiden Jahre nahezu in den Wahnsinn getrieben haben, bis zum letzten Tropfen herauslassen.

Sie löst sich von mir und blickt mir in die Augen, nahezu so, als würde sie sich an weitere Details unserer Vergangenheit erinnern. Ich klammere mich an dieser Hoffnung fest, doch als sie nichts weiter sagt, weiß ich, dass es nur mein gequälter Verstand ist, der sich nach ihr sehnt.

„Wie hast du das Portal geöffnet, kleiner Wolf?", hauche ich ihr zu, um die Stille zu brechen. „Und warum zur Hölle hältst du eine kleine Fee? Sie sind bösartig." Mein Blick fällt auf das Viech, das mich mit seinen großen schwarzen Augen anstarrt und seine Lippen über seine Reihe scharfer Zähne fletscht. Der Schmarotzer weiß, dass ich über ihn spreche.

Dann faucht das Ding mich an. Guendolyn tritt einen Schritt zurück und legt ihre Hand über die kleine Fee, um sie näher an ihre Brust zu drücken. Sie schaut mit Bewunderung in ihren dunklen Augen zu Guendolyn auf. Wie zu den Sieben Höllen hat sie solch eine Kreatur gezähmt?

„Verdammt, Luther, hör mir zu", schimpft sie mit mir. Ihre Wut scheint ihr Leiden zu überwiegen. „Ich wurde gebissen, aber ich kann noch keine Symptome spüren. Das wahre Problem ist, dass Deimos auch gebissen wurde, und wir ihn rasch verlieren. Ich weiß nicht, wo Ahren ihn hingebracht hat, aber ich muss ihn sehen." Ihre Worte zittern und der Kummer zeichnet sich in ihrem Gesicht ab. Frische Tränen kullern über ihre Wangen. Ich bin nicht blind der Tatsache gegenüber, dass sie starke Gefühle für meinen Bruder Deimos hat, und ich schlucke den Schmerz hinunter. In diesem Moment fühlen sich ihre Worte wie ein Schlag in die Magengrube an.

„Deimos wurde auch gebissen?" Eine unsichtbare Hand scheint sich um meine Innereien zu legen und diese herauszureißen. Ich ersticke an der Luft und habe Probleme, meine Lungen mit Sauerstoff zu füllen.

Wie sind sie beide gebissen worden? Wir sind doch gerade erst gestern zurück im Königreich angekommen und schon jetzt ist die Hölle ausgebrochen.

„Ich weiß nicht, wo Ahren ihn hingebracht hat", weint sie. „Wo würde er hingehen?"

In meinem Augenwinkel erkenne ich, wie sich Soldaten am Ende des Flurs aufhalten und Leichen aufsammeln. Mit meinem Stiefvater und den Magiern in der Nähe müssen wir uns in Bewegung setzen. Es gibt zu viel zu verlieren.

„In diese Richtung", weise ich sie an und möchte ihre Hand nehmen, doch mir wird bewusst, dass dies nicht geschehen wird, da sie diese kleine Fee hält und ihr anderer Arm verletzt ist.

„Habt ihr ein Heilmittel für die Infektion eines Blutverfluchten?", fragt sie mich flehend, während wir entlang des Palastflurs stürmen, so weit weg vom Thronsaal wie nur möglich. Sie lächelt mich zwar nur leicht, aber doch voller Hoffnung an.

„Nein, aber wir haben Heiler, die vielleicht helfen können“, lüge ich sie an. Die Wörter hinterlassen einen sauren Nachgeschmack auf meiner Zunge. Viele Feen haben sich in den letzten beiden Jahren nach einem Biss in Blutverfluchte verwandelt und unsere Heiler waren hilflos und nicht in der Lage sie zu retten. Es wäre falsch, Guendolyn noch mehr zu verängstigen. Ich atme scharf aus und lass die Lüge für einen stillen Moment zwischen uns im Raum stehen.

Wir rennen an Marmorwänden, die kunstvoll mit goldenen Verzierungen gearbeitet sind, vorbei. Wandteppiche. Gemälde. Vasen. Kronleuchter. In allen Fluren dieses Gebäudes liegen mitternachtsblaue Teppiche. Nirgendwo stehen Soldaten oder Wachmänner, was im Moment eine gute Sache ist.

Anstatt mir Sorgen darüber zu machen, Guendolyn oder meinen Bruder an diesen Fluch zu verlieren, konzentriere ich mich darauf, dass wir uns so schnell wie möglich voran bewegen und stelle sicher, dass niemand sieht, wie sie den Palast verlässt.

Als wir den hinteren Ausgang erreichen, stoße ich die mit Metallnieten beschlagene Tür auf, die den Palast mit unserem Herrenhaus verbindet. Draußen ist der Wind gnadenlos und die Sonne blendet uns.

Ich stemme meine Schulter gegen die Tür und halte sie für Guendolyn auf. Sie eilt hinaus auf die Steinbrücke, die sich über die dreißig Meter lange Distanz erstreckt.

Sie umklammert die kleine Fee und blickt auf das riesige Schloss, aus dem wir gerade gekommen sind. Unser Herrenhaus in der Ferne mit unerschütterlichen

Steinwänden funkelt im Sonnenlicht. Das Schloss ist auf einen Berg gebaut und auf beiden Seiten von uns erstrecken sich die Abhänge. Hunderte von Häusern zieren die Landschaft innerhalb der Mauern des Königreichs.

Schwarze und rote Dächer glitzern unter der Sonne mit ihren Verzierungen um die Fenster in den unterschiedlichsten Farben. Dort unten lebt der Rest der Feen in Hütten. Die Häuser, die weiter oben auf dem Berg und näher am Palast gebaut sind, gehören den wohlhabenderen Familien.

Ich wende mich Guendolyn zu, die mit ihren scharlachroten Wangen so verloren aussieht. Ihr blondes Haar weht ihr durchs Gesicht, doch es scheint sie nicht zu stören. Ihre unwiderstehlichen blauen Augen wirken heute kalt.

Panische Stimmen der Feen unter uns verraten mir, dass der Durchbruch der Blutverfluchten in den Palast die Runde gemacht hat.

Guendolyn wirbelt auf ihren Fersen herum und rennt weiter in Richtung des Herrenhauses. Rasch sprinte ich ihr hinterher.

Ich versuche mir einzureden, dass es ihr und meinem Bruder gutgehen wird, jedoch habe ich die Auswirkungen, die ein Biss hat, gesehen. Panik kriecht mir den Nacken hinauf und die Welt dreht sich mit mir um sich selbst. Die Gedanken lassen mich nicht in Ruhe und Bilder der Beiden, wie sie sich verwandeln, zucken vor mir. Die Entscheidung treffen zu müssen, ob ich ihr Leiden beenden oder sie Zeit ihres Lebens, bis eine Heilung gefunden ist, einsperren soll, jagt mir Angst ein.

Diese Überlegungen sind Gift für meine Seele.

Als sie die Tür erreicht wirft sie mir einen kurzen Blick zu, da sie die Tür mit ihrer Verletzung nicht öffnen kann, während sie gleichzeitig die kleine Fee hält. Ich mache einen Satz und öffne die Tür für sie. Sobald wir beide drinnen sind übernehme ich die Führung und eile direkt in Deimos Kammer.

Aus der Ferne erkenne ich, dass seine Tür offensteht, und ich kann hören, wie Stimmen aus dem Inneren dringen.

Mein Herz stockt und ich kann nicht schnell genug dort hinkommen. Mit einem Mal renne ich.

Bitte lass ihn nicht in einen Blutverfluchten verwandelt sein. Götter, bitte.

Ich platze ins Zimmer. Ahren wirbelt zu mir herum, sein Gesicht ist düster und blass, mit einem Ausdruck, der eine dunkle Bürde trägt.

Ich verliere allen Anschein von Fassung und gehe auf das Bett zu, wo vier Heiler um meinen Bruder herum schweben. Dienstmägde verlassen eilig das Zimmer.

„Geht mir verdammt nochmal aus dem Weg", brülle ich die Heiler an, die einfach dastehen. Sie sind nutzlos und ich schiebe mich an ihnen vorbei.

Deimos liegt auf dem Rücken im Bett, mit geschlossenen Augen, und seine Schulter ist bandagiert. Er bewegt sich nicht, aber ich bemerke, dass sich seine Brust hebt und senkt.

Ein goldener, transparenter Schleier umgibt meinen Bruder.

„Was ist das?", schluchze ich.

„Ein vorübergehendes Hilfsmittel, um ihn am Leben zu halten, bis eine Heilung gefunden ist", erwidert eine tiefe Stimme, die zu einer dunklen Gestalt gehört, die aus den Schatten auf der anderen Seite des Betts heraustritt.

Jasion Crow. Ein weiterer Magier des Palasts, jedoch arbeitet er eng mit Ahren zusammen. Er ist groß, mit breiten Schultern, und gekleidet wie all die anderen Magier, mit einem Totenkopf, der mitten auf seiner nackten Brust hängt. Er ist mächtig, nahezu angsteinflößend, aber er steht unter dem Kommando des Königs. Ganz gleich, ob er behauptet, seine eigene Sache durchzuziehen. Ich bezweifle stark, dass er das wirklich macht. Er führt die Gebote des Königs ohne zu hinterfragen aus.

„Wie lange bleibt ihm?", frage ich Jasion. Weder zwinkert er, noch zeigt er irgendeine Art von Emotion. Diesen Magier verängstigt kaum etwas. Er ist zwar nicht viel älter als Ahren, und doch haben er und mein Bruder sich angefreundet, als wir zum ersten Mal im Palast eingetroffen sind. Beide waren jung und neu im Königreich, beide in Rollen, in denen viel von ihnen erwartet wurde. Sie haben eine Freundschaft aufgebaut, da sie zusammen trainiert wurden. Viele, darunter auch Ahren, sagen, dass Jasion als führender Magier eingesetzt werden sollte. Der König scheint dem aber nicht zuzustimmen.

„Eine Woche, oder zwei", antwortet Jasion.

Mein Blut erstarrt in meinen Adern zu Eis. „Wie zur Hölle sollen wir in dieser kurzen Zeit ein Heilmittel finden?"

„Sie müssen mir einen oder zwei Tage geben, Eure Majestät", sagt er.

„Ich werde weitere Tests durchführen, um zu sehen, wie schnell sich sein Blut verändert. So kann ich einen besseren Befund stellen. Aber Sie kennen ja die Wahrheit über dieses Gift." Sein Blick mit schweren Lidern wird intensiver und ich weiß genau, wovon er spricht. Wir haben so viele Blutverfluchte getestet, ihr Blut, verschiedene Zauber... Alles, was man sich nur ausdenken kann, wir haben es versucht. Aber nichts hat geholfen, denn es kommt unterm Strich immer dasselbe heraus. Der einzige Weg, einen Fluch zu brechen, ist es, die Magie seines Erschaffers zu nutzen.

Ich brumme als Antwort und wende mich zu Ahren um, aber es ist Guendolyn, auf der meine Augen ruhen.

Sie steht mit roten Augen da. Frische Tränen fallen ihr von den Wangen, als sie Deimos ansieht, und sie hält noch immer diese verdammte kleine Fee fest.

Mein Herz zerspringt entzwei; Trauer um meinen Bruder, Sorge um Guendolyn und Verwirrung wegen so vieler Dinge, die ich nicht verstehen kann.

Ich gehe näher und nehme sie zärtlich in meine Arme, ohne die kleine Fee zu zerdrücken. Guendolyn wird lockerer. In meinen Gedanken stelle ich mir vor, wie sie neben Deimos liegt und sie mir beide von der Infektion genommen werden. Mir stockt der Atem im Hals.

„Wie fühlst du dich?", flüstere ich.

Sie antwortet nicht, aber ihre Atemzüge werden zu einem Schluchzen.

Ich richte meine Aufmerksamkeit auf Ahren.

Wut brennt in seinen Augen. „Was zur Hölle ist dort hinten geschehen?", knurrt er.

Näher zu ihm gelehnt flüstere ich: „Sie hat, während sie im Herrenhaus war, irgendwie das Portal im Palast geöffnet."

Mein Bruder wendet sich den anderen im Raum zu. „Alle raus hier. Jetzt!"

Die Dienstmägde huschen nach draußen, wohingegen Jasion an uns vorbeispaziert. Seine blassen grauen Augen haben sich auf Guendolyn fixiert und zeigen für meinen Geschmack zu viel Interesse an ihr. Es bringt nichts Gutes, die Neugier eines Magiers anzustacheln.

Mit dem Schließen der Tür löst sich Guendolyn von mir.

„Was ist das?", faucht Ahren und starrt die kleine Fee in ihrer Obhut an, als würde er zum ersten Mal eine sehen.

„Sie haben uns geholfen die Blutverfluchten zu besiegen", antwortet sie voller Selbstvertrauen. „Und dieses kleine Ding hat sich am Flügel verletzt, deshalb habe ich versprochen, ihr zu helfen."

„Wem hast du es versprochen? Dem Ungeziefer, dass die Feen angegriffen hat?", fragt Ahren.

„Wir haben ein größeres Problem", unterbreche ich ihn. „Guendolyn ist auch gebissen worden."

Ahrens Gesicht verliert an Farbe, sein Blick

wandert über ihren Körper und landet auf ihrem Arm. Blut tropft auf die Holzdielen des Fußbodens.

„Götter, nein. Wir müssen Jasion zurückholen."

„Nein", sagt sie. „Bitte warte einen Augenblick. Lass mich kurz zu Atem kommen, da so viel geschehen ist. Ja, ich wurde gebissen, aber ich fühle mich noch nicht krank. Ich habe gesehen, wie schnell die Infektion von Deimos Besitz ergriffen hat, jedoch ist alles, was ich spüren kann, dieser verdammte Schmerz, der an meinem Arm emporschießt." Sie hebt ihren Arm und winselt. „Bitte helft mir zuerst die Blutung und den Schmerz zu stoppen, denn es klingt nicht, als hätten eure Heiler wirklich eine Lösung parat."

Ich wirbele auf meinen Fersen herum und stürme ins Badezimmer, wo die Dienstmädchen Eimer mit heißem Wasser und Material, um Wunden zu reinigen, zurückgelassen haben. Ich hole was ich brauche und bin Sekunden später wieder an ihrer Seite.

Ahren hat ihr geholfen, sich auf das Sofa zu setzen, und neben ihr ist die kleine Fee, die auch ziemlich mitgenommen aussieht. Einer ihrer Flügel ist ganz verdreht und gebrochen.

Ich knie mich vor Guendolyn nieder und lege ihren Arm auf ihrem Oberschenkel ab, mit der Verletzung nach oben zeigend. Dann tauche ich einen der Stoff-fetzen ins Wasser, wringe ihn aus und tupfe damit ihre schlimme Wunde ab.

Sie zuckt zusammen, doch ich mache weiter und wasche die Bisswunde aus. Sie muss sauber sein, bevor ich sie verbinde.

„Sprich mit mir", beginnt Ahren und lenkt ihre

Aufmerksamkeit so von meinem Tun ab. „Was ist heute geschehen?"

Sie leckt sich über ihre trockenen Lippen und schaut immer wieder zu Deimos, und dann zurück zu uns. „Als ihr gegangen seid, um den König aufzusuchen, haben Deimos und ich angefangen zu reden." Sie schluckt laut hörbar und hat Schwierigkeiten die richtigen Wörter zu finden.

„Und dann?", ermutigt Ahren sie weiter zu erzählen.

„Dann habe ich ihn geküsst. Er hat mich geküsst." Ihre Wangen laufen feuerrot an, aber sie schaut weg und weiß genau, wie ich für sie empfinde.

Meine Gedanken verharren bei dem Wort ‚geküsst'. Es sollte mich nicht stören. Ich habe gesehen, wie Deimos und Guendolyn sich zueinander hingezogen fühlen. Wir drei haben dieses Mädchen zuvor geteilt. Ich werde nicht leugnen, dass die Eifersucht in mir lodert und sie mein Innerstes wie ein Inferno in Brand setzt. Ich habe bisher nicht die Gelegenheit gehabt, Zeit mit Guendolyn zu verbringen, um ihr dabei zu helfen, sich an unsere Vergangenheit zu erinnern. Ich schmecke sie auf meinen Lippen und will mehr.

„Der ganze Raum hat angefangen zu wackeln", fährt sie fort. „Ich habe die Magie in der Luft gespürt. Das letzte Mal, als Deimos und ich uns geküsst haben, sind wir von der Erde in dieses Königreich teleportiert worden. Also denke ich, dass ich auch dieses Mal das Portal geöffnet habe. Es tut mir so leid. Ich weiß noch nicht mal, wie ich es angestellt habe oder warum es anders als beim letzten Mal war."

Ich senke meinen Kopf, reinige weiter ihre Wunde und merke, dass sie viel oberflächlicher ist, als es zuerst den Anschein hatte. Ich beginne, den Arm zu bandagieren, auch wenn die Wunde später noch desinfiziert werden muss, doch zuerst muss die Blutung gestoppt werden.

„Das Königreich ist mit Magie umgeben, um die Blutverfluchten abzuhalten. Vielleicht stört das also deine Portalfähigkeit", schlägt Ahren vor, was auch Sinn ergibt.

„Ich denke, als ich versucht habe, das Portal zu schließen, habe ich irgendwie einen zweiten Durchgang für die kleinen Feen geöffnet." Sie blickt auf ihre neue Freundin hinab und lächelt.

Ich nehme neben Guendolyn Platz.

„Und wie kontrollierst du die kleinen Feen?" Ahren macht sich Gedanken, versucht alle Punkte miteinander zu verbinden und ihrer Kraft einen Sinn zu verleihen. Herauszufinden, wie wir vermeiden, dass es wieder passiert. Und darin ist Ahren gut.

„Ich weiß es nicht", gibt sie zu. „Sie scheinen mich einfach zu mögen."

Die kleinen Feen mögen niemanden, wenn sie sie nicht gerade in Stücke reißen und ihnen das Mark aus den Knochen saugen.

Die Stille legt sich schwer über den Raum und alles in mir scheint zu erstarren. Alles, außer dem Instinkt zu kämpfen.

Jedes Mal, wenn ich zu Deimos hinübersehe, habe ich das Gefühl, von einem Vorschlaghammer an der

Brust getroffen zu werden. Wie zur Hölle sind wir hier hin gekommen?

„In Ordnung, wir wissen also das Folgende", beginnt Ahren, an seinen Fingern mitzählend. „Guendolyn kann ihre Kraft nicht kontrollieren und vielleicht wird sie durch das Küssen ausgelöst."

„Nunja, nicht ganz korrekt", werfe ich kleinlaut ein. „Ich habe sie vorhin im Flur geküsst und es hat keine Überführung zwischen den Königreichen stattgefunden."

Ahrens Stirn hebt sich und er studiert mich. Ich kann den Ausdruck in seinen Augen nicht deuten. „Heißt das, die Kraft reagiert unterschiedlich auf verschiedene Leute oder geht es nur um das Stresslevel? Jasion hat mir mal erzählt, dass seine Kraft sich verändert, abhängig von den Emotionen, die er am entsprechenden Tag empfindet."

„Davon habe ich noch nie gehört." Immer wenn ich mit den Magiern des Königs zusammengearbeitet habe, haben sie mir ohne Probleme Informationen gegeben.

„Wir müssen herausfinden, womit wir es zu tun haben. Wir wissen, dass die kleinen Feen gut auf dich reagieren, Guendolyn, und sie helfen dir, deshalb denke ich, dass es da noch etwas anderes gibt."

Sie nickt.

„Und aus irgendeinem Grund reagierst du nicht auf den ansteckenden Biss eines Blutverfluchten."

„Das wissen wir noch nicht", murmelt sie.

„Richtig, aber wir werden es am Ende dieses Tages wissen, da ich noch nie gesehen habe, dass es einer

Infektion so lange bedarf, sich auszubreiten." Seine Stirn runzelt sich mit dem Gesichtsausdruck, den er immer aufsetzt, wenn er nicht glaubt, was er hört.

„Du hast den wichtigsten Teil ausgelassen", kündige ich an und erhebe mein Kinn in Ahrens Richtung. „Deimos hat nicht mehr viel Zeit in diesem magischen Nebel übrig, bevor die Gifte ihn verwandeln und wir unseren Bruder für immer verlieren."

5

GUEN

hren steht vor Luther und mir, während das durch das Fenster einfallende Licht einen Schein um ihn herum wirft. Sein langes, weißes Haar hat er zu einem verführerischen Männerdutt an seinem Hinterkopf zusammengebunden und einige Strähnen hängen ihm wild ins Gesicht. Diese blassgrünen Augen sehen direkt in mich hinein. Ahren ist spektakulär, groß und hat breite Schultern. Voller Selbstbewusstsein steht er da. Ich kann mir problemlos vorstellen, wie er auf einem Thron sitzt und dieses Königreich regiert. Er hat eine Art an sich, die mich daran erinnert, dass er der Erbe ist und ein Nein als Antwort nie akzeptieren würde.

Die Wahrheit ist aber, dass mich alle drei Prinzen zum Schwärmen bringen. Das aber macht sie nicht weniger frustrierend oder gefährlich.

Seit ich in diesem Königreich angekommen bin, ist alles viel komplizierter geworden. Die Dinge waren schon durcheinander genug, wie sie waren... Ich bin eine Fee vom Unseelie Hof, offensichtlich der Todfeind der Prinzen. Meine Eltern befinden sich in diesem Hof, aber niemand kann mir mehr sagen, als dass ich von den Unseelie getötet werden könnte, wenn sie mich finden.

Mein Kopf schmerzt vom Versuch, allem einen Sinn zu verleihen. Jetzt ist Deimos gebissen worden und ich kann irgendwie die kleinen Feen kommandieren. Wenn die Dinge vorher noch nicht verrückt waren, dann sind sie es mit Sicherheit jetzt.

„Guendolyn", flüstert Ahren und ich kann in seiner Stimmlage erkennen, dass er etwas von mir möchte. „Als wir in diesem verschlafenen Nest von einem Dorf Rast gemacht haben, hast du meine Bisswunde geheilt. Erinnerst du dich daran?"

Wie könnte ich das vergessen? Die Wölfe haben uns fast getötet, aber ich weiß genau, was Ahren mit seiner Frage bezwecken will.

„Ich weiß nicht, wie ich das gemacht habe, aber ich werde es bei Deimos versuchen. Ich tue alles, um ihm zu helfen." Mein Blick fällt herab auf die kleine Fee, die noch immer mit einem blauen Flügel um sich gelegt und dem anderen abstehenden dort sitzt. Auch ihr muss ich irgendwie helfen. Ich stehe auf und gehe schnellen Schritts auf Deimos zu und erinnere mich daran, wie Ahrens Bisswunde verschwand, als ich sie berührte. Zurück blieb nur der Abdruck meiner Hand auf seiner Haut. Ich hoffe, dass er Recht hat, da ich nicht aufhören kann, mir Sorgen darum zu machen, dass es in diesem Fall nicht funktionieren könnte.

Der Deimos umgebende transparente Nebel

funkelt wie goldene Juwelen im Sonnenschein, der durch die Fenster fällt.

„Kann ich es berühren?" Ich blicke über meine Schulter zu Ahren, der sich neben mich stellt.

„Die Magie, die ihn umgibt, wird dir nichts anhaben." Er betrachtet mich, als wäre ich kurz davor, eine Art ehrfurchtgebietenden Trick vorzuführen.

Zweifelsfrei ist diese ganze Situation ein Shitstorm, der nur darauf wartet, auszubrechen. Luther steht wortlos am Fenster und ich kann die Anspannung, die wellenartig von ihm abstrahlt spüren. Man kann es ihm nicht übelnehmen. Dies ist ein beschissener Schlamassel, in dem wir stecken.

Deimos zugewandt versuche ich meine Ängste zu verdrängen und mit einem tiefen Atemzug senke ich meine Handfläche über seine verbundene Schulter. Die Magie fühlt sich kalt auf meiner Haut an. Mit geschlossenen Augen stelle ich mir vor, wie meine Energie durch mich und in Deimos hineinströmt.

Ich nutze meine Kraft.

Der Boden bebt unter meinen Füßen. Ich schlage rasch meine Augen auf und merke, dass die Wände vibrieren. Von den Bewegungen wacklig auf den Beinen greife ich nach Ahren, um meine Balance wiederzufinden.

Er greift nach meinem Handgelenk und zerrt mich zu sich, während die Wände zittern und ächzen.

Einen Augenblick später verebbt das Beben. Alle verharren wie versteinert und niemand sagt ein Wort, während wir warten.

„Warst du das?“ Luther schaut mir direkt in die Augen.

„Ich bin mir sicher, dass das ihre Kraft war“, antwortet Ahren für mich.

Schnell löse ich mich von Ahren und eile zurück an Deimos Seite, um seine Schulter zu begutachten. Bitte, bitte lass sie geheilt sein. Mit klopfendem Herzen wickle ich eifrig die Verbände ab.

Der weiße Stoff löst sich von seinem Fleisch. Zum Vorschein kommt Blut und der Anblick der offenen Wunde. Es hat sich so viel Blut um die Bisswunde herum gesammelt.

Ich zucke zusammen und möchte losschreien. Geschwind bandagiere ich die Wunde wieder, um die Blutung zu stillen. Dann blicke ich zu Ahren und schüttle den Kopf.

„Ich habe die Kraft gespürt, aber es hat nicht funktioniert“, murmele ich.

Luther seufzt. „Das Einzige, was gegen diese furchtbare Magie wirken wird, ist ein Heilmittel des Erschaffers“, erklärt er.

Ich wende mich zu ihm um. „Warum verspüre ich dann noch immer keine Symptome meines Bisses?“

„Ich kann nur spekulieren“, antwortet Luther mit sachlicher Stimme, als hätte er bereits darüber nachgedacht. „In deinen Adern fließt Unseelie Blut und der Fluch, mit dem unser Hof belegt ist, stammt vom Aschehof, wo die Unseelie leben. Ich würde behaupten, dass dich das immun macht und dass der Fluch es nur auf Seelie Blutlinien abgesehen hat.“

In der Art, wie er diese Worte ausspricht, liegt eine

Kälte. Nahezu so, als würde er mich dafür verabscheuen, eine Unseelie zu sein. Ich wusste noch nicht mal, dass Feen existieren, bevor mich diese Prinzen hierhergebracht haben, ganz zu schweigen davon, dass es zwei Gruppierungen gibt.

„Ich werde Jasion holen", brummt Ahren, während er das Zimmer in Richtung der Tür durchquert, und seine Schritte auf den hölzernen Bodendielen donnern.

„Sollten wir nicht warten, bis ich Symptome zeige? ", sage ich. Die Sorge und die Ungeduld kann ich dabei in Ahrens Gesicht erkennen.

Jedes Mal, wenn ich zu Deimos in seinem Bett hinüberblicke, möchte ich in Tränen ausbrechen. Seit er mich aus dem Nachtclub auf der Erde geholt hat sind wir ohne Unterbrechung auf der Flucht. Trotz all dieser Komplikationen und den Kämpfen um unser Leben habe ich mich irgendwie dabei erwischt, wie ich mich zu ihm hingezogen fühle. Mit der Zeit habe ich begonnen zu glauben, dass ich herausfinden würde, was meine Gefühle für ihn wirklich bedeuten. Ob die Zärtlichkeit, die er mir gezeigt hat, wirklich ehrlich ist, und jetzt weiß ich nicht mehr, ob ich die Möglichkeit haben werde, die Wahrheit herauszufinden.

„Jasion weiß vielleicht mehr über die Unseelie Magie und vielleicht auch etwas über die kleinen Feen, damit wir herausfinden können, warum du sie kontrollieren kannst", erklärt Ahren. Er wartet keine Antwort ab, sondern marschiert einfach aus dem Zimmer, als könne er es nicht ertragen, nichts zu tun, während sein Bruder dort bewusstlos liegt.

Luther hockt auf dem Sofa, auf dem gegenüberliegenden Ende der kleinen Fee mit den blauen Flügeln. Er beugt sich nach vorne, stützt seine Unterarme auf die Oberschenkel und starrt aus dem Fenster hinaus auf die atemberaubende Aussicht der Berge.

Er ist verheerend gutaussehend und ich habe so viele gemischte Gefühle für ihn. Dinge, die ich nicht verstehen kann. Jetzt scheint es, als ob ihm Verwirrung ins Gesicht geschrieben steht. Seit ich ihn getroffen habe ist er geduldig mit mir, wenn es darum geht, mich an unsere gemeinsame Vergangenheit zu erinnern, doch jetzt kann ich den Schmerz in seinen Augen, wenn er mich ansieht, erkennen. Jetzt ist er ganz weit weg.

Ich bin noch immer ganz nervös von den Geschehnissen des Tages und mein Innerstes ist aufgewühlt.

„Ich denke, dass das, was du vorhin gesagt hast, warum ich die Infektion nicht spüre, wahr sein könnte", sage ich, um die Stille zu brechen.

Luther blickt mir in die Augen. „Ich weiß bereits, was Jasion sagen wird. Er hat es schon zuvor erwähnt. Wir müssen ein Heilmittel vom Erschaffer am Aschehof bekommen und das wird verflucht nochmal nicht passieren."

Die angespannten Muskeln in seinem Hals pulsieren und ich kann die Last auf meinen Schultern verspüren, wie sie es mir schwermacht. Was er durch die Blume versucht zu sagen, ist, dass Deimos aufgeschmissen ist. Was ich noch mehr als die Schuld, die durch mich strömt, hasse, ist es, diese Tatsache auf Luthers Gesicht zu erkennen.

„Du weißt, dass ich das nicht mit Absicht gemacht habe", antworte ich.

„Habe nie gesagt, dass dem so ist". Er hebt sein Kinn und atmet langsam aus. „Ich gebe dir nicht die Schuld, kleiner Wolf. Ich versuche herauszufinden, wie wir meinen Bruder retten können."

Ich gebe mir selbst einen Ruck, mich von der Traurigkeit in meinen Gedanken zu lösen und gehe zu Luther hinüber. Neben ihm sitzend beuge ich mich hinüber und lege meine Hand auf seine, damit er weiß, dass er nicht alleine ist. Trauer hat die Eigenart, das Schlechteste und das Beste in einer Person herauszubringen, sagte meine Pflegemutter immer zu mir.

Ich weiß nicht, was ich sagen soll, aber Luther dreht seinen Kopf in meine Richtung und alles was ich sehen kann, sind diese lebhaften dunklen Augen mit einem goldenen Rand um die Pupillen. Sie scheinen beinahe zu strahlen, wenn das Sonnenlicht auf sie trifft.

Er räuspert sich. „Als ich vierzehn war, bin ich vom Pferd gestürzt. Mein Fuß ist im Steigbügel hängengeblieben und das aufgeschreckte Tier hat mich mit sich geschleift. Ich würde sterben und ich wusste in meinem Herzen, dass mich alle so in Erinnerung behalten würden—als den Prinzen, der nicht mal ein Pferd reiten kann. Mir war aber nicht bewusst, dass Deimos nebenher galoppierte, fest entschlossen, mein Ross aufzuhalten. Er schaffte es, auf den Rücken meines Pferds zu springen und es zu beruhigen. Ich erinnere mich, wie er herabgesprungen ist und mich ansah, wie ich verletzt und blutend dalag. Das Erste, was er zu mir sagte, war: ‚*Das beweist, dass ich der bessere Reiter bin*‘.“ Luther lacht bei dieser Erinnerung ein wenig über sich selbst. „Er war immer mein Konkurrent, aber er hat mich nie im Stich gelassen. Deshalb kann ich ihn nicht verlieren oder ihn als ‚*Der Prinz, der von den Blutverfluchten getötet wurde*‘ erinnert werden lassen.“

Mein Herz springt mir fast aus der Brust, als mir bewusst wird, wie sehr er sich quält.

Er betrachtet meine Hand in seinem Schoß bevor er mich wieder anblickt. „Ich habe nicht den Kopf dafür, dir das Königreich zu zeigen und dir dabei zu helfen, dich an unsere Vergangenheit zu erinnern, so wie ich es dir versprochen habe. Zumindest nicht, bis mein Bruder gerettet ist.“

Ich schlucke dieses unbehagliche Gefühl in meinem Hals herunter. „Das würde ich überhaupt nicht von dir erwarten, nicht mit allem, was vor sich geht.“ Meine Stimme kommt abgehackt heraus und es klingt, als würde ich lügen. Ich lächle ihn an, um ihm zu zeigen, dass ich Verständnis habe, und ich versuche nichts von der Enttäuschung in meinem Bauch durchblicken zu lassen. Das lässt mich selbstsüchtig klingen, aber ich bin in diesem Königreich, fern von meiner Familie und meinen Freunden gefangen, und hinter jeder Ecke lauert Gefahr. Vor allem möchte ich mit jeder Faser meines Seins, dass Deimos gesund wird. Wenn ich doch aus diesem Königreich stamme, sollte sich dieser Ort mehr wie Zuhause anfühlen, wenn ich mich daran erinnern könnte, was zuvor geschehen ist.

„Was ist nach dem Vorfall mit dem Pferd mit euch geschehen?", frage ich, um mich aus meinen sinkenden Gedanken zu reißen.

„Wir haben es nie einer Seele erzähle. Die Schnitte und blauen Flecken haben wir unserer Mutter damit erklärt, dass Deimos gegen ein Wildschwein gekämpft hat, das versuchte, mich anzugreifen."

„Ihr beide steht euch wahnsinnig nah, oder?"

Er nickt.

„Was ist mir Ahren?"

Luther zuckt mit den Schultern. „Als der Älteste wurde er bedauerlicherweise gezwungen, bereits im jungen Alter Verantwortung zu übernehmen, und hat deshalb nicht sehr viel Zeit mit uns verbracht, während wir aufwuchsen. Deimos und ich ritten Pferde und er wurde dazu angehalten mit Tutoren die Etikette, ein König zu sein, zu erlernen."

„Das ist irgendwie traurig für ihn", sage ich. „Er hat seine Kindheit verloren."

„Du magst es für bedauerlich halten, aber er träumt seit er sprechen kann davon, König zu sein. Seine Lektionen waren daher ein wahrgewordener Traum dessen für ihn, was kommen wird."

Aus der Unterhaltung mit Ahren in Swindon weiß ich, dass sein leiblicher Vater ihn bis zur Bewusstlosigkeit verprügelt hat. Selbstverständlich würde er danach streben, seinem Vater auf gar keinen Fall zu gleichen.

„Ich habe einen jüngeren Pflegebruder und wenn er einen guten Tag hat, ist er ein kleiner Rotzlöffel."

Luthers Augenbrauen ziehen sich verwirrt zusammen.

„Er nervt einfach und mag es, mich zu ärgern", erkläre ich.

Die Scharniere der Tür geben ein leichtes Ächzen von sich und wir wenden uns beide um. Ahren kommt ohne eine Spur des Magiers an seiner Seite ins Schlafzimmer marschiert.

„Planänderung?", fragt Luther.

„Jasion ist beschäftigt und wird sich später zu uns gesellen."

„Was ist Jasions Aufgabe im Königreich?", frage ich.

„Er ist ein Magier und hat einen stärkeren Hang zur Magie als alle anderen Feen", erklärt Ahren. „Normalerweise kontrollieren sie vier oder fünf Fähigkeiten. Sobald sie im jungen Alter Anzeichen dafür zeigen, werden sie zur Ausbildung in die Tempel gebracht, und die meisten von ihnen arbeiten dann schlussendlich als Beschützer oder Ratgeber für eines der vier Reiche im Königreich der Irrfahrten."

„Und um die Drecksarbeit für den König zu erledigen. Jeder weiß, dass sie dunkle Magie praktizieren", gibt Luther automatisch von sich.

„Jasion ist nicht wie die Anderen", erwidert Ahren schnippisch.

Luther schüttelt seinen Kopf. „Ich weiß, dass er dein Freund ist, aber wenn der König ihm einen Befehl gegeben hat, wird Jasion ihn wie alle anderen Magier auch ausführen, ganz gleich der Konsequenzen. Das ist der Teil, mit dem ich ein Problem habe."

Ahrens Unterkiefer verkrampft sich. Er schüttelt seinen Kopf und schreitet auf Deimos Bett zu, so als hätten sie diesen Streit schon zu viele Male zuvor gehabt. Ich weiß nicht, was ich von den Magiern halten soll, da dies alles neu für mich ist. Deshalb sage ich nichts und bleibe neben der kleinen Fee sitzen, um sie in meine Hände zu nehmen. Sie hebt ihren Kopf und gähnt ganz leicht. Ihr Mund ist mit Dutzenden kleinen, scharfen Zähnen gefüllt. Sie rutscht in meinen Händen umher und zuckt auf ihren verletzten Flügel blickend zusammen.

Ich lege meine Handfläche, ohne ihn zu berühren, über ihren Flügel und konzentriere mich darauf, etwas der Energie, die ich noch in mir trage, in ihren Flügel zu schicken, um ihr bei der Heilung zu helfen. Soweit ich weiß ist sie mit keinem Fluch belegt, also könnte das funktionieren.

„Setze das Ding hier herein", sagt Luther.

Ich hebe meinen Kopf und sehe, wie er eine Schublade der Mahagoni Truhe auf der anderen Seite des Zimmers herauszieht. Kunstvolle Spiralen sind hinein geschnitzt und sie sieht aus, als gehöre sie in einen Antiquitätenladen.

„Deimos Kleidung ist das perfekte Polster, damit sie darin schlafen kann", merke ich an.

„Dieses Ding bleibt hier nicht mit Deimos in diesem Zimmer", brummt Ahren. „Die kleinen Feen greifen Feen an und fressen sie. Im Moment ist er wehrlos."

Luther schnalzt mit der Zunge und die Wut kocht in seinem Gesicht hoch. Bevor er explodiert, unterbreche ich.

„Wie wäre es, wenn die kleine Fee nur in der Schublade schläft, solange wir im Raum sind? Dann nehme ich sie mit mir dorthin mit, wo ich mich aufhalte."

„Hört sich gut an", antwortet Luther eifrig.

Ahren sieht mir zu, wie ich die kleine Fee an meinen Oberkörper gedrückt halte und als wäre es eine Geste des guten Willens, nickt er.

Hastig decke ich sie zu und lasse die Schublade etwas geöffnet. „Schlaf, kleines Ding."

Sie rollt sich auf dem blauen, weichen Stoff zusammen. Ihre Art hat uns gerettet und deshalb habe ich vor, mich um sie zu kümmern, bis sie wieder bereit ist, sich ihrer Familie anzuschließen.

„Ich werde mich um etwas zu essen und zu trinken kümmern." Luther läuft durchs Zimmer. „Ich gehe fast ein vor Hunger."

Die Anspannung zwischen ihm und Ahren füllt den Raum, aber ich erinnere mich selbst daran, was meine Pflegemutter über Trauer gesagt hat.

Luther verlässt das Zimmer mit erhobenem Kinn und wie immer voller Selbstvertrauen. Wobei ich heute einen Riss in seiner harten Außenschale erkannt habe.

Ahren lehnt sich gegen das Fensterbrett, mit seinen Händen tief in den Taschen versenkt und seinen Beinen verschränkt.

„Luther hat dich vor zwei Jahren in dieses Königreich gebracht", sagt Ahren und durchbricht damit die

Stille. „Er hat dich durch Magie gefunden und hätte nie nach dir suchen oder dich zurück in dieses Königreich schleppen sollen."

Seine Worte lassen mich nicht im Geringsten erwünscht fühlen und ich weiß nicht, wie ich darauf antworten soll. Normalerweise würde ich seine passive Aggression mit meiner eigenen beantworten. Jedoch spüre ich Ahrens Augen auf mir, als würde er nicht weniger von mir erwarten. „Ich habe nie darum gebeten, hier her gebracht zu werden."

Ahrens Mund verzieht sich zu einer dünnen Linie. „Das hat er aber, und damit haben die tragischen Ereignisse begonnen, die dazu geführt haben, dass du den Fluch über den Schattenhof gebracht hast. Der Grund, warum ich dir das erzähle, ist, damit du weißt, dass er jeden Tag mit dieser Schuld lebt."

Seine Erklärung erwischt mich eiskalt. Da dachte ich doch, dass es seine Absicht war, mich zu beleidigen, dabei wollte er die ganze Zeit nur, dass ich erkenne, wie sehr Luther leidet. Vielleicht wollte er auch beides. Seit ich Ahren begegnet bin, hat er immer einen grimmigen Ausdruck um mich herum gewahrt und versucht, mich aufzubringen. Jedoch habe ich Fetzen dessen gesehen, was unter seiner harten Maske verborgen ist, und weiß, dass er nicht der ist, der er vorgibt zu sein. Er ist geradezu aggressiv fürsorglich und denkt immer zuerst an alle anderen. Seine Vergangenheit ist erschreckend tragisch; sein leiblicher Vater hat Ahren verprügelt, wann auch immer er ungehorsam war. Der vergangene Schmerz seiner Narben, die im Zickzack seinen Rücken zieren, könnte ihm die Stärke geben, für was auch immer er für richtig hält zu kämpfen. Für mich aber sind die Verletzungen seines Verstands eine Mahnung, dass jene Erinnerungen immer zu dieser starken, selbstbewussten Fee gehören werden. Niemand verdient ein so grauenhaftes Heranwachsen.

„Mir war nicht klar, dass Luther sich selbst dafür verantwortlich macht", murre ich.

Ahren stößt sich mit steifer Körperhaltung vom Fenstersims ab. „Ich wünschte, du wüsstest, wie sehr es ihn niedergeschlagen hat, als du für zwei Jahre wieder auf der Erde verschwunden bist."

Er schlendert zu Deimos hinüber, stellt sich über seinen Bruder und betrachtet ihn stumm.

Mein Magen sinkt mir in die Kniekehlen. Luthers Herz ist gebrochen und ich muss mit ihm sprechen. Irgendein bedürftiger Teil von mir möchte den Schmerz aus seiner Seele radieren und ihn trösten. Vor allem aber wünsche ich mir, dass die verlorenen Erinnerungen endlich zurückkommen.

Ich setze mich auf dem Sofa auf meine Beine. Ahren sorgt sich ehrlich um seine beiden Brüder, auch wenn sie sich gegenseitig anknurren, und das berührt mich tief.

Eine leichte Brise weht in den Raum und lässt es mir kalt über den Rücken laufen.

Ich wende mich zur Tür herum, als ein Mann sie aufstemmt. Er ist groß, angsteinflößend und blickt finster drein. Schief auf seinem Kopf sitzt eine goldene Krone. Er stürmt wie ein wütend gewordener Bulle hinein und hält direkt auf mich zu.

6

GUEN

Mein scharfer Instinkt bringt mich dazu, auf der Stelle zu erstarren. Mein Kopf schreit mich an, zu flüchten, aber ich kann mich nicht bewegen. Was ich mir wünsche, ist es, mich in Luft aufzulösen, aber stattdessen rolle ich mich auf dem Sofa ein.

Der König kommt in meine Richtung und jeder Schritt, der auf die Bodendielen trifft, gleicht Paukenschlägen, die zu meinem Tod hinunterzählen.

Er muss mich aus dem Thronsaal wiedererkennen. Scheiße! Er muss mich dort gesehen haben... Wie viel aber hat er gesehen? Mich, beim Versuch, das Portal zu schließen? Die Prinzen, wie sie mich beschützen? Die kleinen Feen?

Ahren schießt in Sekundenschnelle zwischen seinen Stiefvater und mich. „König Tibout." Er schlägt sich zweimal mit der Faust aufs Herz. „Wir haben keinen solch ehrenvollen Besuch erwartet." Seine

Stimme hört sich genauso angespannt an, wie er aussieht.

„Hör auf dich so verdammt unterwürfig zu verhalten und geh mir aus dem Weg. Außerdem habe ich dir gesagt, dass du dich nicht so formal verhalten sollst, wenn wir nicht im Thronsaal sind."

König Tibouts Frustration lässt mich nahezu annehmen, dass er sich von Ahren wünscht, ,Papa' oder etwas mehr Persönliches genannt zu werden. Vielleicht sollten die Prinzen ihrem Stiefvater eine Chance geben?

Doch irgendwie bezweifle ich, dass der König mit mir so nachgiebig sein wird, wenn er erfährt, dass ich das Portal zu den Blutverfluchten in seinem Thronsaal geöffnet habe, und, oh ja, den Fluch auf sein Königreich losgelassen habe!

Ahren aus dem Weg drängend taucht das Fass eines Mannes bedrohlich über mir auf. Er hat sich umgezogen und trägt jetzt einen silbrig blauen Mantel, der von seinem Bauchnabel nach oben bis zum Hals eng zugeknöpft ist, sowie eine schwarze Hose und schwarze, glänzende Stiefel. Es starrt mich genauso wild wie sein widerspenstiges, weißes Haar an.

„Wer bist du?", fordert er zu wissen und lässt nicht durchblicken, wobei er mich vielleicht im Thronsaal beobachtet haben könnte. Was genau hat ihn dazu getrieben, mich ausfindig zu machen? Erkennt er jede Person, die in seinem Palast lebt?

Ich fühle mich überwältigt und meine Stimme versagt. Gerade habe ich mich mit Blutverfluchten herumgeschlagen und dem Versuch, herauszufinden, wie man diese Portale schließt, und jetzt das.

„Hast du eine Stimme oder bist du stumm, Mädchen?", hält er sich hartnäckig.

„G-Gainy. Das ist mein Name", murmele ich und hasse, dass das Erste, was mir in den Sinn kommt, dieser dumme Name ist, den Deimos mir gegeben hat.

„Und wo kommst du her, Gainy?"

Ich kann sehen, wie sich die Zahnräder hinter seinen Augen drehen, als er alle Puzzleteile zusammenfügt. Eine neue Person taucht am gleichen Tag in seinem Palast auf, als die Blutverfluchten auf mysteriöse Weise in den Thronsaal durchbrechen. Ich würde zum gleichen Schluss kommen. Doch ich kann ihn nicht die Wahrheit erfahren lassen. Das Runzeln seiner Stirn gehört nicht zu einem verständnisvollen Mann.

Mein Herz schlägt wie wahnsinnig, bereit mir aus der Brust zu springen und zu fliehen.

„Ich—"

„Sie ist nur eine Heilerin aus einem Dorf im Königreich. Warum verhörst du das arme Mädchen?", merkt Ahren an. „Ich hätte gedacht, es würde dir mehr Sorgen bereiten, dass Deimos gebissen worden ist."

Der Kopf des Königs wendet sich zum Bett um und er richtet sich auf. Die gesamte Farbe ist aus seinem Gesicht gewichen.

„Du gute Güte", knurrt Tibout und stürmt durch den Raum zum Bett an Deimos Seite. „Deine Mutter wird am Boden zerstört sein. Scheiße!"

Ich sinke auf dem Sofa zurück und kann endlich wieder atmen.

Ahren wirft mir einen Mut machenden Blick zu und geht zu seinem Stiefvater. Sie sprechen miteinander, um herausfinden, wie Deimos gebissen worden sein könnte, wenn man bedenkt, dass er ein außergewöhnlicher Krieger ist. Ich stelle mir die Szene bildlich vor meinem inneren Auge vor. Ein Blutverfluchter erwischt ihn aus dem Hinterhalt und ein anderer naht rasch, um ihn zu erledigen. Über die Vergangenheit zu reden aber wird das Problem nicht lösen. Alles, worum es mir geht, ist zu versuchen, Deimos, der vor ihnen dahinsiecht, zu helfen.

Ich ziehe den Ärmel meines Kleids an meinem bandagierten Arm hinunter.

Ein Schmerz legt sich über meinen Bauch. Möchte ich wirklich herausfinden, warum sie mich verstoßen haben und warum sie mich töten wollten?

„Bringt mich auf den neuesten Stand der Dinge sobald ihr von Jasion hört", brummt der König und wendet sich zu mir um, was mir eine Gänsehaut an meinen Armen hinaufkriechen lässt. „Vielleicht habe ich noch ein oder zwei Verbindungen zum Aschehof."

Ahren räuspert sich und blickt dem König bedauernd in die Augen. „Ich habe schlimme Neuigkeiten bezüglich des Meisters der Jagdfauna erhalten", antwortet Ahren. „Gabel Wulfe ist vor kurzem in einer schrecklichen Schlacht in den Wäldern nahe dem Aschehof ums Leben gekommen."

Die Gesichtszüge des Königs werden weicher und seine Trauer zeichnet sich von diesen Nachrichten noch stärker ab. „Wie konnte ich diese Mitteilung verpassen?"

Mein Herz zerbricht bei der Erinnerung an Gabel. Er war eine Fee, die daran geglaubt hat, gerecht und ehrlich zu den Leuten zu sein. Es schmerzt, sich an seinen Tod zu erinnern, dem er begegnet ist, während er uns geholfen hat, im Wald gegen die Blutverfluchten zu kämpfen.

„Keine Ahnung". Ahren zuckt mit den Schultern und schreitet zur Tür, um den König hinauszugeleiten. Der König aber dreht sich zurück zu mir um. Ihm entgeht auch gar nichts, oder? Ich kann nicht behaupten, dass ich überrascht bin, aber ich weiß Ahrens Versuch, seinen Stiefvater loszuwerden, zu schätzen.

„Du kommst mir bekannt vor", richtet sich der König an mich. „Sind wir uns heute schon einmal begegnet?"

„Vielleicht hast du sie unten in der Stadt gesehen", antwortet Ahren für mich, während seine Stimme jetzt viel geschmeidiger und überzeugender ist.

„Eure Majestät", sage ich rasch, „Luther ist mir begegnet, als ich meinen Nachbar geheilt habe und hat mich gefragt, ob ich mit ihm kommen würde, um mit Euren Heilern über eine potenzielle Arbeitsstelle hier zu sprechen."

Beide sehen mich seltsam an und vielleicht hätte ich einfach Ahren das Reden überlassen sollen. Aber ich habe gelernt, dass wenn es schon eine Lüge gibt, es immer überzeugender ist, wenn zwei Seiten sich gegenseitig bei der Lüge zuspielen. So wie Ahren mich jetzt aber ansieht vermute ich, dass ich vielleicht etwas Unpassendes gesagt haben könnte.

„Luther stellt Personal für meinen Palast ein?“, fragt der König.

Ahren rotzt ein herablassendes Lachen heraus. „Du kennst die Einwohner; sie würden alles sagen, um vom Palast angestellt zu werden. Luther hat sie einfach gebeten, zu uns zu kommen, damit er beurteilen kann, wie effektiv ihre Heilkraft wirklich ist.“

Der König scheint uns das nicht abzukaufen, da er mich mit strengem Blick inspiziert. Ich atme pfeifend aus.

„So bin ich halt. Ich würde alles tun, um hier zu arbeiten.“ Gott, ich hasse es, wie verzweifelt ich mich anhöre.

Seinen weißen Bart kratzend verziehen sich die Lippen des Königs zu einem finsteren Blick. „Ist Teil deiner Heilkraft die kleinen Feen zu konsultieren und sie mit dir herumzutragen? Du weißt, dass sie uns Feen angreifen und fressen?“

Ah, da ist es ja. Er hat mich mit der kleinen Fee im Gepäck gesehen und dieses kleine bisschen Wissen gibt mir das Selbstbewusstsein frei zu sprechen.

„Wenn eine Person oder ein Tier verletzt ist, diskriminiere ich nicht, Eure Majestät“, antworte ich. „Es war klar, dass die kleinen Feen uns beim Besiegen der Blutverfluchten geholfen haben. Das Mindeste, was ich also tun konnte, war es, einer von ihnen, die sich ihren Flügel verletzt hat, zu helfen.“

„Du dürftest im Punkt der Etikette in Gegenwart von Königlichen nicht gut bewandert sein, oder meine Söhne haben dich irregeführt zu glauben, dass mir in die Augen zu sehen so freigiebig akzeptiert wird." Seine Stimme klingt angespannt.

Bedenkt man, dass ich ihm zuvor schon in die Augen geblickt habe, vermute ich, dass er es ganz und gar nicht mag, wenn jemand seine Vermutungen verbessert. Ich schlucke laut, senke meinen Kopf und unterwerfe mich widerwillig. Ich möchte nicht, dass er nach weiteren Antworten sucht und herausfindet, dass ich für den Durchbruch heute verantwortlich bin. „Ich entschuldige mich, Eure Majestät."

Schritte, die sich in Richtung der Tür zurückziehen, hallen auf den Bodendielen wider. Ich hebe meinen Blick und drehe mich um, als der König über seine Schulter einwirft: „Wenn ich noch eine dieser kleinen Schädlingsfeen in meinem Königreich vorfinde, Mädchen, dann wirst du persönlich dafür zur Verantwortung gezogen."

Gerne würde ich mit einem Argument kontern, stattdessen aber beiße ich mir auf die Zunge.

Luther stürmt ins Zimmer und bleibt ruckartig stehen, als er seinen Stiefvater entdeckt. Luthers panischer Blick wandert von ihm zu mir, und dann zu Ahren.

„Ihr Zwei, wir müssen uns über den heutigen Tag unterhalten", knurrt der König die Prinzen an. „Folgt mir", befiehlt er und verlässt hastig das Zimmer. „Außerdem müssen wir Deimos in den Palast bringen. Eure Mutter wird ihn in ihrer Nähe haben wollen."

Verzweifelt blickt Luther Ahren an, der ihm leise etwas zuflüstert, das ich nicht verstehen kann. Daher kann ich mir nur vorstellen, dass er ihn auf den Stand der Dinge darüber bringt, was wir dem König erzählt haben. Dann verlassen beide den Raum und schließen die Tür hinter sich.

Ich sacke auf dem Sofa zusammen und ringe um Luft. „Scheiße!" Wird mein Herz je wieder in Ruhe schlagen?

Ein Klopfen ertönt an der Tür und ich springe auf meine Füße. Was zur Hölle denn jetzt?

„Herein", sage ich.

Die Tür schwingt weit auf und eine ältere Dame mit brauen, hüpfenden Locken tritt rückwärts ein. Sie trägt ein bodenlanges, burgunderrotes Kleid mit einer weißen Schürze um ihre Hüften gebunden. Sie schiebt einen hölzernen Servierwagen, der mit weißem Stoff ausgekleidet ist, über den Fußboden und stellt ihn neben dem Sofa ab.

Die Augen der Dienstmagd blicken zu Deimos hinüber und sie klopft sich einmal kurz auf Herz, etwas murmelnd, was wahrscheinlich ein kleines Gebet ist.

Als sie mich ansieht, werden ihre Augen weit und ein Lächeln hebt ihre Mundwinkel an. Sie erkennt mich und erwartet meine Reaktion, aber ich weiß nicht, wer sie ist. „Meine Dame, Sie sind zurückgekehrt. Es ist Jahre her, seitdem ich Sie das letzte Mal gesehen habe. Die Prinzen wollten mir nicht erzählen, was aus Ihnen geworden ist, aber dem Himmel sei Dank, Sie sind in Sicherheit."

Eine Interaktion mit ihr und ich mag sie direkt. „Ich kann mich nicht so gut an die Dinge erinnern", gebe ich zu.

„Oh, meine Dame, ich hatte keine Ahnung. Es tut mir leid." Sie verbeugt sich. „Mein Name ist Dana."

„Entschuldigen Sie sich nicht. Es ist wundervoll Sie kennenzulernen, Dana. Zum zweiten Mal, wie es scheint." Ich kann mich nicht dazu bewegen, ihr meinen Namen zu nennen, da ich keine Ahnung habe, wie ich mich das letzte Mal, als ich im Herrenhaus war, genannt habe.

Rasch dreht sie sich zu dem Servierwagen um und wickelt die Köstlichkeiten aus; eine Teekanne aus Keramik und mehrere aufeinander gestapelte Tassen. Daneben steht eine große Platte mit etwas, das wie kleine Küchlein und Marmelade aussieht, dreieckiges Gebäck, Streifen getrockneten Fleischs und eine Schüssel mit geschnittenem Obst. Mein Magen antwortet mit einem Knurren. Es fühlt sie wie eine Ewigkeit an, seit ich das letzte Mal etwas gegessen habe.

Sie deckt den Tisch vor mir mit Besteck, Servietten und einem goldenen Teller für mich ein.

„Lassen sie es sich schmecken, meine Dame." Sie verbeugt sich und verlässt den Raum.

„Danke", rufe ich ihr nach. In dem Moment, als die Tür ins Schloss fällt, stürze ich mich auf das Essen, ohne das Besteck überhaupt zu benutzen. Ich probiere von allem ein wenig. Die Dreiecke sind Käse und Spinat, und sie schmecken himmlisch. Das Rinderdörrfleisch ist für meinen Geschmack etwas zu salzig, aber die Küchlein schmelzen förmlich auf meiner Zunge.

Als ich merke, dass ich fast platze, nehme ich mir die Obstschüssel mit Äpfeln, Birnen, Weintrauben und etwas Rosanem, was wie Melone aussieht, und lehne mich auf dem Sofa zurück.

Noch immer kein Anzeichen der Prinzen, daher bediene ich mich an den Früchten, während ich den Schneeflocken draußen beim Fallen zusehe.

Es dauert nicht lange bis eine dicke Decke aus Weiß die grüne Landschaft überzogen hat. Bei dieser wundervollen Aussicht kann ich leicht vergessen, wo ich bin. Mein Blick wandert hinüber zu Deimos und mein Herz blutet. „Bitte, werde gesund."

Ein plötzlicher Stoß kalten Winds strömt ins Zimmer, als die Tür aufgeworfen wird und mir meine kleine Verschnaufpause stiehlt. Ich drehe mich herum.

Ahren und Luther schließen die Tür und marschieren herein. Bevor ich ein Wort sagen kann stürzen sie sich auf das übriggebliebene Essen und nutzen dabei, genau wie ich, ihre Finger.

„Ist alles in Ordnung?", frage ich und halte die Obstschale auf meinem Schoß fest.

„Ja", antwortet Luther. „Mussten unseren Stiefvater nur davon überzeugen, dass ich dich übergangsweise angeheuert habe, meine Heilerin für diese unerträglichen Kopfschmerzen, die ich neuerdings habe, zu sein. Ich habe ihm erzählt, dass du mit uns im Herrenhaus bleiben wirst, während ich deine Dienste in Anspruch nehme."

So wie er es gesagt hat klingt es, als würde ich ihm unterschiedliche Dienste anbieten und ich kann das Grinsen, das sich auf meinen Lippen ausbreitet, nicht aufhalten.

„Und wir haben ihn davon überzeugt, dass wir

nichts über den Durchbruch wissen", fügt Ahren hinzu.

Ist Jasion zurückgekommen?

Luthers tiefe Stimme durchdringt meine Gedanken, weich und gefährlich sexy. Seine Fähigkeit erlaubt es ihm, zum Verstand der Leute zu sprechen. Er hat mir erzählt, dass es zwar im Königreich unter der Herrschaft des Königs verboten ist, aber offensichtlich scheint ihn das nicht zu interessieren.

Ich blicke ihm in die Augen und schüttele den Kopf, auch wenn mein Innerstes von der Intimität seiner Stimme in meinem Kopf bebt.

Er schnappt sich noch etwas zu essen und schlendert zu Deimos hinüber. Für eine lange Zeit sage ich nichts und erinnere mich an Ahrens Worte über den Schmerz von Luther.

„Geht es dir gut?", fragt Ahren und zieht meine Aufmerksamkeit auf sich.

„Ich bin erschöpft. Das war der verrückteste Tag meines Lebens. Ich kann mich nicht mal daran erinnern, wie oft ich beinahe gestorben wäre."

„Kleiner Wolf, ich bringe dich in dein Zimmer, damit du dich ausruhen kannst. Vielleicht solltest du früh ins Bett gehen." Es klingt mehr wie eine Feststellung als wie eine Frage.

Die Erschöpfung überkommt mich und obwohl ich keine Ahnung habe, wie spät es ist, schätze ich, dass es später Nachmittag sein muss. „Das wäre toll", antworte ich.

Luther wendet sich ab und läuft direkt an mir vorbei, um mich in den Flur zu führen.

„Gute Nacht", sage ich zu Ahren, während ich die kleine Fee mit den blauen Flügeln aus ihrer Schublade hebe, um sie mit mir zu nehmen. Sie befindet sich im Halbschlaf und bemerkt kaum, dass ich sie wieder trage.

Luther spricht kein Wort mit mir, während wir durch die Korridore laufen. Links und rechts, wir biegen so oft ab, dass ich komplett die Orientierung verloren habe, wie ich zurück zu Deimos komme. Morgen wird er sowieso weg sein, da der König ihn ja in den Palast verlegen lässt. Luther hält nahe einer großen schwarzen Tür inne und öffnet sie für mich.

„Das ist nicht das Zimmer, in das du mich gebracht hast, als ich im Herrenhaus angekommen bin. Warum bekomme ich ein neues Schlafzimmer?" Paranoia schwingt in meiner Frage mit.

„Dieses Zimmer ist sicherer. Verschließe die Tür von innen", sagt er zu mir, aufrecht im Türdurchgang stehend und gänzlich ohne Anstalten, sich nach vorne zu beugen, um sich einen Kuss zu klauen oder mich daran zu erinnern, was wir vor langer Zeit hatten.

„Schlaf gut." Er streckt seine Hand aus um eine lose Haarsträhne aus meinem Auge zu streichen. In diesem kurzen Augenblick erwarte ich mehr von ihm. Worte, dass alles gut werden wird, eine Umarmung—verdammt, alles außer dieser kalten Schulter.

Instinktiv lehne ich mich seiner Berührung entgegen, doch er weicht zurück. Ich zwinkere ihm zu und mein Herz setzt einen Schlag aus.

„Wir sehen uns morgen früh, kleiner Wolf." Er beginnt mit gesenktem Kopf fortzulaufen und die

Schatten verschlingen ihn. Als er verschwunden ist versinkt der Flur in Stille. Zu ruhig für meinen Geschmack, deshalb mache ich rasch die Tür zu und verschließe sie. Mit der kleinen Fee im Arm laufe ich in das große Zimmer hinein. Schwarze Samtvorhänge zieren die Fenster und die Wände sind aus dunklem Granit gefertigt. Ein gewaltiger Kamin aus Stein knistert, spuckt Glut gegen das Metallgitter und wirft Licht über die beiden langen Sofas, die sich gegenüber stehen, mit einem hölzernen Kaffeetisch zwischen ihnen.

Zu meiner Linken führt ein Türdurchgang zu einem weiteren Raum und darin entdecke ich ein breites Bett mit einem Kopfteil aus Mahagoni und dutzenden Kissen mit gekräuselten Bezügen davor. In der Nähe des Betts steht ein Nachttopf und beim Gedanken daran, ihn zu nutzen, erschaudere ich, aber ich bin nicht länger auf der Erde. Ich muss es wie die Einheimischen machen.

„Nun, es sieht so aus, als würden wir uns heute Nacht diese Unterkunft teilen."

Die kleine Fee blickt mich mit halb zugefallenen Augen an. Sie sieht erschöpft aus und ich bin besorgt darüber, wie viel sie schläft. Aber was weiß ich schon über die kleinen Feen?

Mit dem Kissen baue ich ihr ein kleines Nest in der Ecke des Zimmers und lege sie in die Mitte, wo sie sich einrollt und bereits ein leises Schnarchen von sich gibt. Nicht für eine Sekunde besorgt es mich, dass sie mich während der Nacht angreifen könnte. Ich vertraue ihr, wobei ich weiß, dass das seltsam ist, aber dem ist so.

Bedenkt man, dass niemand sonst in diesem Zimmer ist, gähne ich und klettere ins Bett, in dem ich ein dunkelblaues Nachthemd unter den Kissen versteckt vorfinde. Ich ziehe mich um, hüpfe dann ins Bett und kuschele mich unter der Decke ein.

Ich möchte nicht all die Geschehnisse von heute überdenken.

Ich brauche etwas Schlaf und bete, dass der morgige Tag es wiedergutmachen wird, dass der heutige ein Arschloch war.

Mit trockenem Mund wache ich auf. Ich schnappe nach Luft, als ich versuche zu schlucken, doch es ist unmöglich.

Goldene Flammen im Kamin des Nebenzimmers jagen die Schatten im Schlafzimmer fort.

Nachdem ich aufgestanden bin recke und strecke ich mich, und fühle mich so halbwegs normal. Als ich zwischen den schweren Vorhängen hindurchblicke stelle ich fest, dass die Nacht die Landschaft eingehüllt hat und ich nicht viel erkennen kann, da kein Mond in Sicht ist. Mein Blick fällt hinunter auf meinen gebissenen Arm und als ich die Verbände zurückziehe, merke ich, dass die Bissspuren komplett verheilt sind. Wie um alles in der Welt konnte das passieren? Wie kommt es, dass ich immun gegen den Biss eines Blutverfluchten bin?

Barfuß tapse ich in das große Zimmer, noch immer nur mit dem Nachthemd bekleidet. Ich entferne den Verband von meinem Arm, der frei von Verletzungen ist, und lege den Stoff auf einem Beistelltisch ab. Ich suche das Zimmer ab, doch es gibt keine Spur von Wasserflaschen oder Gläsern, oder irgendeiner Form von Wasser. Ich gehe auf die Tür zu, öffne sie und stecke meinen Kopf hinaus. Es ist dunkel und die Leuchtkugeln, die von der Decke baumeln, erhellen die Wände und eine Anordnung von Tierfiguren. Die Küche muss irgendwo in der Nähe sein, also schließe ich die Tür hinter mir und entscheide mich, nach links abzubiegen, in die Richtung, in die Luther ging, nachdem er mein Zimmer verlassen hat.

Rasch wandere ich durch die Flure des Herrenhauses, drücke einige Türklinken, doch alle Türen sind verschlossen. Soweit ich weiß leben nur die Prinzen in den Hauptzimmern und die Gehilfen leben in ihren eigenen Quartieren, vermutlich im unteren Stockwerk.

Hinter der nächsten Tür, die ich versuche zu öffnen, verbirgt sich ein kleines mittelalterlich anmutendes Badezimmer. Es gibt eine lange Bank an der hinteren Wand mit einem hölzernen Deckel in der Mitte. Ich öffne ihn und es kommt ein Loch wie in einem Plumpsklo zum Vorschein. Zu meiner Überraschung riecht es nicht, daher verschließe ich die Tür und erleichtere meine Blase.

Sobald ich wieder draußen bin, setze ich meine Suche fort, bis ich hinter der nächsten Ecke auf Dana stoße.

Sie weicht zurück, erschrocken von meiner Anwesenheit. „Meine Dame, was machen Sie hier draußen und noch dazu nur in Ihrem Nachthemd?" Diese Tatsache scheint sie am meisten zu schockieren.

„Ich habe Durst und suche nach Wasser."

„Tss!", sagt sie und eilt in das Zimmer hinter ihr. Dort drinnen ist es hell erleuchtet und ich kann eine kleine Küche mit einer Arbeitsfläche auf der einen und einem gusseisernen Ofen auf der anderen Seite erkennen. Einen Augenblick später kommt sie zurück und drückt mir einen glatten, mit Wasser gefüllten Silberkelch in die Hand.

„Danke." Ich trinke den ganzen Becher mit wenigen Schlucken aus und es ist das am besten schmeckende Wasser, das ich je getrunken habe. Vermutlich sollte so echtes Quellwasser schmecken, nicht wie das Zeug aus dem Supermarkt.

Sie nimmt mir den Kelch aus der Hand. „Gehen Sie jetzt schnell in Ihre Kammer zurück. Keine ehrenhafte Dame, die etwas auf sich hält, würde sich je nur in ihrem Nachthemd erwischen lassen."

Ich bin mir nicht sicher, ob ich mich je als ehrenhaft bezeichnen würde, aber ich nicke ihr zu. „Danke." Dann mache ich auf dem Fuß kehrt und eile denselben Weg, den ich gekommen bin, zurück.

Mir ist nicht bewusst, wie lange ich herumgelaufen bin, aber ich bin davon überzeugt, dass ich ein paar Mal im Kreis gegangen bin, da mir immer wieder dieselbe Statue eines brüllenden Löwen ins Auge fällt.

Ein dumpfer Schlag ertönt.

Ich zucke zusammen und löse meinen Blick vom Löwen, um weiter den Flur hinunter in die Richtung zu blicken, aus der das Geräusch gekommen ist. Eine der

Türen ist leicht angelehnt und die Neugier führt mich barfuß zu ihr. Näherkommend blicke ich durch den kleinen Spalt in ein Zimmer, das sich von dem von Deimos nicht allzu sehr unterscheidet. Ich lehne mich zur Seite, um mehr von dem Zimmer erkennen zu können und dann erscheint Ahren in meinem Blickfeld. Er sitzt vor einem knisternden Feuer auf dem Sofa und bei diesem Anblick bleibt mir mein Mund offenstehen.

Er trägt nicht eine Faser am Leib.

7

GUEN

hren sitzt zurückgelehnt auf dem Sofa, mit seinen langen Fingern um seinen dicken Schwanz gelegt. Er hat seinen Kopf in den Nacken gelegt, die Augen geschlossen und bemerkt nicht, dass ich ihm zusehe. Der goldene Schein des Kamins strahlt auf seinen unglaublich perfekten Körper—seine starken Brustmuskeln und seinen muskulären Bizeps, der sich bei jeder Bewegung anspannt. Sein Schaft scheint in seinem Griff zu zucken, als könnte er den Höhepunkt kaum noch zurückhalten. Aufregung macht sich in meinem Körper breit, da ich aus Versehen in diese Szene gestolpert bin und ich weiß, dass ich sie nie vergessen werde.

Ich kann jeden köstlichen Zentimeter von ihm sehen und bei Gott, er ist so heiß wie die Hölle. Lange, kräftige Beine führen hinauf zu festen Eiern und einem nahezu goldenen Haarbüschel an der Basis seines Ständers. Ein leichter Haarflaum verläuft in der Mitte seiner Bauchmuskeln nach unten. Er ist vollkommen losgelöst und einen so mächtigen Kerl dabei zu beobachten, wie er sich seinen Bedürfnissen hingibt, richtet mich vollkommen zugrunde.

Ich sollte beschämt wegrennen und nicht seine Privatsphäre verletzen, aber ich kann mich nicht bewegen. Ich kann nicht fortsehen. Wie könnte ich auch, wenn ich einen Platz in der ersten Reihe zu einer schmutzigen Fantasie habe, die mir schon mehr als einmal in den Sinn gekommen ist?

Mein Herz schlägt mir praktisch bis zum Hals und ich bin absolut fasziniert. Mein Verstand stellt sich vor, wie es wohl ist, mit einer Fee wie ihm zu sein, wie er mich aus meiner Kleidung blättert. Wäre er stürmisch oder zärtlich?

Ich presse meine Oberschenkel zusammen und verstärke so das Verlangen, das in mir aufsteigt, aber nichts hilft, da dies das Heißeste ist, was ich je gesehen habe. Auf meiner Unterlippe kauend kämpfe ich mit der Gefühlstiefe, die in mir klafft. Ich greife nach unten und schiebe mir den zerknüllten Stoff meines Nachthemds zwischen die Schenkel. Meine Finger drücken sich gegen meine Hitze und ich stelle mir vor, wie er mich dort berührt.

Seine heiße Haut auf meiner und seine Küsse auf mir.

Mein Herzschlag pocht in meinen Ohren und ich atme schnell. Ich fühle mich angemacht und alles in mir dreht sich.

So viele Dinge stimmen mit dieser Situation nicht, und doch kann ich mich nicht dazu bringen zu gehen. Alles an Ahren zieht mich in seinen Bann. Seine Hand bewegt sich schneller und meine Atemzüge passen sich an seine Geschwindigkeit an.

Das passiert jetzt wirklich.

Mein Verstand brüllt, von hier zu verschwinden. In mein Zimmer zurückzurennen und mich selbst einzusperren.

Ich presse meine Oberschenkel noch fester zusammen, während meine Brustwarzen steif werden und sich gegen den Stoff meines Nachthemds drücken.

Was stimmt nicht mit mir, und warum genieße ich es, mir das anzusehen? Das bin nicht ich. Aber wem mache ich etwas vor? Ich sauge die heiße Szene vor mir in mich auf und nichts kann mich dazu bewegen, mich wegzudrehen.

Dann brummt er und seine Brust wölbt sich. Ein leises Stöhnen steigt mir in den Hals und die Hitze in mir schmilzt zu flüssigem Feuer dahin. Hätte ich mir Unterwäsche angezogen, bevor ich ins Bett gegangen wäre, dann wäre sie nun klatschnass.

Alles, was ich mir vorstellen kann, sind Ahrend und ich nackt, wie wir versaute Dinge anstellen.

Wie kann diese Fee so verdammt verlockend sein, wenn doch die meisten unserer Unterhaltungen mich frustriert sein lassen? Und doch bin ich hier und stelle mir vor, wie ich mit ihm zusammen bin. Daran zu denken, wie Ahren wäre, führt dazu, dass ich kaum noch atmen kann, und ein dicker Kloß steckt mir im Hals.

Ich starre auf den Prinzen mit seinem Schwanz in der Hand, die sich nach oben und unten bewegt.

Ein scharfes, befriedigendes Stöhnen kommt ihm

über die Lippen. Sein Harter versteift sich, seine Eier ziehen sich zusammen und dicke Spritzer Sperma werden herausgespuckt.

Einen raschen Atemzug einsaugend lege ich mir meine Hand auf den Mund.

Ahren reißt den Kopf nach oben, als hätte er mich gehört. Ich weiche zurück, drehe mich um und renne. Ich halte nicht an, wage es nicht, stehenzubleiben.

Um Himmels Willen, bitte lass ihn mich nicht gesehen haben.

Ich blicke hinter mich, als sich ein Schatten aus dem Inneren des Zimmers erstreckt. Mich selbst um die Ecke werfend sprinte ich, unsicher, wo genau ich hinlaufe, aber irgendwie finde ich doch den Weg zurück in mein Zimmer. Ich renne hinein und drücke leise die Tür zu, bevor ich sie abschließe.

Ich renne auf mein Bett zu, hüpfe unter die Bettdecke und liege jetzt da. Mein ganzer Körper pulsiert mit jedem Herzschlag.

Der Gedanke, dass er mich gesehen haben könnte, schießt mir wie ein Sturm durch den Kopf. Meine Wangen brennen voller Scham, erwischt worden zu sein. Ich atme so schnell, dass ich nahezu hyperventiliere. Ich liege in absoluter Stille da und erwarte ein Klopfen an der Tür, das jedoch nicht kommt. Alles, woran ich denken kann, ist, wie er mich ausfüllt, mich bis zu dem Punkt dehnt, an dem aus Schmerz Lust wird, an dem ich voller Verlangen nach mehr schreie.

Das Bild seiner Hand, wie sie die dicke Länge seines Schwanzes wichst, lässt mich nicht los. Diese

Gedanken verlassen mich auch nicht, als ich einschlafe.

———

Auf dem Balkon mit den drei Prinzen zu sitzen lässt es mir kalt den Rücken hinunterlaufen. Ich kenne sie kaum und doch blicken sie mich hungrig von ihren Stühlen vor mir an.

Ein Bediensteter nähert sich mit einem Silbertablett und reicht Ahren ein Getränk in einem mit Juwelen besetzten Kristallkelch, dann versorgt er die anderen beiden Prinzen und zum Schluss mich. Ich nehme an und trinke zwei Schlucke um meinen trockenen Mund zu befeuchten. „Ihr sagt also, dass ich ein verlorengegangenes Mädchen aus dieser Welt bin." Ich presse den Kelch an meine Lippen und trinke den erfrischenden, nach Minze schmeckenden Eistee. Der Mann füllt meinen Becher aus einem goldenen Krug wieder auf.

„So etwas in der Art", fügt Luther hinzu.

Ich rutsche auf meinem Stuhl umher. Sie sind vielleicht die schönsten Männer der Welt, aber sie lügen, wenn sie den Mund aufmachen und haben Geheimnisse. Die Wahrheit ist in ihren Blicken und kurzen Antworten zu erkennen.

„Wenn ich von hier bin, wo sind dann meine Eltern", frage ich.

Etwas verändert sich in Ahrens Augen, verschwindet aber wieder so schnell, wie es gekommen ist. „Es gibt keine Neuigkeiten bezüglich deiner Eltern. Wir haben gesucht." Die Ecke seines Auges zuckt.

Lügner. Dicker, fetter Lügner.

Ich atme schnell und kann die Worte nicht zurückhalten. „Wenn ihr nicht vorhabt, mir die Wahrheit zu sagen, dann zieht mich nicht mit euren Lügen auf", entgegne ich. „Seid ehrlich zu mir."

Beleidige sie nie, hat das Dienstmädchen mir zuvor *gesagt.*

Ahren wird wütend und seine Nasenflügel zucken, während er mich mit enger werdenden Augen ansieht. „Fordere mich nicht heraus", knurrt er und seine Hände umklammern die Armlehnen. „Auf deine Knie."

Angst nimmt mir die Luft und ich sehe Luther hilfesuchend an, doch er sitzt zurückgelehnt mit neugierigem Gesichtsausdruck in seinem Stuhl und amüsiert sich prächtig.

Ich hätte nichts sagen sollen, wenn ich absolut nichts Nettes zu sagen habe, aber die Antwort sprudelt einfach so heraus. „Wie ich deinem Bruder gesagt habe, ihr habt keine Macht über mich. Ihr versteckt so viel hinter diesen Lächeln, aber wie mir jemand mal gesagt hat, haben wir alle Schatten. Es wäre mir lieber, wenn wir uns an die Wahrheit halten würden."

Sage nie Nein zu den Prinzen, hat das Dienstmädchen auch gesagt.

Ahren springt auf. Sein Gesichtsausdruck ist verzogen, krumm und verdunkelt, aber sein Blick weicht nicht von mir ab. Er kommt näher und die Furcht ergreift mich. Ich stehe rasch auf, aber er ist viel zu schnell. Seine Hand schießt hervor und umklammert meinen Hals, drückt zu.

Ich packe seine Hand und ziehe an seinen Fingern, die mir die Luft abschneiden. Und Angst... Todesangst, schnürt mich wie eine Zwangsjacke ein. Das ist echt und dieser

Verrückte würde mich umbringen. Tränen schießen mir in die Augen.

„Kleines Mädchen, du machst mich wütend", faucht er. „Nächstes Mal lernst du, wie du von meinem Balkon fliegst."

***

Es ertönt ein lautes Klopfen an der Tür und ich schlage meine Augen auf. Es dauert einen Moment bis ich mich erinnere, wo ich bin und was letzte Nacht geschehen ist. Mein Verstand schwebt noch in einem Traum, in dem die Prinzen vorkamen. Wie vorherige Visionen, die ich seit ich im Königreich angekommen bin habe, heftet sich auch diese klar und deutlich an. Ich erinnere mich an den Moment, als wäre er gerade erst geschehen... Zwar kann ich mich nicht an die Zusammenhänge, wie wir auf den Balkon gekommen sind, erinnern, aber dieser Augenblick hat definitiv stattgefunden.

Warum überrascht es mich nicht, dass Ahren, als ich ihm das erste Mal begegnet bin, ein hochnäsiges Arschloch war, das damit drohte, mich zu töten? Ich weiß, dass diese Visionen Bruchstücke meiner Vergangenheit sind und Erinnerungen, die sich nicht vollständig für mich eröffnen möchten. Jetzt kann ich seinen nackten Anblick nicht mehr aus meinem Kopf bekommen.

Sonnenlicht fällt durch die Ritzen der Vorhänge am Fenster und noch mehr Strahlen kommen durch den Türdurchgang zum großen Zimmer.

Klopf. Klopf.

Ich zucke zusammen

Lass das bitte nicht Ahren sein.

Rasch schiebe ich die Bettdecke zur Seite, stelle meine Füße auf die kalten Bodendielen und hüpfe aus dem Bett.

„Wer ist da?", rufe ich, während ich eilig auf die Tür zulaufe.

„Meine Dame, ich bin es, Dana. Ich bin gekommen, um Sie für Ihr morgendliches Bad abzuholen."

„Bad? Ich brauche kein Bad." Ich schließe die Tür auf und öffne sie.

Ein riesiger brauner Hund macht einen Satz auf mich zu. Vor Schreck schreie ich auf und stolpere rückwärts, als das Tier mich anspringt. Meine Brust kämpft um Luft, während ich zu entkommen versuche, voller Unsicherheit, ob dieses Ding freundlich ist oder mich auffressen möchte.

„Erinnern Sie sich an Sir Wolf-A-Lot, meine Dame? ", fragt Dana mich von der Tür aus und ihr Lächeln ist breit, als hätte sie diese sogenannte Überraschung geplant.

„Wird er mich auffressen?"

Sie lacht und klatscht in die Hände. Gehorsam setzt sich der Hund vor mir hin. Er ist größer als ein Deutscher Schäferhund. Mit blassen Augen starrt er zu mir herauf. Seine langen spitzen Ohren sind aufgerichtet und sein dünner Schwanz schlägt hin und her. Die Schwanzspitze ähnelt einem Morgenstern.

„Ist er ein Höllenhund?", frage ich, was mir einen verwirrten Blick von Dana einhandelt.

„Er ist ein ganz gewöhnlicher Hund, meine Dame."

Gewöhnlich, am Arsch, aber ich lächle trotzdem.

„Er gehört Luther. Bei Ihrem letzten Besuch haben Sir Wolf-A-Lot und Sie eine Bindung aufgebaut."

Haben wir das? Ich blicke herab auf den Hund, der auf eine Reaktion zu warten scheint. Behutsam strecke ich meine Hand aus und streichle seinen Kopf. Sein dunkles Fell fühlt sich rau an.

„Hey Junge, erinnerst du dich an mich?" Beim Klang meiner Stimme springt er auf und stößt mit seinem Kopf gegen meinen Arm, damit ich ihn weiterstreichle. Okay, vielleicht ist er doch nicht so schlimm.

„Sind Sie nun bereit für ein Bad?", fragt Dana mit Ungeduld in ihrer Stimme.

„Einen Moment bitte."

Hastig renne ich ins Schlafzimmer zurück und sehe nach meiner kleinen Fee mit den blauen Flügeln.

„Hey meine Kleine. Wie fühlst du dich?" Ich durchquere das Zimmer und finde ihr kleines Bettchen leer vor. Erstarrt frage ich mich wo sie ist?

Forschend blicke ich auf die Wände und die Decke, knie mich dann neben Bett hinunter und sehe darunter nach. Nichts.

Vielleicht ist sie in den anderen Raum gegangen. Panisch eile ich zurück und bin besorgt, dass der Hund sie entdecken könnte.

Dana steht verärgert im Türdurchgang, mit vor ihrer Brust verschränkten Armen, aber es gibt in dem Zimmer keine Spur der kleinen Fee. Mir dreht sich der Magen um, als ich mich an die Warnung des Königs erinnere. *Wenn ich noch eine dieser kleinen Schädlingsfeen in meinem Königreich vorfinde, Mädchen,*

dann wirst du persönlich dafür zur Verantwortung
gezogen.

Ganz toll.

„Sind Sie fertig, meine Dame?"

Ich wende mich Dana zu. „Haben Sie, während Sie dort gestanden haben, etwas aus dem Zimmer huschen sehen?"

Ihre Augenbrauen ziehen sich zusammen. Natürlich würde sie sich daran erinnern, wenn sie eine Fee hier heraus hätte fliegen sehen. Herrje, was, wenn sie sich letzte Nacht hinausgeschlichen hat, als ich weg war, um etwas zu trinken? Das brauche ich jetzt auch noch. Das einzig Positive ist, dass der König nicht im Herrenhaus lebt. Ich bete, dass die kleine Fee dieses Gebäude nicht verlassen hat und nicht irgendwo erwischt wurde, wo sie nicht hätte sein sollen.

„Hier entlang", kommandiert Dana mich, während sie mich mit einer winkenden Handbewegung drängt und dabei recht aufdringlich ist. Ich schließe die Tür, nachdem Sir Wolf-A-Lot herausgekommen ist, nur für den Fall, dass die kleine Fee sich dort drinnen versteckt.

Das Badezimmer ist auf der anderen Seite des Herrenhauses. In dem kleinen Zimmer gibt es eine hübsche, freistehende Badewanne mit goldenen Klauen als Füße. Sie ist zur Hälfte mit Wasser gefüllt, jedoch gilt mein erster Gedanke den Prinzen.

„Gibt es Neuigkeiten von Deimos?", frage ich, als ich das Zimmer betrete, das nach brennenden Räucherstäbchen riecht. Zwei Feuerkugeln baumeln von der Decke und erleuchten den Raum.

„Noch keine Veränderung“, antwortet Dana. „Es ist so tragisch. Deimos ist der verschmitzteste der Prinzen, aber auch der, der sich als erster in jede Schlacht stürzt. Armer Junge. Er könnte sein Leben lassen noch bevor er eine Prinzessin findet, mit der er sein Leben teilen kann. Wissen Sie, meine Dame“, spricht Dana weiter, während sie einige Handtücher aus dem Regal an der Wand holt und sie auf einem Tischchen neben der Badewanne ablegt, „bevor unser Königreich mit dem Fluch belegt wurde, war der König dabei, eine großen Ball für die Prinzen zu planen, damit sie ihre potenziellen Ehefrauen kennenlernen können. Er hat alle anderen königlichen Familien eingeladen. Es sollte die größte und vollkommenste Feier werden.“

Mir fehlen die Worte und mein Verstand wandert vor und zurück wie bei einem Tennis Match zwischen den Möglichkeiten, dass Deimos der Infektion erliegt und seinen Hochzeitsplänen, wenn er überlebt.

„Sobald die Magier eine Möglichkeit finden, den Fluch zu brechen, wird der König die Prinzen verheiraten. So sichert er die sich die Gefolgschaft der anderen Häuser.“

Nach einer langen Pause und viel Zögern sage ich: „Ich freue mich für die Prinzen.“

Jedoch bei aller Ehrlichkeit, freue ich mich nicht. Der Gedanke, dass der König zukünftige Ehefrauen für die Prinzen sucht, schneidet wie eine Klinge in mein Fleisch. Ich sollte nicht eifersüchtig sein, da sie Königliche sind. Ich stamme vom verfeindeten Hof und gehöre nicht mal in dieses Königreich. Und es ist auch nicht so, als ob ich sie alle drei haben könnte. Selbst wenn ich einen von ihnen heiraten könnte, ist das trotzdem nur einer von ihnen, und ich bin mir nicht sicher, ob ich damit leben könnte, bedenkt man die Gefühle, die ich für alle drei Prinzen zu hegen scheine.

Ich lerne sie gerade erst kennen, aber ich kann nicht ignorieren, wie mein Herz in meiner Brust schlägt, wenn ich in ihrer Gegenwart bin. Wie ich nicht aufhören kann, an Deimos und Luthers Lippen auf meinem Mund zu denken, und wie mein Verstand sich mit den Bildern von Ahren füllt, als er nackt war.

„Schnell jetzt, bevor das Wasser kalt wird", rügt Dana mich, und ich fange an, mich auszuziehen.

„Was ist mit Luther oder Ahren? Haben Sie sie heute Morgen gesehen?" Nur Ahrens Namen auszusprechen erfüllt mich mit einem brennenden Verlangen. Ich bin mir nicht sicher, ob ich ihn je wieder ansehen kann, ohne mir ihn mit seiner Hand an seinem gewaltigen Schwanz vorzustellen. Meine Wangen brennen allein von der Erinnerung, wie also soll ich mich jetzt in seiner Gegenwart normal verhalten? Noch schlimmer, ich bete, dass er nicht weiß, dass es ich war, die ihn letzte Nacht beobachtet hat. Ich weiß, dass ich die Antwort in dem Moment, wenn ich ihm in die Augen blicke, erkennen werde. In diesem Augenblick aber entscheide ich mich für drei Dinge.

Erstens, ich werde mich nicht vor ihm verstecken.

Zweitens, wenn er mich letzte Nacht gesehen hat, dann werde ich so tun, als wäre es nie passiert.

Drittens, kein Rumgeschleiche durchs Herrenhaus mehr heute Nacht.

„Nur Luther, meine Dame", antwortet Dana. „Er hat

mich angewiesen, Sie zu baden, einzukleiden und Ihnen etwas zu essen zu geben."

Ich sollte einfach tun, was sie sagt, und es soweit ich kann genießen.

"Honig zu Ihrem Haferbrei?", fragt Dana, während sie meine Silbertasse mit mehr Orangensaft füllt.

"Ja, bitte."

Sie tröpfelt etwas dickflüssigen Honig über meinen Haferbrei und eilt dann zurück in die Küche, während ich alleine im Esszimmer an einem großen, runden Tisch in der Mitte zurückbleibe. Die Oberfläche ist hochglanzpoliert, wohingegen in die Kanten kleine Flügel geschnitzt sind. Silberne Vasen voller Blumen zieren die Regale an den Wänden.

Ein Feuer knistert im Kamin und Sir Wolf-A-Lot liegt mit geschlossenen Augen davor. Auf der anderen Seite des Tischs befinden sich deckenhohe Fenster ohne Vorhänge und sie zeigen die spektakulärste Aussicht auf schneebedeckte Berge. Kiefern glitzern im Sonnenlicht vom Schnee, der sie eingezuckert hat. Ich esse den Haferbrei, während ich hinausstarre und tagträume, dass ich mich nicht an einem gefährlichen Ort befinde.

"Gainy, welch ein günstiger Augenblick dich anzutreffen", murmelt ein Mann.

Ich drehe mich auf meinem Stuhl um und erblicke

Jasion, als er ins Zimmer kommt, und seine Anwesenheit lässt mich steif werden.

Sein langer, schwarzer Gehrock schwingt um seine Knöchel herum und die Kristallaugen der echt anmutenden Totenköpfe, die auf seiner Brust hängen, scheinen im Sonnenlicht zu funkeln. Sein Oberkörper ist blank und er mag zwar kein wahnsinnig muskulöser Mann sein, dafür sind seine Muskeln aber definiert. Seinen nackten Oberkörper nur anzusehen lässt eine Kälte in mir aufziehen.

Ich trage ein langärmliges Kleid mit Knöpfen, die vorne von meinem Dekolleté bis zu meiner Hüfte verlaufen, enganliegend an der Taille, und mein Rock fließt in weichen Wellen zu meinen Knöcheln. Der Stoff ist dicker, als er aussieht und angenehm warm. Trotzdem ist mir kalt bei dem Gedanken daran, so entblößt wie diese Fee zu sein.

„Kann ich mich zu dir gesellen?", fragt er.

„Selbstverständlich."

Er nimmt auf dem Stuhl neben mir Platz, gerade als Dana zurückkommt. Sie erstarrt im Türdurchgang zur Küche, als sie ihn erblickt.

„Tee, bitte", ruft er aus und hebt sein Kinn in ihre Richtung.

Sie nickt nervös und stürmt zurück in die Küche.

„Sie scheint sich vor dir zu fürchten", sage ich.

Jasion lacht leicht, als würde ihn meine Anmerkung irgendwie stolz wegen der Reaktion der Dienstmagd machen. Er ist ein attraktiver Mann mit dunklen Augen und langen Wimpern, vollen Lippen und einem breiten Unterkiefer. Winzige schwarze

Federn stehen aus dem weißen, kurz geschnitten Haar hervor, das wild um sein Gesicht herum fällt. Seine spitzen Ohren blitzen zwischen den Haarsträhnen hervor.

„Du siehst mich an, als hättest du noch nie zuvor einen Magier gesehen."

„Nun, du bist mir aufgefallen, aber viele unten in der Stadt wissen, dass es nicht weise ist, einen Magier anzusprechen", lüge ich und lehne mich hier rein instinktiv und aufgrund Danas Reaktion aus dem Fenster.

„Denkt man in der Stadt so scheußlich über uns?"

„Ich würde nicht scheußlich sagen, aber ich muss zugeben, alleine dein Anblick ist einschüchternd."

Vielleicht habe ich zu viel gesagt, denn er hebt eine Augenbraue. „Das rituelle Gewand kann andere misstrauisch uns gegenüber machen. Aber es lässt sie auch wissen, dass wir hier sind, um das Königreich vor dem Fluch und den Blutverfluchten, die unser Zuhause umgeben, zu bewahren."

Als Reaktion darauf beiße ich mir auf die Zunge. Als eine angeblich Einheimische sollte ich aufpassen, was ich sage, und vielleicht die kleinlaute Frau mimen.

Unsere Blicke treffen sich.

Kann er meine Gedanken durchschauen?

Die Tür schlägt zu und ich zucke zusammen, als ich aufblicke. Dana eilt auf uns zu und trägt ein Tablett mit einer Teekanne und zwei Tassen. Ohne ein Wort zu sagen, stellt sie es vor uns ab. Ich bemerke, wie sie mir seitlich einen Blick zuwirft, bevor sie eilig davonläuft. In ihren Augen ist eine Warnung zu erkennen, von der ich nur annehmen kann, dass sie sich auf Jasion bezieht.

„Danke", sagt er und beobachtet, wie sie zurück in die Küche geht, bevor er sich Zeit lässt, um jedem von uns eine Tasse Tee einzugießen. Er riecht übermäßig süß. „Du bist eine faszinierende Frau, Gainy."

Innerlich erschaudere ich bei der Art, wie er meinen falschen Namen ausspricht. Anstatt ihm mein Unbehagen zu zeigen, blicke ich diesen gefährlichen Mann, der mir eine Gänsehaut beschert, direkt an. Ahren vertraut ihm, obwohl ich bezweifle, dass die Loyalität dieses Mannes soweit reichen würde, einen Feind an ihrem Hof nicht dem König zu melden.

„Du musst mir keine Komplimente machen." Ich greife nach meiner Tasse Tee und puste die Oberfläche an. Meine Aufmerksamkeit ruht auf den Symbolen, die auf seine Wangen tätowiert sind.

Als er mich beim Starren erwischt, sagt er: „Das sind altertümliche Runen und jede einzelne repräsentiert eine Fähigkeit, die ich beherrsche."

Ich sehe näher hin und habe keine Ahnung, was diese Muster zu bedeuten haben. „Es muss geschmerzt haben, als du sie bekommen hast."

„Ohne Schmerzen gibt es keine Belohnungen."

Ich hatte nicht vor, eine ausgedehnte Konversation mit ihm zu führen, aber die Fragen kommen mir über die Lippen. „Du sagst also, dass diese Zeichnungen mehr als nur Körperschmuck sind?"

Ein Grinsen umspielt seine Mundwinkel. „Richtig."

Ich hebe die Tasse an meine Lippen und nippe an dem mit Honig gesüßten Getränk. Der Magier betrachtet mich, als würde er versuchen, mich zu entschlüsseln.

„Macht es dir von Zeit zu Zeit Sorgen, dass deine Feinde vor einer großen Schlacht durch das Lesen der Runen deine Fähigkeiten in Erfahrung bringen können?"

Er bricht erneut in Gelächter aus. „Du hast eine lebhafte Fantasie. Magier ziehen nie in die Schlacht. Wir sind die Pfeiler im Hintergrund." Er lehnt sich zu mir. „Verzeih mir meine Direktheit, aber wie zieht eine einfache Heilerin aus der Stadt die Aufmerksamkeit der Prinzen auf sich? Wir leben in einer tödlichen Zeit und der falschen Person zu vertrauen kann ein furchtbarer Fehler sein."

Zwischen uns ist so vieles ohne Worte gesagt.

„Ich kenne Ahren schon lange und er hat nie Geheimnisse vor mir gehabt... bis jetzt." Sein Blick durchdringt mich. Was ich auf mich zurückstrahlen sehe ist Entschlossenheit und Eifersucht.

Ich schlucke den Kloß in meinem Hals hinunter. „Luther hat Potenzial in meiner Fähigkeit erkannt. Und er hat angeboten, mich zu bezahlen, wenn ich ihm helfe." Ich senke meinen Blick, um ihn annehmen zu lassen, dass er mich einschüchtert. Zur Hölle, ich winde mich auf meinem Stuhl, aber er versucht mich dazu zu bekommen, ihm die Wahrheit zu erzählen.

„Vielleicht hat er ein paar Dinge in dir gesehen." Seine Mundwinkel zucken, als er andeutet, dass ich für Luther mehr als nur eine Heilerin bin. Innerlich kocht es in mir, aber ich sage nichts.

Er reicht mir seine Hand, mit der Handfläche nach oben. „Bitte, darf ich deine Hand haben?"

Ich muss schlucken. „Warum?" Meine Stimme entweicht mir als ein Flüstern.

„Ich habe gesehen, wie du mit der kleinen Fee umgegangen bist, und ich habe bisher noch niemanden getroffen, der dazu in der Lage gewesen ist. Ich möchte die Stärke deiner Heilkraft spüren."

Als ich ihm meine Hand nicht gebe, sagt er: „Die Legenden erzählen uns, dass die Rasse der kleinen Feen älter ist als die der Feen, und dass ihre Magie von den Göttern selbst kommt. Eine Kraft, die ihnen von den Göttern in einer Zeit gegeben wurde, als die kleinen Feen diese Welt regiert haben."

Mein Interesse ist geweckt. „Warum greifen sie dann die Feen an?"

„Es gibt eine alte Erzählung, die ich in einem historischen Text gefunden habe, der eine Variante der Geschichte erzählt. Als die kleinen Feen das erste Mal im Königreich der Irrfahrten auftauchten, waren sie normal groß, wie du und ich. Viele Jahrhunderte später entstand die erste Fee. Dem Feenkönig wurde nachgesagt, sich in die Königin der kleinen Feen verliebt zu haben. Als sie seinen Heiratsantrag ablehnte, entführte und vergewaltigte er sie. Doch das war ihm nicht genug und er sperrte sie als seine Gefangene ein."

„Was für ein verfluchtes Monster."

Jasion nickt. „Es dauerte nicht lange, bis sie schwanger wurde, und an dem Tag, als ihre Tochter geboren wurde, nutzte sie die Plazenta, um die Feen mit einem tödlichen Fluch zu belegen. Sie verfluchte sie, auf Ewigkeiten gejagt zu werden. Flüche aber, die aus Wut entstehen, haben ein temperamentvolles Eigenleben, und der Fluch verwandelte die Königin und ihre Gefolgschaft in die kleinen Feen, die du von heute kennst. Grausame Kreaturen, die sich vom Fleisch der Feen ernähren."

„Das ist eine tragische Geschichte", sage ich und bin so gefesselt von der Geschichte, dass mir erst jetzt auffällt, dass meine Hand in seiner liegt.

„Meistens sind das Legenden."

Ich versuche mich ihm zu entziehen, aber sein Griff festigt sich und er hält mich ruhig. „Luther hat Recht— deine Kraft ist außergewöhnlich stark."

Plötzlich drehen sich seine Augen in seinem Schädel nach hinten und man kann nur noch das Weiße erkennen. Ein Funken schießt an meinem Arm empor. Blaue Linien kommen auf und springen von meiner Hand auf seine.

Zusammenzuckend entreiße ich ihm meine Hand mit einer solchen Wucht, dass ich rückwärts vom Stuhl falle. Rasch stehe ich wieder auf. Mein Herz schlägt zu schnell und die Angst klammert sich an mein Inner-stes. Dieser Magier darf auf keinen Fall erfahren, dass ich Portale öffnen kann.

Er steht auf, seine Augen sind wieder normal, und der Ausdruck auf seinem Gesicht ist nicht zu erklären.

Verwirrung.

Furcht.

Entschlossenheit.

Er mustert mich von Kopf bis Fuß, als würde er mich zum ersten Mal sehen. „Wer bist du?"

„D-Das habe ich dir schon gesagt. Ich sollte gehen." Ich ziehe mich in Richtung der Küchentür zurück und lasse Jasion nicht aus den Augen.

Er bewegt sich mit einer solchen Geschwindigkeit, dass alles, was ich spüren kann, der Luftzug ist, der mir entgegen strömt. Er steht über mir und legt seinen Mund an mein Ohr. „Gainy, in diesem Königreich gibt es Feen, die noch viel gefährlicher sind als ich."

Was weiß er über mich? Hat Ahren etwas zu ihm gesagt? Ich kann mich nicht dazu bewegen, zu fragen, ohne dass es irgendwie schuldig klingt, obwohl mir die Fragen durch den Kopf rauschen.

„Mach nichts Dummes. Du kannst mir vertrauen", sagt er.

Ich möchte ihm bei der Anspielung, dass er denkt, ich wäre so dumm, ins Gesicht lachen. Wenn jemand darum bittet, als vertrauenswürdig betrachtet zu werden, dann sollten die Alarmglocken erklingen.

Genau in diesem Augenblick kommt Dana ins Zimmer. Vor Erleichterung seufzend nutze ich diesen Moment zur Flucht. Ich wirbele in ihre Richtung herum und laufe schnellen Schritts in die Küche.

Ich muss von diesem Magier wegkommen, bevor er die Wahrheit über mich herausfindet.

„Deimos hat nur noch eine Woche", verkünde ich, als in den Versammlungsraum marschiere.

Der König blickt mich mit Frustration in den Augen an. Er ist alleine und sitzt auf seinem goldenen Stuhl hinter einem runden Schreibtisch. Er ist aus dem Holz des Alethianbaums gefertigt. Das Holz ist schwarz wie die Nacht und man sagt, es ist so alt wie die Feenrasse selbst. Diese Bäume wachsen nur im Osten in einem geschützten Wald, in dem die Abholzung verboten ist. Königin Titania herrscht über eins der beiden Königreiche im Osten. Sie hat meinem Stiefvater den Tisch als eine Geste der Erwartung, dass wir weiterhin mit unseren Edelsteinen handeln würden, geschenkt. Der Reichtum des Schattenhofs kommt von den Schätzen unter unseren Füßen. Als Gegenleistung erhält unser Hof konstante Lieferungen von Nutztieren, Nahrung und Gewürzen für unsere wachsende Bevölkerung.

Titania hat auch ein Auge darauf, unsere Höfe zu

verbinden und ist bekannt dafür, Ehemänner zu sammeln. Diese armen Schlucker haben eine Neigung nach einigen Jahren der Ehe auf mysteriöse Weise zu verschwinden.

„Eine verdammte Woche", knurrt der König und seine Lippen zucken. „Scheiße."

Es gibt Augenblicke, da überrascht mich König Tibout und zeigt, dass er sich um uns sorgt. Wie jetzt; sein Ausmaß des Ärgers war nicht das, was ich erwartet habe. Nicht von dem König, der bekannt dafür war, einen Monat mit keinem von uns zu sprechen oder der uns Anweisungen durch Ratgeber zukommen lässt, oder auf Reisen zu anderen Königreichen geht und es Wochen dauert, bis wir von seinem Ausflug erfahren. Er ist nicht der rücksichtsvollste aller Stiefväter, doch zu sehen, wie er sich um Deimos sorgt, gibt mir die Hoffnung, dass er kein komplettes Arschloch wie unser leiblicher Vater ist.

„Es gibt nur eine Lösung", antworte ich. Ich habe die meiste Zeit der Nacht darüber nachgedacht und es ist die einzige Möglichkeit.

Unsere Blicke treffen sich. „Du sprichst davon, zum Aschehof zu gehen, nicht wahr? Es ist mir auch in den Sinn gekommen. Jetzt da Gable tot ist, kenne ich nur eine weitere Person an diesem Hof, die uns möglicherweise helfen könnte." Er stöhnt laut und steht aus seinem Stuhl auf. Er zieht seine goldene, geschmückte Tunika zurecht und stöhnt erneut, als er mir den Rücken zuwendet. Auf seinen Schultern hängt ein schwarzer Mantel mit Pelzbesatz. Er blickt aus dem gewaltigen Bogenfenster auf die königlichen Gärten, die ein kleines Heckenlabyrinth beinhalten. Schnee bedeckt alles soweit das Auge reicht. Nur der König und meine Mutter suchen diesen Ort auf, und sogar im Winter sind die Wege sauber gefegt. Niemand sonst würde es wagen, in die königlichen Gärten zu gehen.

„Wer ist dein Kontakt?", frage ich.

Abrupt wendet sich der König mir mit gerunzelter Nase zu. „Du wirst nicht auf diese Mission gehen."

„Verdammt nochmal, natürlich werde ich das. Das Leben meines Bruders hängt am seidenen Faden. Ich vertraue niemandem sonst." Ich blicke ihm in die Augen und kann die Wut erkennen, die in seinen Augen brennt. „Wem sonst vertraust du, zum feindlichen Hof zu gehen und es nicht zu versauen, oder die Seite zu wechseln, wenn sie gefangen genommen werden?" Ich lasse nicht locker.

Er knirscht mit den Zähnen. „Du machst mich genauso wütend wie deine Mutter. Ich werde darüber nachdenken."

„Ich gehe auf diese Mission, ganz gleich was du sagst", erkläre ich und bleibe bei meinem Standpunkt.

Sein Blick wird schmaler und Entschlossenheit zeichnet sich auf seinem Gesicht ab. Kein König akzeptiert es, herausgefordert zu werden, aber das ist mir egal. Nicht dieses Mal.

„Scheiße! In Ordnung, aber nimm Luther mit." Er schnaubt laut. „Dieser Junge kann besser kämpfen als meine besten Soldaten. Wenn aber einer von euch umkommt, wird mir eure Mutter die Eier abschneiden, und ich werde euch in der Unterwelt heimsuchen. Verstanden? Kommt einfach heil wieder zurück."

„Wir versuchen nicht zu sterben." Ich unterdrücke das hämische Grinsen, das sich in meinen Mundwinkeln bildet. Es gab nur zwei weitere Ereignisse, als der König sich um uns besorgt gezeigt hat. Als wir das erste Mal im Königreich eingetroffen sind und er uns alles bot, was wir wollten. Und dann, als mein leiblicher Vater meiner Mutter den Pimmel eines toten Hengsts geschickt hat mit der Notiz, sie solle sich selbst ficken. Das Paket traf ein, nachdem sie Briefe, in denen sie seinen kleinen, lahmen Schwanz beschrieb, an alle Leute an seinem neuen Hof geschickt hat, darunter auch seine neue junge Ehefrau. Es hat mich krank gemacht, ihren Gesprächen über Schwänze zu lauschen. Der König schickte eine Drohung an unseren leiblichen Vater und seitdem haben wir nie wieder etwas von ihm gehört.

„Setz dich", ordnet der König an. Wir setzen uns an seinen Tisch.

„Am Aschehof gibt es eine Frau namens Relle." Sein Mund verzieht sich und die Art, wie er sich über die Zähne leckt, um die Informationen zu verzögern, verrät mir alles.

„Du hast eine Liebhaberin am verfeindeten Hof?", brumme ich.

Er verzieht sein Gesicht, als hätte ich ihn beleidigt. „Nichts dergleichen. Relle ist eine Person, die mir geholfen hat, Insiderinformationen zu bekommen, wenn ich zu Besuch war."

Mir brennen so viele Fragen auf der Zunge, darüber, warum er es riskieren würde, ins feindliche

Königreich zu gehen, um Relle zu treffen und sich auf solch eine Art zu verbünden, aber ich unterdrücke sie.

„Relle hat mir mit Insiderwissen ausgeholfen“, sagt der König, „aber es ist Jahre her, seit ich das letzte Mal von ihr gehört habe. Ich weiß nicht was geschehen ist, dass es still um sie wurde.“

„Würde sie dir noch immer helfen?“, frage ich.

Er hält inne und überdenkt meine Frage. „Ich werde veranlassen, dass ihr ein Vogelkäfig geschickt wird. Wenn sie antwortet wird sie dein Schlüssel sein, um an den Aschehof zu kommen. Wenn nicht, dann wirst du einbrechen müssen. Spreche mit meinen Magiern über einen Tarnzauber zur Verschleierung, wenn du den Aschehof betrittst.“ Er lehnt sich in seinem Stuhl zurück. „Was ist dein Plan, sobald du drinnen bist? Den Magier, der den Zauber erschaffen hat, zu finden und ihn hierher zurückzubringen, damit er ein Heilmittel schaffen kann?“

Ich versteife. „Ich werde ihm den Hals aufschlitzen, nachdem er mir an Ort und Stelle das Heilmittel gegeben hat.“

„Riskant.“ Der König schnalzt erneut mit der Zunge.

Genauso, wie einen verdammten Magier zu entführen, aber ich sage nichts dazu. „Ich werde Jasion um einen Einfangzauber bitten. Einen, der mir dabei hilft, den Magier außer Gefecht zu setzen, während ich herausfinde, wo er ein Gegenmittel aufbewahrt.“

„Und was ist mit dem Mädchen, das vor zwei Jahren den Fluch freigelassen hat? Guendolyn. Gibt es Neuigkeiten über ihren Aufenthaltsort?“ Er wirft mir einen starren Blick zu. Die Augen des Königs stehen eng und ich kenne diesen Ausdruck.

Jeder weiß von dem Feenmädchen, das als Kind von unserer Welt entführt wurde, zusammen mit ihrer Prophezeiung. Es gibt so viele Theorien darüber, wer sie genau ist, aber niemand kennt die Wahrheit, außer dass sie vom Aschehof kommt.

Jedoch zu verraten, dass Guendolyn sich in unserem Königreich aufhält, bringt zu viele Komplikationen mit sich. Mein Stiefvater wird sie einsperren, bis wir ein Heilmittel gefunden haben, und sie im Anschluss dafür, dass sie eine Unseelie ist und das Königreich verflucht hat, töten lassen. Die Magier, auch Jasion, werden keine Ruhe geben, bis sie sie haben, um Experimente mit ihr durchzuführen. Sie sind von Magie besessen und Guendolyn hat eine seltene Gabe, die ich noch in niemandem anderen zuvor gesehen habe—Portale zwischen Königreichen zu öffnen, ohne die Verwendung von Zaubertränken, ganz zu schweigen von ihrer Verbindung zu den kleinen Feen. Und dann sind da noch die Feen vom Aschehof. Sie wollen sie tot sehen, denn wenn sie stirbt kann der Fluch, mit dem unser Königreich belegt ist, nie wieder gebrochen werden.

Jasion hat mir klare Anweisungen gegeben, dass das Gegenmittel, um dem Biss eines Blutverfluchten entgegenzuwirken, in einem der Arbeitszimmer der Magier am Aschehof sein muss. Magier haben Heilmittel für jeden Zauber, den sie wirken, als Absicherung für den Fall, das etwas schiefläuft. Ich muss also nur beten, dass die Unseelie Magier auch diese Regel befolgen, dann

den Zaubertrank finden und ihn zurück nach Hause
bringen.

Ich schaue hoch und merke, wie der König mich
beobachtet und auf eine Antwort bezüglich Guendolyn
wartet. „Sie wird sich irgendwo verstecken", schlage ich
vor. „Wenn sie tot wäre, hätten wir ihren Tod in der
Magie, die uns umgibt, gespürt."

Das ist der Grund, warum wir Guendolyn zurück
ins Königreich der Irrfahrten geholt haben. Der Grund,
warum wir so viel riskiert haben. Um sicherzustellen,
dass der Aschehof sie nicht zuerst bekommt und tötet.

Ich werde nicht leugnen, dass ich mich auch an die
Angst klammere, dass wenn sie jemand findet, er sie
brechen würde. Wir leben in einer brutalen Welt, in
der der schnellste Weg zu sterben ist, jemandem zu
vertrauen. Und da ist eine Verletzlichkeit, eine
Unschuld an Guendolyn, ganz gleich wie sehr sie sich
dagegen wehrt. Sie ist nicht an die Grausamkeit
unserer Welt gewöhnt und ein Teil von mir möchte sie
davon abschirmen.

So sehr mich dieses Mädchen auch wütend macht,
ich bin verdammt nochmal besessen von ihr. Ich hasse
es sogar, diesen Gedanken zu haben, aber sie hat es
geschafft, unter meine Haut zu kriechen. Erst letzte
Nacht hat sie mich beobachtet und ich habe ihr eine
verdammte Schau geboten. Ich konnte sie an der Tür
spüren, hineinspitzelnd, mich beobachtend, mich mit
ihren Augen verzehrend. Jede Bewegung, jedes
Stöhnen kam davon, dass ich mir vorgestellt habe, dass
es ihre süße Muschi ist, die mich reitet.

„In Ordnung." Die Stimme des Königs reißt mich

aus meinen Gedanken und er strafft seine Haltung. „Ist das alles?"

Ich räuspere mich. „Ja. Ich werde mit Jasion sprechen und beginnen, meine Reise zu planen."

Mein Stiefvater brummt und schnaubt einen Atemzug heraus. „Bist du dir sicher, dass du Jasion vertraust?"

„Ich verstehe nicht, warum du ihn nicht magst", sage ich. Mutig oder dumm, ich möchte es verstehen. Wenn ich eines Tages den Thron des Schattenhofs einnehme, möchte ich Jasion an meiner Seite als meinen Berater. Das bedeutet, ich muss verhindern, dass der König ihn in der Zwischenzeit loswird.

„Er stellt alles, was ich sage, infrage", antwortet der König schlussendlich. „Und ich vertraue Leuten, die mich in der Öffentlichkeit hinterfragen, weil sie hoffen, mich bloßzustellen, nicht." Er lehnt sich vor. „Ich weiß, du denkst, er ist dein Freund und ihr versteht euch gut, aber die Feen, die am hilfsbereitesten erscheinen, sind jene, die dir als erste in den Rücken fallen werden. Vergiss das nicht, Junge." Nun lehnt er sich zurück. „Genau aus diesem Grund bleibe ich meinen Magiern gegenüber distanziert. Magier sehnen sich nach Macht. Sie tun alles dafür, um mehr zu erlangen, und werden jeden, der sich ihnen in den Weg stellt, erledigen. Denkst du, dass jene, die für mich arbeiten, Jasion und die Gefallen, die du ihm tust, nicht beobachten?"

„Vielleicht muss man sie zurechtweisen", gebe ich zurück und weigere mich zu glauben, dass Jasion wie die anderen ist. Wir sind zusammen aufgewachsen, haben uns gegenseitig öfter, als ich mitgezählt habe, den Arsch gerettet. Zu denken, dass ich ihm nicht vertrauen kann, hinterlässt einen bitteren Nachgeschmack auf meiner Zunge. Er ist mehr als nur ein Magier, er ist ein guter Freund.

Der König leidet unter notorischem Verfolgungswahn, also entscheide ich mich, seinen Rat ohne Widerrede anzunehmen.

Ich stehe, als die Tür aufschwingt und meine Mutter hereinkommt.

Bei meinem Anblick lächelt sie und ihre kristallgrünen Augen sind rot, weil sie an Deimos Seite geweint hat. Ihre Aufmerksamkeit für ihn erinnert mich an die Zeiten, als sie uns, als wir noch Kinder waren, in den Schlaf gewogen hat, indem sie uns Märchen erzählt hat. Meine Mutter ist stark und mag vielleicht nicht von allen gemocht werden, aber nachdem unser Vater sie verlassen hat, hat sie uns nie im Stich gelassen und hat alles getan, um uns zu beschützen.

Sie dreht sich herum, um die Tür zu schließen, und ihr langes, rotes Samtkleid schwingt um ihre Knöchel. Es ist ein schlichtes Kleid ohne Verzierungen und heute trägt sie auch keine Tiara. Ihr weißes Haar fällt ihr lockig über die Schultern.

„Ahren." Rasch läuft sie auf mich zu und nimmt mein Gesicht in ihre Hände. „Du brauchst etwas Sonne. Du siehst blass aus heute." Ihr Daumen streicht über den verheilten Schnitt unter meinem Auge.

Der König brummt. „Bemuttere ihn nicht so."

„Ich werde daran denken, Mutter", sage ich und

gebe ihr einen Kuss auf beide Wangen. „Ich muss gehen."

Sie lässt mich los und wendet sich meinem Stiefvater zu. „Gibt es Neuigkeiten über ein Heilmittel für Deimos?" Der Schmerz in ihrer Stimme lässt sich in mir alles verkrampfen. Darum muss ich derjenige sein, der das Heilmittel besorgt. Ich vertraue niemandem sonst.

Ich brumme vor mich hin und marschiere aus dem Raum, während meine Laune mit einem Mal schlecht ist.

Guen

Weiter entlang des Flurs erwecken flatternde Bewegungen meine Aufmerksamkeit. Etwas Bläuliches, um genau zu sein.

Blaue Flügel.

Mein Herz setzt einen Schlag aus, als ich herumwirble und der kleinen Fee hinterherjage. Den Großteil des Tags habe ich schon die Flure nach ihr abgesucht und jetzt, da die Nacht über das Land einbricht, zeigt sie sich endlich.

Die Feuerkugeln, die tief von den Decken hängen, werfen ihre Schatten in alle Richtungen, aber die blauen Flügel der kleinen Fee stechen zwischen den Statuen aus Marmor und Gold hervor.

Leisen Schrittes eile ich auf sie zu. Sekunden später

blicke ich um die Löwenstatue herum. Nur ein Flügel ragt aus den Schatten heraus. Sie balanciert auf dem Ende des Löwenschwanzes, beugt sich vor und scheint etwas zu verfolgen.

Ich hole aus und schnappe sie mir. Meine Hände umschlingen ihren kleinen Körper.

Sie erschreckt sich, windet sich in meinem Griff und schlägt panisch mit ihren Flügeln. Sie dreht sich mit gefletschten Zähnen und zurückgezogenen Lippen zu mir. Auch wenn sie nur so klein ist, ist sie doch einschüchternd.

„Ich bin es doch nur", sage ich.

Ihre Panik löst sich in eine gerunzelte Stirn auf. Sie rümpft die Nase und blickt sich um, gerade als eine graue Maus um ihr Leben davonrennt. Die kleine Fee gibt ein schnaubendes Geräusch von sich, als sie zu mir aufsieht und ihre Missgunst faucht.

„Wärst du nicht fortgelaufen, hätte ich dich gefüttert", sage ich. „Etwas viel Besseres als eine Maus."

Sie schüttelt ihren Kopf, als würde sie mich verstehen.

„Du hast mir einen riesengroßen Schrecken eingejagt. Gott sei Dank hast du dich nicht auf den Weg in den Palast gemacht. Der König hätte uns beide getötet", flüstere ich.

Bei der Erwähnung von Tod faucht sie.

„Einverstanden. Die guten Nachrichten aber sind, dass du schon viel besser aussiehst. Dein Flügel ist verheilt." Vielleicht hat meine Berührung ihr ja doch geholfen, oder heilen die kleinen Feen so schnell? Alles was zählt, ist, dass ich sie gefunden habe. „Jetzt gehen wir zurück in mein Zimmer und ich werde dir etwas zu Essen besorgen."

Noch mehr Fauchen.

„Ist dies das einzige Geräusch, das du machen kannst? Hmm... Vielleicht nenne ich dich ab jetzt so. *Fauchi*. Wie klingt das?"

Sie schüttelt ihren Kopf, faucht ein weiteres Mal, und ich lache darüber, wie niedlich sie aussieht.

Als von irgendwo den Flur hinunter Gemurmel ertönt, halte ich inne und wir beide starren in die Richtung, aus der die Geräusche kommen. Niemand ist da, noch nicht jedenfalls.

Ich halte mir die kleine Fee nah an die Brust und wir eilen zurück in mein Zimmer. Vor jedem um eine Ecke des dunklen Flurs biegen, der mit Statuen und Gemälden geziert ist, halte ich Ausschau nach Leuten, während die kleine Fee sich windet, um zu entkommen.

„Halte still, Fauchi. Ich besorge dir etwas zu Essen. Man darf dich nicht entdecken, oder wir beide kommen in riesengroße Schwierigkeiten."

Ihre Flügel schlagen wild und ich steuere um eine weitere Ecke herum zu meinem Zimmer hin.

Weiter hinter mir fallen Schritte auf die Bodendielen und ich blicke zurück.

Schatten tauchen aus einem Korridor auf. Mein Herz rast, ich stürze mich in mein Zimmer und schließe die Tür. Mit klopfendem Herzen presse ich für einen Moment meinen Rücken gegen die Wand um zu Atem zu kommen. Fauchi löst sich aus meinem Griff und flattert wild durch das Zimmer. Sie fliegt durch das ganze Zimmer, bevor sie nahe einem Fenster in der Luft stehen bleibt. Sie starrt nach draußen und drückt mit ihren kleinen Händen gegen das Glas.

„Du möchtest nach Hause, nicht wahr?" Ich laufe durch den Raum und greife nach dem Fensterknauf. Eine Drehung und das Fenster lässt sich aufdrücken. Eine kalte Brise strömt ins Zimmer und weht durch mein Haar.

„Nun, wenn du bereit bist, dann bist du frei, meine Kleine."

Sie kommt näher und hält etwas Funkelndes in ihren Händen. Ein Rubin in einer schönen Größe.

Mir fallen fast die Augen bei dem Gedanken daran aus, dass sie ihn aus der Krone des Königs gestohlen hat oder so.

„Wo hast du das her?", ermahne ich sie.

Sie faucht mich an und ihre Lippen ziehen sich zurück, als sie sich den Kristall fest an die Brust presst.

„Du kannst ihn nicht mitnehmen!" Ich strecke meinen Arm aus, als sie direkt an mir vorbei auf das Fenster zufliegt.

Panisch schnappe ich in der Luft nach ihr, bevor sie entkommen kann. Ich bekomme sie am Arm zu fassen, aber sie beißt mich. Diese scharfen Zähne bohren sich in meinen Daumen.

Ich schreie auf und zucke zurück.

Fauchi flutscht wie eine kleine Kleptomanin mit dem Rubin aus dem Fenster. Sie blickt zu mir zurück, während sie gerade außerhalb meiner Reichweite in der Luft stehen bleibt und sich mein Blut von den

Zähnen leckt. Rasche wische ich mir meinen stechenden, blutigen Daumen ab

Eirian.

Dieses Wort weht wie ein Spinnennetz im Wind durch meine Gedanken und beschert mir eine Gänsehaut.

Fauchis Flügel schlagen, während Schneeflocken auf ihrem Kopf und ihren Schultern landen. Sie sieht mich mit einer solchen Intensität an und fast erwarte ich, dass sie anfängt mit mir zu sprechen.

Eirian.

Wieder erklingt dieses Wort.

Plötzlich ertönt ein lautes Knacken hinter mir.

Ich fahre aus der Haut und wirbele herum, als Dana mit dem Servierwagen die Tür aufstößt. Sie hebt ihren Kopf, als sie mich erblickt und erstarrt.

„Meine Dame, Sie haben mich erschreckt. Ich habe niemanden hier erwartet." Ihr Blick fällt auf das Fenster. „Es ist eiskalt draußen."

Ich nicke und wende mich geschwind herum, um das Fenster zu schließen und suche nach Fauchi. Aber sie ist mit dem Juwel verschwunden und hat mich mit einem kryptischen Wort zurückgelassen, von dem ich mich frage, ob es ihr Name ist.

„Es sieht aus, als würde heute Nacht ein Sturm aufziehen", erklärt Dana, als sie mit frischen Bettlaken, einer Schüssel Obst und einem Silberkrug mit Wasser ins Zimmer kommt.

Ich stelle mich neben den Kamin, um meine Hände aufzuwärmen.

„Dana", sage ich und wende mich ihr zu, während

ich meinen Rücken am Feuer wärme. „Haben Sie schon einmal das Wort *Eirian* gehört?“

Sie blickt von ihrem Servierwagen hoch und schaut nach oben, während sie darüber nachdenkt. Dann schüttelt sie mit dem Kopf. „Ist das ein Ort, meine Dame?“

„Ich weiß nicht.“

„Nun, es gibt eine kleine Bibliothek im Herrenhaus, in der Sie vielleicht eine Antwort finden können.“

Bei ihrer Antwort werde ich hellhörig. „Wo ist sie?“

„Sie befindet sich einen Flur weiter hinter der Küche. Sobald ich fertig bin kann ich Sie dorthin bringen.“

„Nein, ist schon in Ordnung. Ich werde sie schon finden.“ Ich werde die Bibliothek aufsuchen. Es gibt so viele Dinge, die ich nachforschen möchte. Unter anderem das Wort *Eirian*, um herauszufinden, ob es ein Name oder Feen im Gesamten sind, und die Magier, um ihre Rolle besser verstehen zu können. Die Unterhaltung, die ich mit Jasion hatte, sitzt mir schwer auf der Brust. Gerne würde ich glauben, dass ich eine gute Menschenkenntnis besitze, bei ihm aber kommen alle meine Instinkte durcheinander.

9

AHREN

Die meisten Tage sind für den Arsch, der heutige aber ist so richtig beschissen.

Ich habe genug Gesellschaft gehabt. Genug von dem königlichen Schwachsinn, von Magiern und den Vorbereitungen für unsere anstehende Reise zum Aschehof. Der einzige Lichtblick ist Luther gewesen, der sich bereit erklärt hat, eine brandneue Kutsche unangreifbar zu machen, für den Fall, dass wir von Blutverfluchten überfallen werden. Das Problem aber wird sein, sie ohne dabei entdeckt zu werden aus dem Königreich zu schaffen.

Ich umrunde die Ecke zurück zu meinem Zimmer und halte inne, als ich erkenne, wer sich in der Nähe meiner verschlossenen Tür aufhält. Ich halte das Grinsen, das an meinen Mundwinkeln zupft nicht zurück und das Drücken meines Schwanzes gegen meine Hose auch nicht.

Guendolyn kommt mir nicht wie der Typ Frau vor,

die mit jedem dahergelaufenen Kerl schlafen möchte. Und doch ist sie zurück.

Ich schleiche mich an sie heran und sie hört mich nicht. Sie murmelt in einem Selbstgespräch vor sich hin.

Plötzlich erstarrt sie, da sie meine Gegenwart nun endlich spürt.

„Bist du auf der Suche nach etwas?", sage ich und meine Worte erklingen mit tiefer Stimme. „Hast du dich verlaufen?"

Sie wirbelt herum und atmet überrascht scharf ein. Als sie zu mir hinaufsieht, laufen ihre Wangen rot an.

Scheiße, sie hat eine Wirkung auf mich wie noch keine andere Frau zuvor. Alles, was ich mir vorstellen kann, ist ihr straffer kleiner Körper gegen meinen gedrückt, ihre Beine und Arme um mich geschlungen, und ihr Stöhnen in meinem Ohr, während ich sie ficke, bis sie mich anfleht, aufzuhören.

Als sie ihr Kinn hebt, versucht sie davon unbeeindruckt auszusehen, dass ich sie erwischt habe. Sie sieht den Flur hinter mir entlang, als erwarte sie jemanden. Aber wir sind alleine.

„Ich... also...", stammelt sie und ist zu Beginn nicht in der Lage, eine Antwort zu formulieren. „Ich... ich bin falsch abgebogen."

Von dem Augenblick an, als ich sie beim Spannen erwischt habe, wusste ich, dass ich nicht von ihr ablassen kann.

Ich stehe vor ihr, während sie sich gerade hinstellt und an ihrer Lüge festhält. Ihre Forschheit zieht mich noch mehr zu ihr hin.

„Ich habe eine ganz spezielle Art mit Lügnern umzugehen", sage ich.

„Ja, die da wäre?"

Sie ist verdammt gut. Ihre Antwort kommt prompt ohne einen Funken des Zögerns und sie blickt mich mit einem Glitzern in ihren strahlend blauen Augen an. Guendolyn ist auf so viele Arten perfekt und ich habe mich zuvor geweigert, das zuzugeben. Angefangen damit, wie ihre Lippen zucken, wenn sie unentschlossen ist, hin zu ihrer Eigenart, mit ihren Haarspitzen zu spielen, und dann sind da noch die Rundungen ihrer Brust, ihr schmaler Hals und diese Lippen... Götter habt Gnade mit mir, aber ich will diese roten Lippen auf meinen.

„Das wirst du schon sehen", murmele ich.

Sie zuckt gleichgültig mit den Schultern. „Ich weiß nicht, wovon du redest."

„Und schon wieder widersprichst du mir. Forderst mich heraus. Am Ende werde ich aber immer die Wahrheit erfahren."

Natürlich betrachtet sie mich mit einem Blick voller Entschlossenheit, aber alles, was mir in den Sinn kommt, ist sie zu Meiner zu machen und sie dazu zu zwingen, sich zu unterwerfen.

„Ich gehe besser", antwortet sie und beginnt, sich wegzudrehen.

„Du hast meine Frage nie beantwortet", sage ich und lehne mich mit einem Lächeln, das sich über meinen Mund zieht, ihr entgegen.

„Ich bin mir sicher, dass du, was auch immer dich

durcheinandergebracht hat, sortieren wirst." Sie wirft ihren Kopf arrogant zurück und geht davon.

Ich knirsche mit den Zähnen und schnappe nach ihrem Arm. Anstatt sie zu mir zu drehen, trete ich näher an sie heran und drücke meine Brust flach gegen ihren Rücken.

Ihr Atem stockt.

„Ich habe gesehen, wie du mich letzte Nacht beobachtet hast", flüstere ich ihr ins Ohr. „Und ich weiß, du bist hier, weil du mehr davon willst."

Sie saugt einen kurzen, zittrigen Atemzug ein. Als sie mich über ihre Schulter hinweg ansieht, ist ihr Blick herausfordernd. Sie begreift nicht, dass ich nur spiele, um zu gewinnen, und dass ich nie nachgeben würde. Ich lehne mich an sie und flüstere: „Jetzt bist du an der Reihe, mir etwas zu zeigen, Engelchen."

Sie zuckt zusammen und kämpft, um sich von mir zu lösen. „L-Letzte Nacht war ein Unfall. Ich... habe kaum etwas gesehen."

„Du hast doch meinen Schwanz gesehen, nicht wahr?" Ich drehe sie an ihren Schultern zu mir. Ihre Wangen sind zwar glühend rot, jedoch brennt ihr sturer Blick wie Feuer in ihren Augen, als wir uns ansehen. „Hast du den Verstand verloren?"

„Vielleicht, aber ich bekomme, was ich will."

Ich lasse ihr keine Gelegenheit ein weiteres Wort zu sagen, ziehe sie an mich und küsse sie kraftvoll. Ein Teil von mir erwartet ein wenig, dass sich ein Portal öffnet, bedenkt man, dass das geschehen ist, als sie Deimos geküsst hat, aber nichts passiert. Perfekt, da ich keine Ablenkungen gebrauchen kann.

Sie kämpft mit ihren Händen und ihrem Körper gegen mich an, aber ihre Lippen erwidern meine Küsse. Ihr Mund verrät mir ihre Rage, da sie mir scharf in die Lippe beißt. Es wird mich nicht abhalten und ich stöhne vor Lust.

„Jetzt gehörst du verdammt nochmal mir."

Guen

Ich drücke mich gegen Ahren, unsere Lippen sind weiter aufeinander gepresst und seine Zunge gleitet in meinen Mund. Ich bin schwach und schmelze dahin, auch wenn mein Kopf schreit, dass ich weglaufen soll. Ich brauche ihn, so wie ich auch Sauerstoff zum Leben brauche, aber ich möchte ihn auch gegen die Wand schubsen und ihm zeigen, dass ich kein Schwächling bin. Meine Absicht war es, die Bibliothek aufzusuchen, als ich aber in dem Flur, der zu Ahrens Zimmer führt, herumgeschnüffelt habe, konnte ich nicht anders. Ich wollte sehen, ob er da ist. Die vergangene Nacht spukt mir schon den ganzen Tag durch den Kopf, und... nun, wenn es um meinen Sexualtrieb geht, bin ich offensichtlich schwach.

Starke Hände ergreifen meine Taille, als er mich gegen die Wand drückt und meine Brustwarzen antworten darauf mit einem Pulsieren. Er hebt mich hoch und schiebt eine Hand an meinem Oberschenkel hinunter, führt ihn dann um seine Hüfte, um dann das

Gleiche mit dem anderen zu tun. Ich halte mich an gewölbten, muskulösen Schultern fest und unsere Lippen trennen sich zu keinem Zeitpunkt voneinander. Er küsst mich, als ob er schon lange darauf gewartet hat.

Sinnlich.

Dominant.

Er drängt sich zwischen meine Schenkel und seine harte Erektion stemmt sich gegen meine Hitze. Dünne Stofflagen sind alles, was sich zwischen uns befindet, sein Pochen aber ist kräftig und sein Schwanz hart und dick.

„Ist es das, was du willst?", brummt er mit tiefer Stimme.

„Ich...", ist alles, was ich atemlos herausbekomme.

„Was schlägst du vor, wie ich dich bestrafen soll?"

„Ich weiß nicht—"

Er presst sich gegen mich, nimmt mir die Worte und ich kann nur noch stöhnen. Er nimmt das als ein Ja und seine Zunge fährt an meinem Schlüsselbein entlang. Seine Finger wandern unter meinen Rock und arbeiten sich an der Innenseite meiner Oberschenkel nach oben. Sie haken sich unter dem Stoff meiner Unterwäsche ein und er reißt sie mit einer solchen Leichtigkeit von mir, dass ich nach Luft schnappen muss.

„Warte—"

„Ist das nicht, was du willst?", fragt er und seine Stimme klingt dunkel und sinnlich. „Ich denke, du lügst schon wieder. Jedes Mal, wenn du mich anlügst, wird das deine Strafe in die Länge ziehen."

Mein Körper zittert voller Erregung und ich kann keinen klaren Gedanken mehr fassen, ganz zu schweigen davon, einen zusammenhängenden Satz bilden.

„Ahren—" Mein Protest wird unterbrochen, als er seine Hand zwischen uns senkt und seine Finger in meine Feuchte eintauchen.

Ich bin durchnässt und seine Finger gleiten durch meinen feuchten Film. Es fühlt sich großartig an. Erregt buckle ich meinen Rücken und stöhne voller Verlangen, als er mich mit seiner reizenden Folter entzückt. Seine Hüften bewegen sich wie von alleine und wippen mir mit jedem Stoß seiner Finger entgegen.

Ich sollte das nicht so sehr genießen oder ihn auch nicht mit meinem vergnügten Winseln bestärken. Aber der Genuss umgibt mich und blendet alle Gedanken aus meinem Verstand aus, außer diejenigen, die mir sagen, was ich von ihm brauche.

Seine Zähne legen sich um mein Ohrläppchen und knabbern. Ich bin verloren und berauscht von ihm, während er mich mit seinen Fingern fickt, und ein Stöhnen entweicht über meine Lippen.

„Ist es das, was du dir letzte Nacht vorgestellt hast, als du mich beobachtet hast? Wie ich deine enge, saftige Muschi berühre?" Seine Stimme wird leiser. „Warum bist du geblieben und hast zugesehen?"

Ich habe keine Ahnung, was ich darauf antworten soll. Ich kann nicht sprechen, wenn mein Fokus ganz offensichtlich auf seinen Fingern liegt, die sich in mich hineindrücken.

„Es ist in Ordnung. Ich weiß, warum du geblieben bist." Seine Worte bringen mich näher an den Abgrund und mein Höhepunkt baut sich in mir auf.

„Ahren, vielleicht sollten wir das nicht tun", sage ich. Alles, woran ich denken kann, ist, dass wenn ich einmal diesen Schritt gegangen bin, ich nicht in der Lage dazu sein werde, umzukehren. Es ist schon schwer genug sich mit Ahren herumzuschlagen, ganz zu schweigen davon, wenn er das auch noch gegen mich in der Hand hat. Wie sollte ich ihm je wieder in die Augen sehen, ohne innerlich in Flammen aufzugehen, wenn ich mich daran erinnere, wie er mich geküsst und berührt hat?

„Dein Körper verrät mir, wie sehr du mich willst."

Seine Zunge sucht sich ihren Weg zu meinem Hals und mein Widerstand löst sich in Luft auf. Anstatt ihn fortzustoßen ziehe ich an seinem Hemd. Alles an ihm steigert meine Erregung. Er riecht nach Pinienholz und frischer Seife. Ich bin so weit gekommen und will ihn wie verrückt.

„Du kannst nicht widerstehen", zieht er mich auf, während er mich härter und schneller fingert. Mein Verstand dreht sich mit so vielen Emotionen wie wild im Kreis.

„Dafür, dass du das sagst, hasse ich dich." Ich stöhne die Wörter eher heraus, als sie mit Nachdruck auszusprechen.

Er lacht mir ins Gesicht und fängt dann meinen Mund mit einem ausgehungerten Kuss ein. Ich erwidere die Leidenschaft, lege meine Arme um seinen Hals und halte mich an ihm fest. Gott, diese Fee macht mich wütend, aber ich habe gleichzeitig ein unstillbares Verlangen nach Ahren.

Gemeinsam wippen wir und unsere Körper sind verschlungen. Ein Teil von mir möchte erkennen, wie falsch das ist, wie ich auch seine Brüder begehre und wie ich widerstehen sollte. Jedoch bin ich zu weit gegangen, um zu glauben, dass es in meiner Macht steht, dies aufzuhalten. Soweit ich weiß könnte dies das erste und letzte Mal mit Ahren sein, also habe ich vor, die in mir pulsierende Erregung auszunutzen.

„Wie sehr hasst du mich?", verlangt er zu erfahren.

„Sehr, manchmal", gebe ich zwischen Keuchen zu, kaum in der Lage, zu Luft zu kommen.

Sonst bekomme ich nicht viel mit—nur, wie verdammt gut sich das hier anfühlt. Wie seine geschickten Finger in mich stoßen, wie sein Daumen meinen Kitzler gefunden hat und ihn in kleinen Kreisen reibt. Ich bebe und stöhne lauter, brauche diesen Rausch, der mich auf Wolken schweben lassen wird. Die Geräusche, die ich auf dem stillen Flur mache, sollten mich besorgen, aber das beunruhigt mich gerade gar nicht.

Er zieht seine Finger aus mir heraus und ich stöhne protestierend, will sie wieder spüren. Mein Rock fällt an meinen Beinen hinunter, während ich ihn perplex anstarre. Er lässt mich stehen und öffnet die Tür zu seinem Zimmer.

Ich atme scharf ein. Mein Verstand ist gerade mal klar genug zu denken, dass er mich in sein Zimmer bringen wird, um sich mit mir zu vergnügen. Sein Schwanz wölbt seine Hose nach außen und er hebt seine Hand zu seiner Nase. Seine Nasenflügel beben, als er mich einatmet.

„Zur Hölle", murmelt er vor sich hin. „Allein dein Geruch lässt mich so verdammt hart werden."

Es ist berauschend zu sehen, dass diese mächtige Fee von mir so angemacht ist. Ich blicke in diese blassen grünen Augen, auf sein weißes Haar, das über seine Schultern fällt, die Röte seiner Lippen, die von unseren Küssen verursacht wurde, und ich schmelze vor ihm dahin. Flüssige Hitze läuft an den Innenseiten meiner Oberschenkel hinunter.

„Deine Entscheidung", sagt er schlussendlich. „Komm mit mir und ich werde dich ficken, das verspreche ich dir. Oder nutze den Hass, der dich im Griff hat, um es dir selbst zu besorgen. Denk an mich, während du es dir machst."

Mir stecken die Worte im Hals fest von der Art und Weise, wie er mit mir spricht.

Er wendet sich ab und verschwindet in seinem Zimmer, zieht die Tür bis auf einen kleinen Spalt zu, genau wie es letzte Nacht auch war.

Zähneknirschend und auf dem Trockenen sitzen gelassen spielt er dieses Spiel mit mir. Keinesfalls sollte ich den Thronfolger des Königreichs küssen, ganz zu schweigen davon, ihm zu erlauben, mich draußen im Flur zu traktieren, wenn er doch offensichtlich ein Arschloch ist. Ich lasse einen langen Atemzug heraus, während ich den Türspalt betrachte.

Denk an mich, während du es dir machst.

Es ist so ein Scheißkerl! Und trotzdem prickeln meine Lippen von unserem Kuss. Ich presse meine

Oberschenkel aneinander und ein Hitzeschwall schießt Funken des Verlangens durch meinen Körper.

Die Intensität des Moments kriecht an meiner Wirbelsäule hoch. Mein Verstand brüllt mich an von hier zu verschwinden, wohingegen mein Körper und mein Herz mich in Richtung der Tür drängen. Ich bin für diesen Moment nicht vorbereitet und der Schock haftet mir noch an. Ich muss von hier abhauen.

Mein Herz schlägt so schnell, als würde es mir augenblicklich aus der Brust springen, und ich zögere keine weitere Sekunde. Ich drehe mich um und renne den Flur entlang. Dies hätte nie passieren dürfen. Ein Blick über meine Schulter und ich sehe, dass Ahren mir nicht folgt.

Auf dem Weg stolpere ich über meine eignen Füße, aber ich halte nicht inne, bevor ich mein Zimmer erreicht habe. Die Tür aufstoßend trete ich ein und schlage sie hinter mir zu. Am ganzen Körper zitternd lege ich meine Arme um mich und gehe in Richtung des Kamins, war aber nicht hilft, um das Bibbern zu vertreiben.

Dies ist der Moment, in dem mir etwas klar wird, das mich vollkommen verwirrt. Ich war so mit Ahren beschäftigt und was er in mir bewegt hat, dass es mir bis jetzt nicht in den Sinn gekommen ist.

Warum ist nichts Magisches geschehen, wie ein sich öffnendes Portal, als ich ihn geküsst habe?

10

LUTHER

„Was also ist der Plan, um Deimos zu helfen?", fragt Guendolyn, bevor sie sich einen weiteren Bissen Wild mit gerösteter Gemüsebeilage in den Mund schiebt. Sie isst bereits ihre zweite Portion und ich bewundere ein Mädchen, das nicht zu schüchtern ist zu essen, aber ich wundere mich auch, ob sie tagsüber etwas zu Essen bekommt.

Sie hebt ihren Blick in meine Richtung und wartet auf eine Antwort, gibt mir jedoch nicht die Möglichkeit zu sprechen. „Ich habe den Großteil des Tags mit Deimos verbracht und ich habe weder Heiler noch Magier gesehen, die nach ihm geschaut haben. Ich bin besorgt."

Ihr Nasenrücken runzelt sich leicht, so wie jedes Mal, wenn sie versucht ihre Emotionen zu verbergen. Jeder kann mit einem Blick sehen, wie sehr sie um Deimos besorgt ist, welch enge Bindung die beiden geformt haben, als er zur Erde gegangen ist, um sie zu holen. Zu sagen, dass ich nicht eifersüchtig bin, wäre eine verdammte Lüge, aber ich habe kein Problem damit, mit meinen Brüdern zu teilen. Sie können ruhig alle ihr Partner sein. Mich stört, dass sie die Erinnerungen an uns beide nicht ans Tageslicht bringen kann und mich ansieht, als wäre ich ein Fremder. Das fühlt sich wie ein Dolch in meinem Herzen an.

Ahren isst sein Abendessen und hat kein Wort gesagt, seit wir im Esszimmer angekommen sind. Es scheint, als umgäbe ihn heute Nacht ein dunkler Schatten. Irgendetwas geht in ihm vor, aber er ist nicht die Art Fee, aus der man leicht eine Antwort herauskitzeln kann. Er wird reden, wenn er dazu bereit ist.

„Wir haben Pläne, die Zutaten für ein Heilmittel zu beschaffen", erkläre ich.

Ihre Augen werden groß und ein Lächeln umspielt ihren hübschen Mund. „Das ist fantastisch. Wo bekommen wir sie her? Können wir gleich morgen losgehen?"

„Du gehst nirgendwo hin", antwortet Ahren harsch. „Und es ist kompliziert. Überlasse das uns."

Sie starrt ihn an, während er sich wieder seinem Essen widmet und die Spannung liegt in der Luft. Was zur Hölle ist zwischen den beiden vorgefallen? Mein Bruder kann einen verdammt wütend machen, aber Guendolyn hat auch eine feurige Seite an sich. Seit dem Vorfall mit dem Portal habe ich Abstand von ihr gehalten und bin zu der schwerwiegenden Erkenntnis gekommen, dass es einfach nur lächerlich ist, ihr wie ein verliebter Junge nachzujagen. Sie hat kaum eine Erinnerung an mich von vor zwei Jahren und so sehr mich das auch schmerzt, ich werde ihr nicht nach-

trauern oder in einer Traumwelt leben. Das Wichtigste
ist es nun, meinen Bruder zu heilen und dann das
Problem mit dem Fluch, mit dem unser Königreich
belegt ist, aus der Welt zu schaffen. Bis dahin werde ich
ihr aber auf jeden Fall mein wahres Ich zeigen, und
wenn dies bedeutet von vorne zu beginnen, dann soll
es wohl so sein.

Guendolyn füllt ihre Silbertasse mit Pfirsichsaft auf
und stellt den Krug dann wieder auf den Tisch. „Aber
es muss doch mit Sicherheit etwas geben, womit ich
euch behilflich sein kann?"

„Bleib im Herrenhaus", antworte ich und klinge
dabei sachlich, denn sie wird das Gebäude keinesfalls
verlassen, bis wir die Sache geklärt haben.

Sie setzt sich die Tasse an die Lippen und blickt
Dana an, während das Dienstmädchen ins Zimmer
kommt und einen mit weißer Glasur überzogenen
Kuchen, der mit Beeren und Feigen dekoriert ist, here-
inträgt.

„Das sieht köstlich aus." Guendolyn betrachtet den
Kuchen. Dana lächelt stolz und stellt die Nachspeise
auf dem runden Tisch ab, der bereits mit Tellern voller
Essen und mit Getränken voll steht. Eine weitere weib-
liche Küchenhilfe mit kurzem blondem Haar eilt hinter
ihr herein und beginnt abzuräumen. Sie habe ich zuvor
noch nicht gesehen.

„Es ist das Rezept meiner Großmutter, Gott sei ihrer
Seele gnädig", sagt Dana und man kann deutlich die
Freude in ihrer Stimme vernehmen, selbst wenn sie
nicht so strahlend lächeln würde.

„Ich kann es kaum erwarten zu probieren", füge ich

hinzu, als sie einen Teller mit einem großen Stück vor mir abstellt. Ich sehe mir die Schichten an und rieche an der Vanillecreme. Dana serviert Ahren und Guendolyn auch ein Stück.

Das Lächeln, das Guendolyn mir schenkt, ist eine Versuchung, die süßer ist als jeder Kuchen. Sie beginnt zu essen und ihre Augen weiten sich überrascht, bevor sie eilig mehr von dem Kuchen verdrückt. Sie gibt ein zufriedenes, stöhnendes Geräusch von sich, das Ahren und mich sie wie ein Paar Wölfe anstarren lässt, die ein verirrtes Reh im Wald verfolgen.

Guen

Die Erinnerung an meine Zeit mit Ahren verfolgt mich schon den ganzen Tag. Noch nicht mal dieser himmlische Kuchen kann mich ablenken. Nun, vielleicht ein wenig.

Er sitzt mir gegenüber am Tisch und beobachtet jede meiner Bewegungen aus seinen Augen, deren Lider halb gesenkt sind. Heute Nacht ist er ganz in Schwarz gekleidet—eine enge schwarze Hose und ein Hemd mit dazu passenden glänzenden Knöpfen. Im Kontrast zur Dunkelheit seiner Kleidung strahlt sein weißes Haar nahezu. Heute hat er es sich hinter die Ohren geschoben und bringt so seine sehr elfenartige Erscheinung zur Geltung.

Er nimmt rasch einen Schluck von seinem Wein

und leckt sich dann über die Lippen. Auf einer Skala von Eins bis Zehn ist er ohne Weiteres eine Fünfzig, aber er hat auch etwas Angsteinflößendes an sich. Die Art, alles kontrollieren und dominieren zu müssen, immer seinen Standpunkt deutlich zu machen. Wäre ich zu Hause, würde meine beste Freundin Nicki mir den Kopf waschen. Wem mache ich etwas vor? Sie würde mir empfehlen ihm das Hirn rauszuficken und ihn dann sitzen zu lassen. Und die Sache ist, ich würde ihr deswegen vermutlich nicht mal widersprechen.

Nicht, wenn ich an seinen perfekten Körper denke, seinen Kuss und seine Berührungen. All das geht mir durch den Kopf, während ich an meinem Saft nippe. Mein Herz schlägt schneller und ich kann nicht anders, als mich zu fragen, ob jemand einen Herzinfarkt davon bekommen kann, ständig geil zu sein.

Ich kann noch immer seine Finger in mir spüren und ein aufregendes Zittern durchfährt mich. Ich hasse ihn dafür, dass er mich so im Regen hat stehen lassen, aber ich verzehre mich auch nach seiner Berührung. Zur Hölle, ich bin vollkommen durcheinander. Am liebsten würde ich mit mir selbst schimpfen, dass ich solche Gedanken über ihn habe und wegen dem rohen Verlangen, das in mir brennt.

Durch meine Wimpern blicke ich zu ihm hoch und erkenne den Sturm in seinen Augen. Ich nehme einen weiteren Bissen vom Kuchen und versuche so zu tun, als würde er nicht genau vor mir sitzen. Den ganzen Tag habe ich in der Bibliothek verbracht, um Ahren aus dem Weg zu gehen und nachzuforschen. Aber die Bücher dort handelten nur von der Geschichte der

Feenkönigsfamilien und ihren gesamten langweiligen Lebensgeschichten. Keine Erwähnung der kleinen Feen, als würden sie nicht zugeben wollen, dass sie existieren. Auch nichts über das Wort *Eirian*. Was für eine Zeitverschwendung.

Das Wichtigste ist es nun Deimos zu helfen und dann herauszufinden, wer meine Eltern am Aschehof sind. Zu guter Letzt möchte ich meine Fähigkeit in den Griff bekommen, denn dann kann ich herausfinden, wo genau ich zwischen diesen ganzen Welten hingehöre. Wenn es mein Ding ist, Portale zu öffnen, muss es einen Weg geben, das zu aktivieren und zu bestimmen, wo sich ein Portal öffnen soll. Oh, und ich muss diese kleine Komplikation verstehen lernen, warum es nur in Deimos Gegenwart passiert ist. Mir gefällt der Gedanke wirklich, ihn berühren und küssen zu können, ohne die Sorge haben zu müssen, dass ich eine Horde Blutverfluchte hereinlasse.

Luther sitzt zwischen Ahren und mir an dem runden Tisch und ist ruhiger als sonst. Mein Blick fällt auf sein unglaublich hübsches Gesicht. Ich habe im echten Leben noch nie einen so gutaussehenden Mann getroffen. Soweit ich weiß existieren sie nur in Modezeitschriften und die Bilder wurden komplett bearbeitet. Aber Luther ist echt, natürlich und einschüchternd. Sein makellos gerades, dunkles Haar fällt auf seine Schultern und rahmt durchdringende, feurige Augen und einen kantigen Unterkiefer ein. Alles an ihm ist grüblerisch und sexy. Ich fühle mich zu ihm hingezogen und in Wirklichkeit macht es mir Angst, eine solche Anziehungskraft zu verspüren. Mich nicht an unsere Vergangenheit erinnern zu können, ist wie ständig mit einer Klinge im Herzen leben zu müssen. Wenn ich Luther anblicke, kann ich keinen Atemzug nehmen, der tief genug wäre, und meine Gefühle verwirren mich, deshalb ziehe ich mich zurück, in Angst vor den tiefen Gefühlen, die er in mir aufwühlt.

Mael, Ahrens Ratgeber, betritt den Raum. Die Kerzen in den Feuerkugeln, die von der Decke hängen, flackern von seinen trampelnden, schnellen Schritten in unsere Richtung.

„Was ist los?", fragt Luther, als könne er sein Unbehagen verspüren.

„Seine Majestät verlangt die Gesellschaft der Dame." Er nickt den Prinzen leicht zu und blickt dann in meine Richtung.

„Wofür?", murmelt Ahren.

„Das hat er nicht gesagt." Er sagt nichts weiter und steht da, auf eine Antwort wartend, die er dem König überbringen darf.

„Dann werde ich sie begleiten", verkündet Ahren.

„Eure Hoheit." Mael beugt seinen Kopf. „Der König hat ausdrücklich gesagt, dass er mit ihr unter vier Augen sprechen möchte."

Ich versteife, der Kuchen in meinem Bauch rumort und ich presse meinen Rücken gegen die Lehne meines Stuhls. „I-Ich weiß nicht, ob das eine gute Idee ist", raune ich.

„Sie können seine Bitte nicht abschlagen, meine Dame", erklärt mir Mael mit sanfter Stimme.

„Was will er wirklich?", fragt Luther Ahren.

Ein Schauer läuft mir kalt den Rücken hinunter beim Gedanken daran, dass der König weiß, wer ich bin.

Ahren wirft den Kopf hoch und seine Lippen bilden eine dünne Linie. „Mael, bitte teilen Sie dem König mit, dass Gainy ihn aufsuchen wird, wenn sie mit ihrer Mahlzeit fertig ist. Deuten Sie vielleicht an, dass wir gerade mit dem Essen angefangen haben.“

Der Berater nickt hektisch und zieht sich rasch in die Küche zurück.

Ich blicke in Ahrens stürmische Regenbogenhäute und frage: „Ist das eine gute Idee?“

Ahren

„Wenn du nicht zum König gehst, werden die Dinge für dich kein gutes Ende nehmen“, erkläre ich und meine Worte sind abgehackt und kurz. Es wühlt mich auf, weshalb er sie sehen möchte. Hat er etwas während der Schlacht gesehen? Ich verdränge diese Gedanken. Der König war schon immer ein wissbegieriger Mann und lädt oft neue Leute an seinen Hof für eine zwanglose Unterhaltung ein, um sie besser kennenzulernen.

Ich sehe zu Guendolyn hinüber, die ihr halb aufgegessenes Kuchenstück anstarrt.

Seit letzter Nacht geht sie mir nicht mehr aus dem Kopf. Sie ist in meinen Adern und in meinen Träumen.

Ich kann sie verdammt nochmal nicht verdrängen und so nah bei ihr zu sitzen, lässt sich mein Innerstes verknoten. Ich möchte den Ärger aus mir herausbrüllen.

Ich habe erwartet, dass sie mir in mein Zimmer folgen würde, um zu beenden, was wir angefangen haben. Stattdessen ist sie gegangen. Jetzt sehe ich sie mit versteinerter Miene an, während ein Inferno in mir lodert.

Ihr Duft liegt noch in meiner Nase und vernebelt meine Sinne. Alles, woran ich denken kann, ist, mich selbst auf ihr einzuprägen, sie zu beißen, alles, um sie daran zu erinnern, dass sie mir gehört. Dieses schöne blaue Kleid, das sie trägt, von ihrem Körper zu reißen, bevor ich mich in diese süße rosa Muschi dränge und sie bis zum Anschlag ficke.

Ich stoße einen tiefen frustrierten Atemzug aus, nehme dann meinen Kelch und kippe einige Schlucke Wein hinunter. Luther beobachtet mich. Er weiß, dass ich durcheinander bin. Zur Hölle, ich bin seit gestern so verdammt geil, dass meine Eier geschwollen sind und schmerzend um Erleichterung betteln.

Guendolyn rutscht unruhig auf ihrem Stuhl umher. „Was, wenn er etwas ahnt und mir Fragen stellt? Gott, was wenn er darauf besteht, dass ich... Dinge mit ihm mache?" Panik rauscht wie eine Gezeitenwelle durch ihre Augen und sie schiebt den Teller mit dem Kuchen von sich fort. „Ich kann das nicht. Ich erzähle so viel Mist, wenn ich nervös bin."

Ein Nerv zuckt in meinem Hals bei dem Gedanken daran, dass der König Hand an sie legt.

„Er wird dich nicht anfassen", sagt Luther und reißt mich aus meinen Gedanken. „Er kann ein Bastard sein, aber ich habe noch nie gesehen, dass er einer Frau etwas angetan hat. Halte dich an die Geschichte, über die wir gesprochen haben, warum du hier bist. Stelle ihm Fragen, da er sich gerne unterhält, und dann wird er vergessen seine Nase in deine Angelegenheiten zu stecken."

Mein Blick schweift zu ihr herüber, als sie enthusiastisch nickt. Auf ihren Lippen zeichnet sich ein schiefes Lächeln ab und ihre verletzliche Seite zeigt sich, berührt mich. Eine Ader pocht in meiner Schläfe, da sie mich so sehr ablenkt.

Sie würde mein Mitleid verabscheuen, aber genau jetzt hat sie nur uns drei um ihr hier im Königreich der Irrfahrten zu helfen. „Hör zu, ich werde dich in den Palast bringen und dir auf dem Weg noch ein paar Tipps geben."

Ihr Kinn hebt sich und ihre Augen weiten sich für einen Augenblick, sehen mich an, als würde mich etwas anderes antreiben. „Das musst du nicht."

„Ich bestehe darauf", antworte ich.

„Sicherlich hast du etwas Besseres zu tun", gibt sie verächtlich zurück und betrachtet mich von oben nach unten. Dieses Feuerkätzchen fordert mich schon wieder heraus und ich lecke mir über die Zähne, blicke sie mit einem Versprechen der Dinge, die da noch kommen werden, an.

„Wenn ich ein Versprechen gebe, dann halte ich mich daran."

Seine Stirn legt sich in Falten. „Es wurden keine

Versprechen gegeben. Nur ein Angebot, das ich abwägen konnte.“

Sie beginnt mir wirklich auf die Nerven zu gehen, hin zu dem Punkt, an dem ich ihren Hintern glühend lassen werde, bis sich mein Handabdruck darauf abzeichnet. „Und du hast dich falsch entschieden.“

Sie schnappt nach Luft und ist erstaunt über meine Antwort. Hat sie wirklich geglaubt, dass ich nicht wollte, dass sie sich zu mir gesellt? Habe ich es nicht ausreichend klargemacht? Ich suche in ihrem Gesichtsausdruck nach einer Antwort, doch ich werde von Luther unterbrochen, der sich räuspert.

„Ist mir etwas entgangen?“

Ich schnaube wütend und springe auf meine Füße. „Nein, nichts.“ Ich richte meine Aufmerksamkeit auf Guendolyn. „Bis du bereit bist, warte ich im Flur auf dich.“ Sie zwinkert mir zu, aber ich wende mich ab und begebe mich zur Tür, bevor ich noch etwas verdammt Dummes sage.

Es gelingt ihr, mir auf den Zeiger zu gehen.

Ich drücke meinen Rücken im Schatten des Flurs gegen die Wand. In ihrer Gegenwart möchte ich nur auf meinen Instinkt hören und alle vernünftigen Gedanken verdrängen. So bin ich nicht, vor allem nicht, wenn ich einen klaren Kopf bewahren muss. Aber sie setzt mir zu und ich bin besessen von ihr.

Nach einiger Zeit tritt sie aus dem Zimmer und läuft schnurstracks an mir vorbei, ohne darauf zu achten, wo ich sein könnte. Ich schnappe nach ihrem Handgelenk und sie wirbelt überrascht herum, bevor sie versucht, mir ihre Hand zu entreißen.

Mein Griff festigt sich. „Du kommst mit mir." Ich gehe in großen Schritten voran und ziehe sie neben mir her. Wir marschieren den Korridor entlang und werden von den leeren Fluren verschlungen. Die Stimmen der Dienstmägde hallen in der Ferne. Wir lassen das Esszimmer hinter uns und die Schritte meiner Stiefel treffen dumpf auf dem schwarzen Teppich auf, der uns durch das Herrenhaus leitet.

„Was zur Hölle ist dein Problem?", fährt sie mich an.

„Du sprichst mit solch einer Missachtung. Wenn du auf diese Weise mit dem König sprichst, wird dich das den Kopf kosten."

„Du verlangst zu viel von mir."

Ich sehe mich um und schleife sie durch den Flur in ein leeres Zimmer. Es gibt so viele leerstehende Räume im Herrenhaus, da nur meine Brüder, die Bediensteten und ich hier leben. Der Gedanke ist, diesen Ort zu beleben, sobald wir drei uns eine Braut ausgesucht und sie geheiratet haben. Mist, das ist das Letzte, woran ich gerade denken kann. Ich kann mir nicht vorstellen jemand anderes zu heiraten, wenn *sie* genau hier vor mir steht.

Als ich die Tür hinter uns zutrete, erhellen die Feuerkugeln den großen Raum. Ich wirbele Guendolyn herum, dränge sie rückwärts an die Wand und ihr kommt ein kurzes Quietschen über die Lippen. Instinktiv schnellen ihre Hände nach oben an meine Brust und drücken sich an sie. Ich kann die Anspannung in ihr spüren, da sich ihr überraschter Ausdruck in Ärger verwandelt. Mich mit meinen Händen an der

Wand auf jeder Seite ihres Kopfs abstützend beuge ich mich nach vorne und gebe ihr so keine Möglichkeit zur Flucht. Ich atme ihren süßen Duft ein und mein Schwanz wird hart.

„Welchen Teil hast du letzte Nacht nicht verstanden?", frage ich.

Verblüfft starrt sie mich an.

Ich bemerke einen Moment des Zögerns, als sie scharf einatmet und ein langes Seufzen auslässt. Ich rieche den Pfirsichsaft in ihrem Atem, als mein Blick auf ihre vollen Lippen fällt.

Sie leckt sie sich und schaut mir in die Augen. „Bist du immer so unverschämt und aufdringlich?"

„Wenn du nicht auf mich hörst bin ich das."

Ihre Zähne bohren sich in ihre Unterlippe. „Ich habe dir nichts zu sagen. Ich—"

„Lüge mich nicht an."

Ihre Augen verengen sich und einer ihrer Mundwinkel zuckt, jede Bewegung ist bestimmt.

„Muss ich dich an meine Strafe fürs Lügen erinnern?"

„Ich—" Es fällt ihr schwer zu sprechen und scheiße, das macht mich verrückt. Ich will es ihr besorgen, und zwar jetzt. Ihr diesen selbstzufriedenen Ausdruck aus dem Gesicht wischen und ihn mit einem absoluter Ekstase ersetzen.

„Du willst die Wahrheit wissen?", sprudelt es aus ihr heraus.

„Ja", brumme ich.

„Du machst mir Angst. Die Dinge, die du getan hast, machen mir Angst."

Ihre Worte erwischen mich eiskalt wie eine Ohrfeige, da sie die Wahrheit spricht—wie ihr Verlangen nach mir sie verängstigt. War sie zuvor noch nie mit einem Mann zusammen?

Plötzlich lehnt sie sich nach vorne und ihre Lippen streifen meine. Ich atme ihnen entgegen, schiebe meine Hand hinter ihren Kopf und küsse sie wild.

Es dauert nicht lange und ich verliere mich selbst. Ein Brummen entweicht meiner Kehle und ich gebe mich selbst diesem wilden Hunger in mir hin. Ich koste ihre geschwollenen Lippen und erforsche ihren Mund. „Du raubst mir vor lauter Begehren den Verstand", murmele ich.

Sie küsst mich erneut und lässt ihre Zunge in meinen Mund gleiten. Ich lege meine Arme um ihre zerbrechliche Statur, presse sie an mich und ich kann die Rundungen ihrer Brüste und das Zittern ihres Körpers spüren. Dann bewege ich meine Hände an ihrem Rücken hinunter und über ihren perfekten Arsch. Das neue blaue Kleid, das sie heute Nacht trägt, besteht für meinen Geschmack aus zu viel Stoff.

Dieses leise Geräusch in ihrem Hals drängt mich weiter an den Abgrund und ich werde mich nicht zurückhalten können. Ich sauge an ihrer Zunge und an ihren Lippen. So verdammt ausgehungert bin ich nach ihr. Keine Frau hat je so etwas in mir ausgelöst.

„Wie sehr willst du mich?", haucht sie gegen meinen Mund.

„Ich würde in den Himmel steigen und den Mond für dich vom Firmament holen", gebe ich zu, egal wie abgedroschen das in meinem Kopf auch klingen mag.

Ihre Hand greift zwischen uns und stülpt sich über meinen Schwanz in meiner Hose. Ich knurre und mein Puls schießt durch meine Adern.

Unsere Küsse werden intensiver und ich falle so schnell und so tief. Ich werde niemals meinen Weg zurück finden.

Laute Schritte ertönen auf den Bodendielen des Flurs draußen vor dem Zimmer. „Wo zur Hölle ist sie?" Maels Stimme stört den perfekten Augenblick. „Finde Luther; ich suche nach Ahren. Die Geduld des Königs hängt am seidenen Faden."

„Scheiße", flüstere ich leise, als ich mich von Guendolyn löse.

Diese wundervollen Lippen sind von meinen heftigen Küssen gerötet, ihre Augen fordern mich auf, weiterzumachen und ihr geöffneter Mund verlangt, dass ich sie jetzt hier an der Wand nehme.

„Ich muss dich zum König bringen", murre ich.

„Genau jetzt?" Ihre Wangen glühen.

„Ja, jetzt. Wir müssen uns beeilen", brumme ich und bin verdammt frustriert, dass wir diese Sache unvollendeter Dinge abbrechen müssen.

11

GUEN

Der Gang zum Palast ist still.

Ahren führt mich über die Brücke zwischen den beiden Gebäuden. Die Nacht ist eisig, Schneeflocken fallen weich wie Federn und bedecken alles. Als wir den Palast erreichen zittere ich. Wärme hüllt mich aber ein, nachdem die Türen hinter uns geschlossen werden, als wäre das Gebäude ausgesprochen gut gegen die Kälte isoliert. Im Gegensatz zu den dunklen Farben des Herrenhauses, die mich an eine gotische Kirche erinnern, ist hier alles elegant mit glänzend weißem Marmor und poliertem Gold eingerichtet. Gemälde von Feen in goldenen Bilderrahmen füllen die Wände und eins ist spektakulärer und wundervoller als das andere. Gibt es so etwas wie hässliche Feen? Noch habe ich keine getroffen.

An jeder Ecke sind Wachmänner positioniert und stehen stramm in ihren mitternachtsblauen Uniformen, ihren taillierten Jacken mit vergoldeten Knöpfen, die diagonal von ihrer Taille zur gegenüberliegenden

Schulter verlaufen. Ein Abzeichen eines goldenen Flügels, der von einem Pfeil durchbohrt wird, befindet sich am linken Arm eines jeden Einzelnen.

Endlich erreichen wir zwei große, schneeweiße Türen mit verzierten goldenen Griffen. Ich habe gedacht, dass wir in den Thronsaal gehen würden, jedoch ist dies ein anderer Raum.

Uniformierte Wachleute öffnen uns die Türen und offenbaren uns ein opulentes Wohnzimmer, das mich auf der Stelle erstarren lässt, so als hätte ich soeben Disneyland betreten. Bogenförmige Stabkreuzfenster mit goldenen Rahmen befinden sich an drei der Wände und ihre Ecken sind mit dem Frost der eiskalten Nacht überzogen.

Dutzende Feuerkugeln hängen von der hohen Decke. Jede glüht in einer anderen Farbe... Mein Innerstes lächelt beim Anblick des Regenbogens aus Türkis, Magenta, Orange und so vielen anderen Farben, die an der Decke über mir erstrahlen. Ich kann nicht aufhören sie anzustarren und fühle mich, als hätte ich eine Art Fantasiewelt betreten, die ich in einem Film erwartet hätte.

Am Ende des Raums befindet sich ein golden schimmernder Kamin, aufwendig geschnitzt und flankiert von zwei riesigen Statuen wunderschöner Frauen mit Flügeln. Es scheint, als würden sie nach dem Himmel greifen. Es gibt vier Wachmänner nahe der Feuerstelle und den Sofas, und sie bewachen den König.

Ahren legt seine Hand auf mein Kreuz und schiebt mich nach drinnen.

Ich stolpere vorwärts und meine Schuhe klappern auf dem goldenen Pfad, der mich zu einem Halbkreis schwarzer Ledersofas führt, die dem Feuer gegenüber stehen.

Die Tür schließt sich mit einem bestimmenden, dumpfen Schlag und ich wirbele herum, nur um festzustellen, dass ich alleine hier drin eingeschlossen wurde.

„Komm schon her, ich beiße nicht", brüllt der König aus Richtung des Kamins. Bei näherem Hinsehen kann ich nur die Spitze seines Kopfs erkennen, dort wo er auf dem Sofa sitzt.

Mein Innerstes verknotet sich beim Gang auf ihn zu und ich fühle mich, als würde ich zur Schlachtbank laufen.

Ich bin besorgt, dass er mich verdächtigt, nicht aus diesem Königreich zu stammen. Oder er weiß bereits wer ich bin und plant mir ein Ultimatum anzubieten. Hält man sich den Ausgang dessen vor Augen, wünscht sich ein Teil von mir, dass dies so einfach sein könnte, wie dass er glaubt, dass er sich an mich heranmachen kann. Damit könnte ich umgehen.

Ich schlucke den Kloß in meinem Hals hinunter.

Bringen wir es hinter uns. Also marschiere ich durch das Zimmer und meine Schritte erzeugen ein Echo, so als würde jemand klatschen. Ich schaue weiter zu den Farben hinauf, die bei jeder Bewegung, die ich mache, funkeln. Als ich neben das Sofa trete, bemerke ich plötzlich, dass nicht nur der König, sondern auch Jasion auf mich wartet.

Mein Mund wird trocken.

Die Alarmglocken ertönen in meinem Kopf, dass der Magier etwas wissen könnte und sie nun kurz davor sind, mich damit zu konfrontieren. Die Prinzen haben mir erzählt, dass der König nicht viel von Jasion hält, was also könnte der Grund dafür sein, dass sie beide zusammen hier sind?

„Ah, Gainy, wie gut, dass du dich zu mir gesellst. Setz dich." Der König zeigt mit seinem Kinn auf das Sofa neben sich.

Meine Füße weigern sich zu Beginn loszulaufen und mein Blick wandert vom König zu Jasion.

„Guten Abend, Gainy. Schön, dich zu sehen", gibt Jasion förmlich von sich und seine Aufmerksamkeit richtet sich auf meine Lippen. Ob er sehen kann, dass ich gerade erst Ahren geküsst habe? Läuft mein Gesicht sehr rot an? Als ich ihm in die Augen blicke, kann ich nur Machthunger erkennen. Eine Fee, die glaubt, dass ich ein Sprungbrett bin, damit er seine Macht und seinen Status am Hof ausdehnen kann.

Er wendet sich dem König zu und strafft seinen Rücken. Er trägt noch immer den Gehrock, kein Hemd, aber schwere schwarze Stiefel.

„Eure Majestät, ich werde Sie nun verlassen. Wir können unsere Unterhaltung am Morgen fortsetzen."

„Ja, ja." Der König winkt ihn fort, während sein Blick auf mir ruht.

Jasion beugt seinen Kopf und läuft fort in Richtung der Tür. Als würden die Türen seine Anwesenheit verspüren, öffnen sie sich und die Wachmänner draußen grüßen ihn, als er an ihnen vorbei marschiert und um die Ecke verschwindet. Dann schließen sich die Türen wieder.

„Setz dich", erinnert der König mich.

Das mache ich auch, nehme auf dem nebenstehenden Sofa in der zu ihm gewandeten Ecke Platz, um zu vermeiden, dass es den Anschein hätte, als würde ich mich vor ihm fürchten, weil ich Abstand halte. Ich zittere, reiße mich aber zusammen, da der König nicht ahnen soll, dass ich Angst habe.

Der König ist für sein Alter durchaus gutaussehend; er hat einen leichten rötlichen Schimmer im Gesicht, das von weißem Haar eingerahmt wird. Im Gegensatz zum letzten Mal, als ich ihm begegnet bin, trägt er jetzt ein schlichtes, locker sitzendes Hemd in Weinrot mit einer Schleife zum Binden, die aber offen ist. Dazu eine schwarze Hose und Schnürstiefel. Er sitzt mit gespreizten Beinen dort und hat seine Arme an den Seiten abgelegt. Vor ihm befindet sich ein kleiner goldener Tisch mit zwei Weinkelchen aus Gold darauf und einem dazu passenden Krug hinter ihnen.

„Du musst nicht so ängstlich dreinschauen, Mädchen." Er rafft sich auf seinem Sitzplatz nach vorne auf und nimmt den Krug, um beide Becher zu befüllen. Einen gibt er mir dann. „Das sollte dich aufwärmen. Der Winter scheint uns dieses Jahr früh überrollt zu haben."

Ich nehme den Kelch mit zitternden Händen an.

„Nun, trink aus", sagt er und presst sich seinen Kelch an die Lippen, um ein paar Schlucke zu nehmen.

Ich blicke hinab auf den dunklen Rotwein, dessen starkes Aroma aus Beeren und Fermentation meine

Nase füllt. Er riecht nach normalem Wein, also neige ich den Kelch zurück und die Flüssigkeit läuft in meinen Mund. Zuerst schmecke ich Süße und Honig, dann eine pfeffrige Note hinten im Hals. Ich huste und der König lacht über mich.

„Diesen Abgang hast du nicht erwartet, nicht wahr? Er wird dich in Nächten wie dieser wärmen."

Ich nicke, trinke aus und beginne den Wein trotz des heißen Nachgeschmacks zu mögen. „Eure Majestät, worüber möchten Sie sich unterhalten?" Je schneller wir zur Sache kommen, desto schneller kann ich gehen, denke ich mir. Es ist schon unangenehm genug, so wie es ist.

„Das kalte Wetter ruft immer wieder den Schmerz einer alten Verletzung meiner Schulter hervor und nichts, was die Heiler versuchen, hilft. Jasion hat vorgeschlagen, dass du es mal probierst."

Ich versteife und bin von Jasions Handlungen verwirrt.

„Ich kann es auf jeden Fall versuchen. Meine Berührung scheint anderen schon geholfen zu haben."

„Gut." Er beugt sich vor und nimmt den Krug, um den Becher in meiner Hand wieder aufzufüllen."

„Oh, ich denke, das ist genug für mich." Das Letzte, was ich möchte, ist es, zum Schluss betrunken zu sein... und vielleicht ist das auch die Absicht des Königs.

„Quatsch. Deine Hände müssen warm werden, bevor du mich anfasst." Er zwinkert, als wäre das ein Witz, oder meint er etwas anderes?

Es fällt mir schwer den König einzuschätzen und zu verstehen, was seine Absichten sind. In seiner Position ist er wahrscheinlich ein Meister darin, ein Pokerface aufzusetzen, wenn man mit so vielen Königlichen zu tun hat.

Er beobachtet mich, also trinke ich den zweiten Kelch Wein aus und stelle ihn auf dem Tisch ab, bevor er mir ein weiteres Mal nachschenkt. Hitze strömt meinen Rachen hinab und in meinen Bauch, und zündet mein Innerstes zu einem warmen Feuer an. Ich reibe meine Hände, um sicherzugehen, dass auch sie warm sind.

„Weißt du was seltsam ist", beginnt er, „dass keiner meiner Heiler dich die ganze Zeit, in der du in der Stadt gelebt hast, gespürt hat."

Schulterzuckend setze ich ein kleines Lächeln auf. „Ich verbringe die meiste Zeit alleine. Ich helfe nur ein paar Nachbarn, die es brauchen." Ahrens und Luthers Worte schießen mir in den Kopf darüber, was sie dem König über mich erzählt haben. Je weniger ich sage, desto besser. Ich muss das einfach hinter mich bringen, damit ich von hier verschwinden kann.

„Die Heiler durchforschen regelmäßig unsere Bevölkerung auf der Suche nach allen mit Fähigkeiten. Wir können bei den momentanen Umständen alle fähigen Leute in unserem Königreich brauchen. Vielleicht haben sie dich irgendwie übersehen."

„So wird es sein." Meine Nerven spielen verrückt und meine Knie beginnen zu hüpfen, also rutsche ich zur Kante des Sofas. „Soll ich mit dem Versuch beginnen, Ihre Schulter zu heilen, Eure Majestät?"

In der Antwort des Königs schwingt Zögerung. Er betrachtet mich und ich kann sehen, wie die Gedanken hinter seinen Augen zucken. Ich vermute, er glaubt mir die Geschichte, dass meine Fähigkeiten übersehen worden sind, nicht.

„Weißt du was Jasion mir erzählt hat, als ich mit ihm gesprochen habe?"

Ich erstarre und mag nicht, in welche Richtung dieses Gespräch führt, mag nicht, mich so in die Falle gelockt zu fühlen. Ich weiß nicht, wie viele Lügen ich mir ausdenken kann, ohne mich selbst in einem Spinnennetz zu verstricken, da ich nicht viel über dieses Königreich weiß.

„Er hat mir erzählt, dass deine Kraft nichts ähnelt, was er zuvor verspürt hat. Etwas, das er gerne besser verstehen würde... Und er kann sich unter keinen Umständen ausmalen, wie er dich in der Stadt übersehen haben konnte, da er regelmäßig hindurch schlendert, um starke Kräfte zu verspüren. Und weißt du, was er denkt?"

Ich schüttele den Kopf, da ich meiner Stimme in diesem Moment kein Vertrauen schenke.

„Er besteht darauf, dass die Prinzen dich irgendwo anders in unserem Königreich aufgepürt haben." Er neigt den Kopf zu Seite, betrachtet mich und beugt sich nach vorne. „Meine Frage ist also, wen würden meine Prinzen ohne Ankündigung in unser Zuhause bringen und diesbezüglich auch noch lügen?"

Ich ziehe einen abgehackten Atemzug ein, die Angst durchfährt mich und ich halte mich an jedem Bisschen Mut fest, was in mir steckt. Ich entscheide genau in diesem Augenblick, dass ich Jasion verabscheue. Kaum zu glauben, dass er mich gebeten hat, ihm zu vertrauen, als wir uns das letzte Mal unterhalten haben. Jetzt aber ist nicht der Zeitpunkt, mich zu verschließen und zu erstarren. Stattdessen lasse ich einen lauten Lacher heraus. Außerdem fühle ich mich von dem Wein sehr entspannt.

„Für mich klingt es, als ob Jasion versucht seine Spuren zu verwischen, weil er mich nicht direkt gefunden hat. Sie können die Prinzen fragen. Wir sind uns vor zwei Jahren zufällig begegnet. Davor lebte ich zurückgezogen und bin nicht viel unter die Leute gegangen. Ich bin mir sicher, dass Sie ihren Stiefsöhnen mehr vertrauen als einem Magier." Dieses Mal lehne ich mich nach vorne, stütze meine Arme auf meine Oberschenkel und halte seinen Blick. Der Wein ist mir zu Kopf gestiegen und erfüllt mich mit Mut.

Er betrachtet mich mit einem Funkeln in seinen Augen. „Ist das so?"

„Wissen Sie, was ich glaube?", frage ich.

„Was denn?"

„Jasion fühlt sich von mir bedroht."

Der König schnaubt, als wäre er überrascht. Dann verarbeitet er diese neuen Informationen. Währenddessen zerbreche ich mir den Kopf darüber, was ich noch sagen kann, um Jasion auszuspielen und dabei noch glaubhaft zu klingen.

„Aber er ist kein Heiler. Wieso würde es ihn kümmern?" Der König füllt ein weiteres Mal unsere Becher auf.

Schweißtropfen rollen an meiner Wirbelsäule hinunter. Der König ist in der Tat neugierig und ich kann mir jetzt denken, dass dieses Gespräch eher ein beabsichtigtes Verhör wegen der Bedenken ist, die Jasion mir bezüglich geäußert hat. Ich erinnere mich an alles, was Jasion beim Frühstück zu mir gesagt hat, wohlwissend, dass wenn er es dem König noch nicht erzählt hat, es nicht mehr lange dauern konnte. Also sollte ich ihm besser einen Schritt voraus sein.

„Wegen meiner Verbindung zu den kleinen Feen." Ich halte den Atem an.

Er antwortet nicht und scheint auch nicht erschrocken zu sein. Das sagt mir, dass Jasion es ihm bereits erzählt hat, was mir zu Gunsten kommen kann.

„Jasion hat mich gefragt, wie ich mit der kleinen Fee mit den blauen Flügeln umgehen konnte, die in der Schlacht verletzt worden ist. Er war aufdringlich und ängstlich. Und er hat erwähnt, dass er noch nie jemanden getroffen hat, der das kann." Ich zucke mit den Schultern und greife nach meinem Kelch. „Ich kann mir nur vorstellen, dass dies der Grund ist, warum er sich bedroht fühlt." Ich trinke den Wein aus, spüle die Lügen auf meiner Zunge hinunter und stelle den Becher ab.

Er zwinkert mir zu. „Hast du die kleinen Feen in das Königreich gerufen?"

Ich verschlucke mich absichtlich, obwohl mein Innerstes sich zusammenzieht. „Ich habe keine Ahnung, wie sie hereingekommen sind. Aber es ist doch gut ausgegangen, oder was denken Sie?"

Die Art, wie er mich betrachtet, beschert mir eine Gänsehaut.

Plötzlich ist mir kochend heiß und mein Gesicht

fühlt sich an, als würde es glühen. Warum habe ich den dritten Becher Wein ausgetrunken?

Schließlich nickt er mir zu und greift nach seinem Kelch. „Komm, teste deine Heilkräfte an mir und erzähle mir mehr davon, wie du zu deiner Fähigkeit mit den kleinen Feen zu arbeiten gekommen bist. Hören sie auf deine Anweisungen?" Er nimmt seinen Wein und lehnt sich auf seinem Sofa zurück, während er den Stoff seines Hemds zur Seite schiebt, um seine breiten Schultern freizulegen. Er verzieht offensichtlich voller Schmerzen sein Gesicht. Auf dem weißen Fleisch kann ich verheilte Kratzer erkennen.

„Ach, es ist gar nichts Besonderes, mehr eine Art Zufall, wenn sie mir zur Hilfe eilen." Ich lache leicht, als ich mich aufraffe und sich das Zimmer um mich herum dreht. Gott, der Wein ist mir direkt zu Kopf gestiegen.

Schwankend versuche ich mich neben sein Sofa zu stellen, mich zu konzentrieren und daran zu erinnern, was ich bei Ahren gemacht habe, als ich ihn geheilt habe. Mir fällt nicht viel ein, also versuche ich dieselbe Taktik anzuwenden.

„Ist es in Ordnung, wenn ich mich neben Sie setze, Eure Majestät?"

„Natürlich, Mädchen. Erzähl mir von deiner ersten Begegnung mit den kleinen Feen."

Ich lasse mich ihm zugewandt auf meinem angewinkelten Bein nieder, hebe meine Hand und lege meine Handfläche sanft mit gespreizten Fingern auf seine Schulter. Seine Haut fühlt sich heiß an, als ich sie berühre. Er reagiert nicht.

Für einen kurzen Augenblick konzentriere ich mich auf den Raum und versuche ihn davon abzuhalten, sich um mich herum zu drehen. Dann fange ich an mir eine Geschichte über die kleinen Feen aus den Fingern zu saugen... ich halte sie simpel und so nah an der Wahrheit wie möglich.

„Als ich klein war, habe ich wilde Champignons außerhalb der Stadtmauern gesammelt. Plötzlich kamen aus dem Nichts zwei Blutverfluchte und griffen mich an. Ich bin um mein Leben gerannt und stolperte in das Nest der kleinen Feen. Sie schwärmten um mich herum, aber um ehrlich zu sein, ich hatte zu viel Angst vor den Blutverfluchten in diesem Augenblick, sodass ich mich nicht vor ihnen fürchtete."

„Zwei Dämonen griffen dich zur selben Zeit an", sagt der König und nickt mit dem Kopf, als würde er verstehen, während er seinen Wein trinkt.

„Nun, hier ist die Sache. In dem Moment, als die Blutverfluchten mich angriffen, stürzten sich die kleinen Feen auf sie und zerfleischten sie vor meinen Augen bis auf die Knochen. Sie ließen mich nach Hause rennen, ohne mich zu verfolgen. Und von diesem Moment an, wann auch immer ich sie treffe, ist es, als würden sie mich wiedererkennen und in Ruhe lassen."

„Faszinierend. Hast du die Geschichte gehört, wie die kleinen Feen entstanden sind?"

„Natürlich. Haben wir das nicht alle?" Ich lache laut auf und verfluche mich selbst im selben Augenblick dafür, vor dem König geschnaubt zu haben.

Er hebt eine Augenbraue in meine Richtung. „Persönlich wollte ich immer glauben, dass sie wohlwollende Kreaturen sind. Sie sind aus Rache in Folge einer Ungerechtigkeit entstanden." Er brummt und trinkt seinen Wein aus. Dann beugt er sich nach vorne, greift nach dem Krug, um nachzufüllen, und ich ziehe in diesem Moment meine Hand zurück. Als er sich zurücklehnt, entgeht mir nicht der sich rötende Handabdruck auf seiner Schulter.

Hoffentlich hilft das seiner Verletzung. Ahrens Mal ist nach einiger Zeit verschwunden.

„Die Königin der kleinen Feen verdiente es nicht, auf diese Weise behandelt zu werden", sage ich. „Und ich denke auch, wenn die kleinen Feen sich so einfach an den Blutverfluchten laben können, was wäre dann, wenn es einen Weg gäbe, sie dazu zu bringen, sich auf die Ausrottung der Infektion zu konzentrieren?" Plötzlich fühlt es sich an, als würde das Zimmer um mich herum taumeln.

Er wendet sich mir zu und ein Grinsen zieht seine Mundwinkel in die Höhe. „Mir gefällt deine Art zu denken. Vielleicht kannst du uns hier mit mehr als nur deinen Heilkräften helfen."

Ich nicke, irgendwie motiviert diesen Mann dazu zu bringen, bestätigend zu lächeln. Ganz eindeutig hatte ich zu viel Wein.

„Meine erste Begegnung mit den kleinen Feen war beschämend", beginnt er. „Ich nutzte das Plumpsklo, als sie mich überraschten, um sich vor einer größeren Gefahr zu verstecken. Du kannst dir unser aller Erstaunen vorstellen."

„Den Feen droht eine noch größere Gefahr?", frage

ich und muss halbwegs wegen der Szene, die er beschrieben hat, grinsen.

„Definitiv." Er trinkt die Hälfte seines Weins und fährt dann mit seiner Geschichte über den Kampf gegen unterirdische Bestien, die sich nach Kobolden anhören, fort. Ich bin furchtbar neugierig, mehr über diese Welt zu erfahren. Er erinnert mich an den Lebensgefährten meiner Pflegemutter, der es geliebt hat, Märchen zu erzählen. Was er aber noch mehr liebte, war ein Publikum. Also gebe ich dem König dieses Gefühl und verdränge alle anderen Sorgen, inbegriffen der Bedenken, dass der König annehmen könnte, ich sei irgendetwas anderes als eine Dorfbewohnerin seines Königreichs.

12

GUEN

„Du hast auf mich gewartet", sage ich zu Ahren, als ich aus dem Zimmer des Königs trete und die Wachmänner die Tür hinter mir schließen.

Er begrüßt mich mit einem Grinsen und lehnt mit seinen Armen vor der Brust verschränkt mit einer Schulter gegen die Wand. Vielleicht habe ich zu viel getrunken, aber er sieht für mich wie ein Gott aus... ein höllisch gutaussehender Gott.

„Ich wollte dich nicht alleine zurücklaufen lassen." Der Schein der lodernden Fackeln, die an der Wand befestigt sind, tanzt in seinen wundervollen grünen Augen.

Meine Knie zittern in der Gegenwart einer Fee, der es so viel Freude bereitet, in meiner Gesellschaft zu sein. Zuhause fiel es mir schwer, eine Verabredung zu bekommen, daher fühlt sich dies unecht an, überwältigend und berauschend. Im Moment habe ich alle möglichen warmen Gefühle im Bauch.

„Ich—" Meine Lippen leckend schreite ich auf ihn zu, nur um über meine eigenen Füße zu stolpern. Eilig richte ich mich wieder auf. „Ich war mir nicht sicher, ob du hier sein würdest."

Als Antwort auf meinen Fehltritt hebt er eine Augenbraue. Und wieder dreht sich mein Verstand wie ein Tornado. Was auch immer der König mir gegeben hat ist mir direkt zu Kopf gestiegen.

Ahren greift nach meiner Hand und nimmt sie in seine, um mich dann mit sich zu ziehen. „Lass uns gehen."

Hastig laufend versuche ich mit ihm Schritt zu halten. Überall stehen Wachmänner, die uns beobachten, und Ahren sagt kein Wort, bis er mich auf direktem Weg in sein Zimmer geführt hat.

Ahren lässt meine Hand los und schließt die Tür. „Ich habe dich letzte Nacht erwartet, deshalb musste ich sichergehen, dass du mich nicht wieder sitzen lässt. "

Ich schlucke schwer. „Nun, jetzt bin ich hier. Warum also der Vergangenheit nachtrauern?"

Ahren spaziert zum Kamin hinüber und genießt die Wärme, während er mich betrachtet.

Wie auch in meiner Suite gibt es hier einen weiteren Türdurchgang, der ins Schlafzimmer führt. In diesem Raum zieren Schwerter und Schilder die Wände, zusammen mit Gemälden eines Tals mit einem kleineren Herrenhaus. Es ist von Wäldern umgeben und dahinter schlängelt sich ein Fluss durch das Land. Diese Szene hat etwas Einfaches und Beruhigendes an sich. Ich gehe näher auf eins der Bilder zu und konzentriere mich auf jeden einzelnen meiner Schritte, um nicht wieder hinzufallen.

Es bedarf einer Menge Stärke, um mich zusammenzureißen und mich nicht an Ort und Stelle hinzusetzen, bis der Raum aufhört, sich zu drehen.

„Wo ist das? Es kommt mir nicht bekannt vor", frage ich und bin stolz auf mich, eine anständige Frage formuliert zu haben, ohne dabei meine Worte gelallt zu haben.

Er tritt hinter mich, überragt mich und verbrennt mich mit seiner Hitze. Mit einem Mal kann ich nicht mehr atmen. Alles, woran ich denken kann, ist, wie nah er bei mir steht, wie meine Haut voller Vorfreude auf seine Berührung kribbelt. Ich bin kein Narr und weiß genau, warum ich in sein Zimmer zurückgekehrt bin.

„Es ist ein Gemälde des Hauses, in dem ich aufgewachsen bin", erklärt er mit Melancholie in seiner Stimme.

„Du bist also nicht als ein Prinz aufgewachsen?" Über meine Schulter hinweg sehe ich ihn an.

„Oh, das bin ich, aber Mutter bestand darauf, dass wir dort und nicht im Palast wohnten. Aber das liegt alles in der Vergangenheit." Seine Hände legen sich auf meine Schultern. Mir entweicht ein bedürftiges Winseln und er dreht mich herum, damit ich ihn ansehe.

Ich kann nicht denken und sehe nur seine gottgleichen Augen, die auf mich herab blicken. In seiner Gegenwart wird mein Innerstes ganz weich.

„Bitte", flüstere ich, unsicher, worum ich überhaupt bitte. Seinen Kuss. Darum, dass er mich endlich nimmt. Oder seine Güte. Vielleicht alles drei.

Ich strecke meine Arme aus, lege meine Hände um seinen Hals und verschränke meine Finger dahinter, während ich mich auf Zehenspitzen erhebe. Er beugt seinen Kopf nach vorne und unsere Lippen treffen aufeinander. Brust an Brust presse ich meinen Körper an seinen und meine Brustwarzen werden steif.

Seine Hand legt sich breit auf meinen Rücken und rutscht dann zu meinem Hintern hinunter. Die Größe seiner Handfläche bedeckt mühelos den Großteil meiner Arschbacken und ich erschaudere bei der Erinnerung an seine Finger, als sie in mir steckten und mich dehnten. Seine andere Hand gleitet an meinen Hinterkopf, wühlt in meinem Haar und hält mich an Ort und Stelle. Sein wundervoller Angriff auf meinen Mund lässt Verlangen durch jeden Zentimeter meines Körpers zucken. Ich erwidere den Kuss, verzweifelt an genau dem Punkt fortzufahren, an dem wir gestern aufgehört haben. Ich bewege mich, um mich gegen ihn zu stemmen und seine riesige Erektion drückt sich gegen meinen Bauch. Sie zuckt antwortend.

Es kitzelt und ich kann das Lachen nicht unterdrücken, das aus mir herausbricht.

Er löst sich von mir, zieht meinen Kopf nach hinten und starrt mich an. „Was ist so lustig?"

Zwischen meinen Lachern schnappe ich nach Luft. „Es ist nur, dass dein Schwanz mich am Bauch kitzelt." Ich strecke meine Hand aus, um ihn durch seine Hose zu berühren, aber er schnappt sich mein Handgelenk.

Sein Blick schmälert sich. „Wie viel hast du heute Abend getrunken?"

Ich hebe meine Hand, zeige ihm alle meine Finger und runzle meine Stirn. „Nein, das ist nicht richtig." Zwei der Finger beuge ich. „Drei Kelche."

„Du bist betrunken", beschuldigt er mich. „Ich muss dich zurück in dein Zimmer bringen. Wenn du betrunken bist, werde ich die Nacht nicht mit dir verbringen."

„Bin ich nicht!" Mit einer Bewegung wirble ich von ihm fort, schlendere auf sein Sofa zu, auf dem ich mich auf den weichen Kissen fallen lasse und auf den Rücke rolle. „Meine Güte, dreht sich die Decke?"

„Scheiße, Guendolyn", zischt er. Die Art, auf die er mich ansieht, ist voller Verurteilung.

„Komm zu mir. Ich muss dir etwas zeigen, von dem ich weiß, dass du es sehen willst." In meinem Kopf höre ich mich höllisch sexy an, doch trotzdem sieht mich diese Fee mit ihrer arroganten und herablassenden Art an, die sie oft zeigt.

„Du solltest etwas schlafen", brummt er und ist offensichtlich von mir enttäuscht.

„Bringe mich in *dein* Bett, Ahren", wende ich ein. „Ich möchte nicht alleine schlafen."

Seine Schultern senken sich und etwas in seinem Gesicht verändert sich, als er meine Bitte vernimmt, und lässt ihn mich mit Zärtlichkeit anblicken.

„Weißt du, diese Seite an dir habe ich am liebsten", sage ich. „Keine in Falten gelegte Stirn und dieser grüblerische Ausdruck, den du immer ausstrahlst, ist weg."

Er kommt näher. „Grüblerisch?"

„Ja, du siehst ständig wütend oder verstopft aus...
und als ob du bereit wärst, jemandem eine
reinzuhauen.“

Er schnaubt laut, hebt mich dann vom Sofa hoch
und nimmt mich in seine Arme. Ich lache laut auf, weil
er das so rasch getan hat, bevor er mich durch den
Raum und in sein Schlafzimmer trägt.

„Das hat Spaß gemacht. Lass uns das nochmal
machen.“

„Du verträgst nichts“, ermahnt er mich, als wäre das
nicht verletzend gemeint.

„Hallo, ich bin die Königin der schwachen Trinker.
Ich bin auf einer Party eines Freundes sogar schon von
zwei Schlucken Vodka betrunken gewesen.“

„Ich bin mir nicht sicher, warum du das für etwas
Gutes hältst.“

„Wow, du bist der Meister der Beleidigungen, oder?
“

Er schüttelt mit dem Kopf und atmet noch
lauter aus.

„Du bist auch nicht perfekt. Was du letzte Nacht
getan hast war ein mieser Schachzug“, sprudelt es aus
mir heraus und ich stemme meine freie Hand gegen
seine Muskeln. Oh, da gibt es so viel davon. Ich lasse
meine Hände an seinen runden Schultern und seinem
Bizeps entlanggleiten, während ich meine Unterlippe
zwischen meine Zähne sauge. „Ich könnte wetten, dass
du trainierst.“

„Ich habe dir gesagt, dass es eine Bestrafung geben
wird, aber allem Anschein nach wird das noch eine
Nacht warten müssen.“

„Deine Bestrafung ist es mich zu ärgern, um dann diese sogenannte Disziplin wegzunehmen." Die Wörter verlassen meinen Mund so schnell. „Du bestrafst nicht nur mich, nicht wahr?"

„Der Unterschied ist, dass ich die Kontrolle habe."

„Hey, ich bin hergekommen, weil du eine große Nummer daraus gemacht hast. Außerdem bin ich seit letzter Nacht so verdammt geil." Meine Augen sind weit aufgerissen. „Ohje, den letzten Teil wollte ich nicht laut sagen."

Etwas spiegelt sich in seinen Augen wider, ein ursprünglicher Hunger, aber er ist so schnell, wie er gekommen ist, schon wieder verschwunden. „Wenn du nicht so betrunken wärst, würde ich dir den Hintern dafür, dass du so viel getrunken hast, versohlen."

Ich winke mit den Händen durch die Luft. „Nun, dein Vater—"

„Stiefvater", brummt er.

„Er ist ein toller Mann, der die besten Geschichten zu erzählen hat und mich unglaublich zum Lachen gebracht hat. Er hat mir gesagt, dass er dich und deine Brüder genauso wie deine Mutter liebt." Ich habe angefangen den König zu mögen und ich kann nicht anders, als ihn jetzt in einem anderen Licht zu sehen.

„Du weißt nicht wovon du sprichst", murmelt er und geht mit mir in sein Schlafzimmer.

Wir betreten einen riesengroßen Raum mit schweren Samtvorhängen, die sich um ein Bogenfenster teilen. Mondlicht fällt auf das King-Size Bett mit einem gewaltigen Kopfteil, das zur Form eines mächtigen Eichenbaums geschnitzt ist.

„Ist das aus Gold gefertigt?"

Er antwortet nicht, sondern legt mich auf dem Bett, auf dem eine rote Decke liegt, ab. Ich lasse mich in den Kokon, aus der Matratze und den flauschigen Kissen bestehend, sinken.

„Das ist so gemütlich." Meine Augenlider flattern und es fällt mir schwer einen klaren Gedanken zu fassen, als mich der Schlaf überkommt.

Er streicht mir das Haar aus der Stirn. „Schlaf", ordnet er mit heiserer und kratziger Stimme an.

„Nein, ich—" Das Land der Träume reißt an mir und ich kann mich nicht daran erinnern, was ich sagen wollte.

„Du wirst mein Ende sein, Guendolyn. Das süßeste und verführerischste Ende."

***

„Hast du mir beim Schlafen zugesehen? Das ist irgendwie unheimlich", murmele ich und versuche wach zu werden, als ich mich auf meiner Seite des Betts umdrehe, um Ahren zugewandt zu sein. Er liegt auf seiner Seite auf der Bettdecke, noch immer ganz angezogen, und betrachtet mich.

„Wenn es unheimlich ist, auf dich aufzupassen, dann nehme ich diesen Titel an", antwortet er mit sanfter Stimme, als wäre er selbst gerade erst aufgewacht und noch nicht ganz bei klarem Verstand.

Durch halb geschlossene Augenlider beobachte ich ihn. Der silberne Schein des Mondlichts erleuchtet die eine Hälfte seines prachtvollen Gesichts. Ich schüttele den Kopf, dieses Mal damit sich meine Gedanken ordnen. „Nein, das hätte ich nicht sagen sollen."

Er streckt seine Hand aus und streicht mit der Rückseite seiner Finger an meinem Gesicht herab. Ich kann nicht anders und meine Hand bewegt sich wie automatisch auf seine Brust zu und seine Muskeln spannen sich unter ihr an. Etwas an ihm verlangt von mir, ihn ständig zu berühren. Wir haben so viele Konfrontationen gehabt und er ist nicht der geduldigste oder verständnisvollste Mann. Er ist schnell dabei seine Meinung zu äußern und zu kritisieren. Ganz zu schweigen von seinem Kontroll-wahn. Er ist das Gegenteil dessen, was ich immer gedacht habe von einem Mann zu wollen.

Außer, dass ich mich geirrt habe. Ich lag so verdammt falsch, denn er ist genau das, was ich verlange.

„Worüber denkst du nach?", frage ich.

„Wie ich mir nie vorstellen konnte, dich ganz für mich zu haben", antwortet er direkt ohne zu zögern. Das ist Ahren, wie er leibt und liebt.

Meine Wangen röten sich durch sein Geständnis.

Er kommt mir näher, mit der Hand auf meinem Hals, und sein Blick durchdringt mich. „Wie fühlt sich dein Kopf an?"

„Viel besser. Der Wein hat mich komplett aus den Latschen gehauen."

„Eine seiner Nebenwirkungen ist tiefer Schlaf. Der König trinkt fast jeden Abend davon."

„Gut zu wissen", sage ich. Unsere Gesichter sind sich jetzt so nah. Er beugt sich nach vorne und fängt meine Lippen mit seinen ein, weich und fordernd zugleich. Seine köstliche Zunge drängt sich sofort in meinen Mund und ich presse mich an ihn, küsse ihn zurück. Er schmeckt nach Honig und Whiskey.

Ich bin ihm vollkommen wehrlos ausgeliefert, weiß, wohin das führt und klammere mich ausgehungert an seinem Hemd fest, um ihn bei mir zu halten. Zu viel ist bereits zwischen uns gekommen und ich brauche das. Also lasse ich mich fallen und vergesse, wo ich bin, die Gefahr, die mich umgibt, die Sorgen um Deimos und die Verwirrung mit Luther. Alles, worum es mir jetzt geht, sind Ahren und ich. Der andere Kram kann warten.

Genau in diesem Moment gibt es nur mich und ich schwebe. Es ist unglaublich. Süchtig machend. Und ich brauche mehr.

Seine Hand gleitet an meiner Schulter herab, federleicht, und schiebt dann die Decke fort, die meinen Körper bedeckt. Ein Schaudern umgibt mich. Seine große, warme Hand sucht sich ihren Weg zu meiner Brust und drückt sie. Haut auf Haut...

Oh, warte mal!

Ich unterbreche seinen mich dahinschmelzenden Kuss und blicke herab, nur um zu sehen, dass ich nichts anhabe. Mein Blick schießt zurück zu ihm nach oben. „Hast du mich ausgezogen?"

„Selbstverständlich. Du kannst in Kleidung doch nicht bequem schlafen. Gibt es ein Problem?"

Ich hebe eine Augenbraue. „Du kannst doch eine

Frau nicht ausziehen, während sie schläft! *Das* ist unheimlich."

Er grinst spitzbübisch und seine Augen verdunkeln sich, als er mich ansieht, als hätte es ihm Freude bereitet, mich nackt auszuziehen. „Du sorgst dich um seltsame Dinge. Wirst du dich mir jetzt hingeben, so wie ich es möchte, meine Schöne?" In seiner Stimme schwingt Sehnsucht.

Auf keinen Fall kann ich dieses Angebot ablehnen, daher nicke ich. „Ich gehöre dir."

Er nimmt meine Hand und drückt sie gegen seinen Mund. Seine Zunge fährt an meiner Handfläche vom Handgelenk bis hin zu meinen Fingerspitzen entlang. Ich zittere vor Aufregung und wünsche mir seine Zunge überall auf mir.

„Es ist nur fair, wenn du dich auch ausziehst", murmele ich und meine Stimme reicht kaum zum Flüstern.

Ohne zu zögern steigt er auf seiner Seite aus dem Bett. Er steht vor mir und blickt mich die ganze Zeit an. Kräftige Hände zupfen an den Knöpfen seines mitternachtsblauen Hemds und teilen den Stoff. Mein Blick fällt auf seinen Waschbrettbauch und die unglaublich sexy definierten Muskeln seines Unterbauchs. Das Hemd gleitet ihm von den Schultern und fällt auf den Boden. Er öffnet den Knopf seiner Hose, bückt sich und schiebt sie herab zu seinen Knöcheln, um sie dann mit dem Fuß zur Seite zu schleudern. Als er wieder aufrecht steht, richtet sich meine Aufmerksamkeit auf seinen Schwanz.

Erigiert.

Groß.

Gehört mir ganz alleine.

Die Spitze glitzert von seinem Liebestropfen. Er wichst sich selbst ein paar Mal und seine Oberlippe zuckt, als könne er sich selbst kaum noch zurückhalten.

Ich rutsche über das Bett auf seine Seite und greife nach ihm. Er lässt von seiner Erektion ab und ich schlinge meine Finger um seinen Dicken. Er fühlt sich so warm an. Die Haut ist seidenweich und darunter doch hart wie Stein.

Ich bewege meine Hand und er zischt, während seine Augen sich nach hinten drehen. Er stöhnt und es klingt so unglaublich. Allein seine Töne lassen mich vor Verlangen erzittern. Der Gipfel zwischen meinen Schenkeln pulsiert vor Begierde ihn zu haben.

Eine Handbewegung und er stößt meine Hand von sich. „Genug. Heute wird es dauern. Ohne weitere Unterbrechungen gehörst du mir, damit ich mit dir machen kann, was ich will." Er geht zum Fußende des Bettes und ist mir zugewandt.

Er steht aufrecht mit breiten Schultern da... Wie er so dasteht erinnert er mich daran, wie viel größer als ich er doch ist. Wie klein ich im Vergleich zu ihm bin. Über mich gebeugt packt er mich an den Knöcheln und zerrt mich ans Ende des Bettes.

„Hey!" Mein Magen schaukelt von der Bewegung.

Das Mondlicht strahlt auf die verheilten Narben, die ihm als Kind zugefügt wurden, als er ausgepeitscht wurde, und die über seine Schultern verlaufen. Bei der Erinnerung an die Geschichte schmerzt mir das Herz, jedoch ist der Mann, der mir gegenübersteht, verdammt mächtig trotz dessen, was das Arschloch eines Vaters ihm angetan hat. Ich kann nicht anders, als jemanden zu bewundern, der so viel Scheiße durchgemacht hat und trotzdem sein Leben auf die Reihe bekommt. Die Hälfte der Zeit fühle ich mich innerlich aufgewühlt, nachdem ich, während ich aufwuchs, von einer in die andere Pflegefamilie gezogen bin, bis ich mein endgültiges Zuhause gefunden habe. Doch trotzdem habe ich mich immer gefühlt, als würde ich nicht zu ihnen gehören... oder irgendwo hin. Bis ich hier angekommen bin. Ein seltsames Gefühl legt sich über mein Innerstes, das sich irgendwie wie ein nach Hause kommen anfühlt.

„Ich kann sehen, wie du nachdenkst. Was lenkt dich von mir ab?" Er legt seine Hände auf meine Knie und drängt sie sich zu öffnen, als er sich vor mir am Fußende des Bettes auf seine Knie sinken lässt.

Diese Geste beschert mir eine Gänsehaut und ich vergesse alles in meinem Kopf.

Ich schnappe nach Luft als sich sein Atem über meine feuchte Hitze legt.

„Scheiße, du bist so schön", murmelt er und hinterlässt eine Spur aus Küssen auf der Innenseite meiner Oberschenkel. Seine Lippen fühlen sich wie Federn an. „Ich werde dich jetzt lecken."

Ich bin mir nicht sicher, wie ich darauf antworten soll, aber das Wort ‚Ja' kommt mir einfach über die Lippen. Auf meiner Unterlippe kauend liege ich da und mein Herz donnert in meiner Brust immer schneller und lauter.

Diese gutaussehende Fee, ein verfluchter

Thronerbe, wird es mit mir treiben!

Sein Mund legt sich um meine Muschi und beginnt zu saugen. Ich schreie von dem Vergnügen auf, das mich durchfährt. Er leckt mich immer und immer wieder mit der angespannten Spitze seiner Zunge und ich spreize meine Beine noch weiter, während mein ganzer Körper zittert. Erbarmungslos zieht er an meinen inneren Schamlippen und konzentriert sich auf meinen Kitzler.

Ich drücke meinen Rücken durch, als er sich wild an mir bedient und sich sättigt. Mit einer Hand greift er nach oben und drückt erst meine Brust und dann meine Brustwarze, um daran zu zupfen. Die Erregung steigt tief in mir mit einer solchen Intensität auf, dass ich mich kaum beherrschen kann.

Ein Finger seiner anderen Hand drückt sich in mich hinein. Ich fahre mit meiner Hand durch sein Haar zu seinem Hinterkopf und presse ihn tiefer an mich.

Jeden Augenblick werde ich explodieren und meine Hüften wippen vor und zurück. Er nimmt meine Begierde gut auf und leckt der Länge nach mit seiner Zunge über meine Seidigkeit. Ich zittere und alles um mich herum wird weiß, als ich den wundervollsten Orgasmus, den ich je erlebt habe, herausschreie.

Ahren zupft an meinem Kitzler, verlängert meinen Höhenpunkt und ärgert mich damit ein wenig.

Ich schließe meine Augen, klammere mich am Bettlaken fest und krampfe, als er mich in seinen Mund nimmt. Ich weiß nicht, wie lange ich geschwebt bin, aber ich versuche so lange wie möglich an dem pulsierenden Gefühl festzuhalten. Ich würde alles für weitere Momente wie diesen geben, da ich mich nicht an das wahre Leben erinnern kann.

Endlich lande ich wieder in der Wirklichkeit und öffne meine Augen, während mein Körper vor Freude vibriert. Ich kann nicht aufhören zu lächeln und merke, wie Ahren grinsend zwischen meinen Beinen nach oben blickt. Seine Lippen und sein Kinn glitzern im Mondlicht und in seinen Augen strahlt die Lust.

Ich rutsche rückwärts über das Bett, während er über mich klettert und über mir verweilt. Auf allen Vieren über mir legt er seine Arme links und rechts von meinen Schultern ab und lächelt auf mich herab.

„Guendolyn, ich werde dich auf die bestmöglichste Weise alles vergessen lassen." Er beugt sich herunter, um mich zu küssen, zu schmecken und mich zu beanspruchen. Ich betrachte es als seine Art besitzergreifend die Kontrolle zu übernehmen. Ich schmecke mich selbst auf seinen Lippen und mein Duft ist betörend.

„Ich wüsste gerne", beginnt er in mein Ohr flüsternd. „Werde ich dein Erster sein?" Er weicht zurück und blickt mich an.

Für einen langen Augenblick verschlägt es mir die Sprache, da dies das Letzte war, was ich von ihm zu hören erwartet habe. Unter ihm liegend ist es nun etwas zu spät, sich wegen dieser Dinge zu schämen. „Nein", sage ich. „Du bist mein Zweiter."

Er nickt. „Ich wollte nur sichergehen, Engelchen, denn ich möchte dir nicht wehtun und—"

„Bitte hör auf zu reden", bekomme ich heraus. „Nimm mich einfach. Ich bin stärker als du denkst und werde nicht kaputtgehen. Das verspreche ich dir. "

Das Brummen, das aus seinem Hals kommt, zaubert mir ein Lächeln ins Gesicht.

„Fick mich", flehe ich.

„Ich liebe es, wenn du so mit mir redest. Jetzt lass mich deine süße Muschi zum Schnurren bringen."

Er führt seine Penisspitze zu meiner Hitze. Sein Fleisch ist brennend heiß und ich stöhne alleine von der Berührung auf. Langsam drückt er seinen Schwanz in mich und ich warte ab, während er Zentimeter um Zentimeter tiefer in mich eindringt und mich weitet. Gott, er ist gewaltig und das Vergnügen, das er mir bereitet, durchströmt mich. Er legt sein Gesicht an meinen Hals und atmet mich ein.

Ich schnappe laut nach Luft und kralle mich an seinen muskulären Armen fest. Ich brenne für diese Fee, die mit ihrer Hüfte wippt und geschmeidig hinein- und herausgleitet. Mich durchflutet, mich weitet und mich in ihren Besitz nimmt. Er schwingt vor und zurück. Je schneller er wird, desto mehr Reibung entzündet sich zwischen uns. Mit jedem Stoß presst er sich gegen meinen Kitzler, nahezu so, als würde er dies absichtlich tun. Er wird schneller und seine Hoden klatschen gegen mich.

„Scheiße!", zischt er und fickt mich so fest, dass mein ganzer Körper bebt, während sich mein Herzschlag dem Rhythmus anpasst. „Siehst du, was du mir antust, Engelchen?"

Er ist so heiß. Ich atme schneller und keuche. Er brummt und ich spüre, dass er jetzt jeden Moment kommen wird.

„Komm noch einmal für mich. Schrei für mich", flüstert er mir ins Ohr. Seine Hüften hämmern gegen mich und beenden zu keinem Zeitpunkt ihren wundervollen Angriff.

Eine Welle der Explosion durchfährt mich und zieht mich nach unten. Ich zittere unkontrollierbar, mein ganzer Körper zieht sich zusammen und ich stöhne vor Vergnügen, welches sich um mich gelegt hat. Meine Muskeln umschließen seinen Schwanz und quetschen ihn ein, während sein Sperma in mich schießt. Er knurrt wie ein Löwe.

Ich schreie meine eigene Freude heraus und unsere Stimmen vermischen sich in etwas Wundervolles. Keine Ahnung, wie lange wir so umschlungen daliegen, doch schließlich zieht er sich aus mir zurück und mein Körper fühlt sich empfindlich und ein bisschen wund an. Ich sinke zurück aufs Bett, schwitzend und schwer atmend.

Mit einem teuflischen Lächeln erhebt er sich vom Bett und dreht sich um, um den Raum zu verlassen.

„Hey, wo gehst du hin?" Ich hebe den Kopf und sehe mir diesen festen Hintern an.

„Bin bald zurück." Er blickt mich über seine Schulter hinweg an. „Ich hole dir etwas, womit du dich saubermachen kannst, und dann will ich dich auf deinen Händen und Knien, mit deinem Arsch in der

Luft und deiner kleinen, engen Muschi zur Schau gestellt. Wir werden es noch einmal tun."

Seine Worte rauben mir den Verstand und mein Herz schlägt schon im Takt meines Pulses zwischen meinen Beinen. Nach heute Nacht werde ich vielleicht nie wieder laufen können.

13

Ich schlucke, weil mein Hals trocken ist.

Deimos liegt im Bett, wo ihn die Magie am Leben hält, für wie lange aber? Seine Zeit läuft ab und wir warten noch immer auf eine verdammte Nachricht vom Kontakt des Königs am Aschehof.

Meine Geduld ist strapaziert, weil meinem Bruder eine Woche bleibt und wir bereits drei Tage verloren haben. Wenn wir heute keine Rückmeldung erhalten, werden Ahren und ich heute Nacht zum Aschehof aufbrechen. Falls nötig werde ich den gesamten Unseeliepalast niederreißen, um eine Heilung für Deimos zu finden.

Er ist so blass. Mehr als alles andere möchte ich seine Stimme hören und dass er dumme Witze erzählt. Ich schwöre, wenn er dies überlebt, werde ich über jeden einzelnen von ihnen lachen.

Die Sorgen erdrosseln mich. Was, wenn wir zu spät kommen? Was, wenn...? Scheiße. Deimos darf nicht sterben, ich kann ihn nicht verlieren. Gefühle, die schmerzen wie Stacheldraht, ziehen durch mich hindurch, schneiden mich mühelos, und zu viele Dinge überkommen und überwältigen mich.

Ich balle meine Hände zu Fäusten und knirsche mit den Zähnen. Verloren in meinen Gedanken starre ich auf den Boden herab, als sich die Tür hinter mir quietschend öffnet.

„Luther, da bist du ja", sagt mein Stiefvater mit Ungeduld in seiner Stimme.

Ich drehe mich nicht zu ihm um, während er näher auf mich zuschreitet. Er stellt sich zu mir, blickt auf Deimos herab und sagt erstmal nichts.

„Der Vogelkäfig wurde gerade vom Aschehof geliefert", sagt er auf einmal.

Als ich begreife, was er damit zum Ausdruck bringen möchte, sehe ich ihn an und fixiere meinen Blick auf sein Gesicht. Er lächelt nicht, legt aber auch die Stirn nicht in Falten. Innerlich erzürne ich und wünsche mir, dass er nur ein einziges verfluchtes Mal Emotionen zeigen würde.

„Wie lautet die Nachricht?", frage ich direkt.

Er nimmt ein aufgerolltes Stück Pergament in die Hand und öffnet es, um ein paar Wörter zu zeigen, die er laut vorliest. „Östlicher Eingang zu den Herbergen der Bediensteten."

„Das ist alles? Bist du dir sicher, dass es keine Falle ist?", frage ich. Der Brief an den König hätte von jedem am Aschehof abgefangen worden sein.

„Relle hat ihn unterschrieben und der Ort ist die Stelle, an der wir uns immer getroffen haben. Wahrscheinlich erwartet sie mich, da ich ihr nur ein

Wort übermittelt habe, das immer unser Code war, wenn ich sie dringend sehen musste."

Ich nicke und versuche alles, was er mir erzählt, zu verarbeiten, obwohl ich so viele Fragen habe. Fragen, die man uns bat, ihm nie zu stellen, den König immer seine Geheimnisse wahren zu lassen. Wenn wir aber uns Leben riskieren werden, möchte ich die Beziehung, die er mit jenen am Aschehof unterhält, begreifen. „Ich verstehe nicht, warum du den Aschehof aufgesucht hast. Sie hätten dich sicher getötet, wenn die Unseelie es herausgefunden hätten, oder?"

Er schnaubt und meine Frage frustriert ihn enorm. „Konzentriere dich auf die Mission. Meine Freundin Relle ist hilfsbereit und du wirst ihr dies hier geben." Er steckt eine Hand in die Tasche seines goldenen und violetten Übermantels und zieht einen mit Diamanten besetzten Armreif heraus.

Ich runzle die Stirn, als ich ihn mit schmäler werdenden Augen anblicke.

„Sie ist nicht meine Liebhaberin. Zur Hölle, Luther, konzentrier dich! Ich habe ihr immer Juwelen geschenkt, damit sie für ihre Familie sorgen kann, und das wird sie auch wissen lassen, dass du zu mir gehörst. Erkläre ihr, was du brauchst, und sie wird dir ihren Preis nennen. Ich werde ihn bezahlen, wenn sie uns das Heilmittel für Deimos von ihren Magiern besorgt."

Mein Verstand produziert verschiedene Szenarien, wer dieser Kontakt wohl sein mag. Die Dunkelheit, die sich über die Augen meines Stiefvaters legt, verrät mir, dass er mir nichts erzählen wird. Vielleicht werde ich die Wahrheit von Relle erfahren.

„Sollten wir sonst noch etwas wissen?", frage ich, während ich an die Kutsche denke, die ich heute Morgen organisiert habe, die ausgewählten Pferde, gepackten Vorräte und Waffen. „Weiß Ahren es?"

„Ich kann Ahren nicht finden, also lass es ihn wissen und, dass ihr am Morgen aufbrechen werdet. Keine Verzögerungen, verstanden? Erzähle niemandem, wo ihr beide hingeht. Außerdem habe ich meine Magier gebeten, einen Tarnzauber für eure Kutsche zu schaffen, und einen für dich und Ahren, damit ihr den Aschehof betreten könnt." Er hält inne und starrt mich an, doch es scheint, als sehe er direkt durch mich hindurch. „Es gibt einen gewaltigen Baum an der östlichen Mauer, an dem ihr einfach hinaufklettern könnt, um sie zu überwinden. Nutzt dann die Bäume auf dem Gelände um euch bei eurer Annäherung an das Schloss zu verstecken."

Ich nicke, recke mich und meine Gedanken drehen sich um alles, was wir für unsere Reise vergessen haben könnten, doch wir sind bereit.

„Natürlich." Ein Teil von mir spielt mit dem Gedanken, Guendolyn nochmal zu besuchen, einfach nur, um sie noch einmal gesehen zu haben... Nur für den Fall. Nur für den Fall, dass das Schlimmste eintrifft. Zur Hölle, das ist eine schreckliche Idee. Sie wird Fragen stellen und ich werde weich werden. „Ich gehe besser."

Als ich mich abwende greift mein Stiefvater nach meinem Arm.

Ich sehe ihn an und erwarte von ihm, etwas Wichtiges vergessen zu haben. Jedoch blickt er mich mit einem seltsamen Ausdruck in seinen Augen an. Ist das etwa Sorge, die in seinem Blick zu lesen ist? Das bilde ich mir sicher nur ein.

„Luther, ich mag dir und deinen Brüdern vielleicht nicht der beste Vater gewesen sein, aber ich wollte immer nur das Beste für euch.“

„Du willst doch nicht—”

„Zum Himmel, hör doch einmal nur zu“, brummt er und atmet laut aus, während der Ärger aus seinem Gesicht verschwindet. „Ich habe es versaut, als ihr alle jung wart, habe keine Zeit mit euch verbracht. Habe euch alle weggestoßen. Aber ich werde das wieder in Ordnung bringen. Wenn ihr zurück seid und Deimos geheilt ist, möchte ich, dass wir mehr Zeit miteinander verbringen. Ich möchte... Ich möchte, dass wir eine richtige Familie sind.“

Mir fehlen die Worte. Absolut. Das ist nicht der König, so wie ich ihn den Großteil meines Lebens kenne, sondern ein Mann, der Wiedergutmachung leisten will. Bevor ich antworten kann, zieht er mich in eine seltsame Umarmung an sich heran und haut mir zwei Mal auf den Rücken, bevor er sich wieder von mir löst.

Er räuspert sich. „Viel Glück, mein Sohn.“

Dann marschiert er aus dem Zimmer.

Wie von Sinnen stehe ich einen Augenblick da, um dann zu Deimos hinüberzusehen. „Hast du das gehört? Vielleicht wird dieser Bastard auf seine alten Tage doch noch weich.“

Ahren

„Ich traue Guendolyn nicht", murmelt Jasion mit solch einer Verachtung in seiner Stimme, dass es mich krank macht. „Sie lügt und man kann ihr nicht vertrauen. Was, wenn sie vom Aschehof geschickt wurde? Ich weiß, dass sie nicht aus diesem Königreich stammt, also hat sie dich offensichtlich belogen."

Jasion marschiert vor dem Fenster meines Arbeitszimmers hin und her. Ich bleibe sitzen, da mich die nahe Feuerstelle wärmt. Bücherregale zieren die Wände und ich nutze dieses Zimmer oft als meine Zufluchtsstätte, fernab von allen.

Der Schneefall hat aufgehört und die Sonne spitzelt hinter der schweren Wolkendecke hervor. Vielleicht wird heute ein Glückstag werden und wir erhalten endlich Neuigkeiten vom Kontakt des Königs. Luther besteht darauf, dass wir heute Nacht aufbrechen, wenn wir nichts hören, und ich bin ganz seiner Meinung.

„Ahren, hörst du überhaupt auf das, was ich sage?", brummt Jasion und ich stöhne leise wegen seiner Schimpftirade.

„Du musst dir wegen ihr keine Sorgen machen, vertraue mir. Sie stellt keine Gefahr dar. Nun, gibt es noch etwas anderes, worüber du mit mir sprechen möchtest?"

Meine Geduld ist heute dünn gestrickt und mich

auf die Skepsis des Magiers zu konzentrierten raubt mir den letzten Nerv. Er ist nah an der Wahrheit und dabei herauszufinden, wer Guendolyn wirklich ist. Das macht mich sauer. Er war schon immer wegen jeder Kleinigkeit paranoid, hat die anderen Magier beobachtet und geglaubt, dass sie sich miteinander verbünden, um ihn umzubringen. Er nimmt jeden, mit dem ich mich unterhalte penibel unter die Lupe. Ich habe diesen Teil seiner Persönlichkeit akzeptiert, aber vielleicht bin auch ich an diesem Verhalten schuld, da ich es nicht direkt unterbunden habe, als es begann. Indem ich ihn habe glauben lassen, seinen Verfolgungswahn zu akzeptieren, geht er bei Guendolyn nun zu weit. Und ich will ihn verflucht nochmal nicht in ihrer Nähe haben. Wir haben es schon mit genug Scheiße zu tun, als sich auch noch mit einem neurotischen Magier herumschlagen zu müssen.

Er schnaubt und fummelt an dem Totenschädel, der um seinen Hals hängt. Ich habe dieses Ding immer verabscheut, aber ich weiß auch, dass die Magier einen Teil der Energie der Schädel der kleinen Feen nutzen, um ihre eigenen Kräfte zu verstärken. In ihren Knochen fließt Magie, altertümlicher Zauber lang vergangener Zeiten. Dies ist der wahre Grund, warum Jasion mit einem Mal Guendolyn so viel Aufmerksamkeit schenkt, denn er wurde Zeuge ihrer Fähigkeit, eine kleine Fee zu kontrollieren. Und in seinen Augen erkennt er das Potential der Kraft, die ihr innewohnen könnte. Genau das ist der Grund, warum er sich von ihr fernhalten soll.

„Du kannst ihr nicht vertrauen", wiederholt er sich.

„Ich werde herausfinden, was genau ihre Absichten sind."

Ich stehe von meinem Sessel auf und gehe auf ihn zu. „Ich sage dir dies als ein Prinz, nicht als dein Freund, Jasion. Komm nicht in ihre Nähe. Sprich nicht mit ihr. Lass mich nicht hören, dass du etwas Dummes angestellt hast." Wut brennt in mir und ich knirsche mit den Zähnen. Normalerweise, wenn ich ihm sage, von etwas abzulassen, hört er auf mich. Was zur Hölle ist heute mit ihm los?

Seine Oberlippe zieht sich hasserfüllt zurück, so wie ich es zuvor noch nie gesehen habe. „Du vertraust dieser Hure, weil sie die Beine für dich breit macht. Ich bin von Anfang an schon an deiner Seite."

Meine Wut kocht beinahe über im Wissen, dass er Guendolyn und mich beobachtet hat. Er muss uns im Flur erwischt haben, aber ich kann mir zum Teufel nicht ausmalen, warum ihn das so stört. „Sei vorsichtig, Jasion." Meine Fäuste ballen sich und ich brodle.

Sein Gesicht verzieht sich und seine Brust hebt und senkt sich rasch. „Ich verstehe nicht, warum du sie so beschützt. Ich habe dir gesagt, dass ich immer hinter dir stehen werde. Ich versuche doch nur, auf dich aufzupassen. Lass mich sie verhören. Du weißt, dass ich überzeugend sein kann." Sein erbärmliches Lächeln lässt mich ihn verabscheuen. Ich wurde schon Zeuge davon, wie viel Vergnügen ihm ein Verhör bereitet, wenn er weiter geht, als notwendig.

Ich bäume mich vor ihm auf und senke meine Stimme zu einem Knurren. „Hör mir ganz genau zu, denn du scheinst mich nicht zu verstehen. Ich habe dir gesagt, es zur Hölle sein zu lassen. Wenn du Hand an sie legst, werde ich dich höchstpersönlich umbringen. Ist das jetzt deutlich genug?"

Von meiner Drohung zuckt er zusammen und seine Augenbrauen ziehen sich zu einem wütenden Knäuel zusammen. In seinen Augen knistert ein Feuer und ich kann in seinem Gesichtsausdruck regelrecht erkennen, dass er mit sich selbst kämpft.

Mit angespannten Lippen nickt er mir oberflächlich zu. „Selbstverständlich, Eure Hoheit."

Mein Herz pocht in meiner Brust, weil er mich so rasend gemacht hat. Ich werde vor Guendolyns Zimmer eine Wache positionieren und sicherstellen, dass sie nicht noch einmal alleine durch das Herrenhaus läuft. Mit Jasion stimmt etwas nicht und ich kann nicht riskieren, dass er eine Dummheit begeht. Es gibt schon genug Mist, der uns Sorgen macht, ohne dass das hier noch dazukommt.

Jasion hebt seinen Kopf und blickt mir in die Augen. „Du würdest es mir doch sagen, wenn sie keine Heilerin aus dem Dorf wäre, oder?"

Seine Wissbegier geht mir auf die Nerven.

„Verpiss dich aus meinem Zimmer", brumme ich.

Er nickt und wendet sich von mir ab, blickt mich aber noch ein weiteres Mal an. „Sie ist nur eine Hure in die du dich verknallt hast. Ich kenne einige, die so viel besser sind und—"

Meine Faust fliegt auf ihn zu und trifft ihn seitlich im Gesicht. Ich bin rasend vor Zorn und kann mich nicht länger zurückhalten.

„Zur Hölle, verpiss dich endlich!", brülle ich ihn an, bevor ich ihn noch umbringe.

Er knurrt wütend. Seine Finger berühren das Blut, das aus der Wunde unter seinem Auge tropft, und für einen kurzen Augenblick sieht er mich trotzig an. Dann verlässt er das Arbeitszimmer und knallt die Tür hinter sich zu.

„Scheiße!" Jasion war immer treu, was soll das also?

Die Tür geht auf, ich wirbele aufgebracht herum, sehe aber, dass es nur Luther ist.

Er sieht mich seltsam an, fragt aber trotzdem: „Was zur Hölle ist mit dir los?"

Ich atme flache Atemzüge ein und versuche mich selbst zu beruhigen. „Was willst du?"

„Ich habe gute Neuigkeiten, Bruder." Er läuft durchs Zimmer.

„Wurde ja verdammt nochmal Zeit. Die kann ich jetzt gut gebrauchen."

„Wir haben eine Antwort vom Kontakt des Königs am Aschehof erhalten und müssen jetzt aufbrechen." Er spricht schnell und erinnert mich damit an die Zeiten, als wir auf die Jagd gegangen sind. Voller Adrenalin und bereit zu kämpfen. „Deimos bleiben nur vier Tage, deshalb müssen wir uns beeilen."

„Endlich. Vorher muss ich noch etwas erledigen. Wir treffen uns unten bei den Ställen."

Luther nickt voller Eifer. „Oh, und der König hat uns angewiesen, niemandem zu sagen, wo wir hingehen. Ich denke, wir sollten es Guendolyn auch nicht wissen lassen, für den Fall, dass sie es jemandem steckt. "

„Einverstanden." Außerdem würde sie darauf bestehen uns zu begleiten und ich möchte nicht im Bösen mit ihr auseinandergehen. Es ist schlimm genug, dass ich heute Morgen unser Bett verlassen habe ohne ein Wort zu sagen. Ich hätte sie mit einem Kuss aufwecken sollen, jedoch mache ich mir nur selbst etwas vor, anzunehmen, dass mehr zwischen uns sein könnte. Ich weiß zur Hölle nicht, wo mir der Kopf steht. Er platzt von den ganzen Informationen über die Ereignisse zurzeit, und ich kann mich nicht auch noch mit meinen Emotionen beschäftigen.

Als Erstes muss ich Deimos helfen. Dann kann ich die Dinge mit Guendolyn klären.

„In Ordnung", ruft Luther mir über seine Schulter zu, als er aus dem Raum stürmt. „Wir brechen so schnell wie möglich auf, also schwing deinen Hintern sofort dort hinunter."

Er verschwindet und lässt mich im Zimmer zurück, in Rage wegen Jasion und vor Sorge, Guendolyn in Sicherheit zu wissen, während wir weg sind... und dann trifft mich schließlich die Realität. Wir sind im Begriff am verfeindeten Hof einzubrechen, was unser Todesurteil sein könnte, wenn etwas schiefgeht.

14

GUEN

„*Bist du für deine Überraschung bereit?"*, neckt Luther mich.

„Was ist es?", quietsche ich.

Etwas ist anders an ihm heute Nacht. Er lächelt viel zu viel. Seine Berührung wärmt meinen Körper und warum ist er so aufgeregt? Ich sehne mich danach, mich mit ihm hinzusetzen und einfach über uns zu reden, mehr über ihn zu erfahren, aber als er voller Aufregung in mein Zimmer stürmt und darauf besteht, dass wir sofort gehen müssen, ist seine Heiterkeit wie ein Fieber, das mich einhüllt. Reden kann warten, nehme ich an.

„Du wirst schon sehen", sagt er. Sein Grinsen ist fesselnd und wir rennen durch die Wälder. Mit ihm habe ich keine Angst. Vielleicht hätte ich die aber haben sollen, jedoch nicht heute Nacht.

Als er endlich anhält, stehen wir vor einer großen, quadratischen Holzplattform mit einem Geländer an drei Seiten. Sie ist groß genug für zwei oder drei Leute darauf.

„Was ist das?" Ich atme schwer, während er sich kaum angestrengt hat.

Er schreitet hinein und leitet mich, ihm zu folgen. „Willkommen in meinem Riesenrad."

Ich sehe ihn skeptisch an, innerlich aber schlage ich Purzelbäume vor Freude, dass er sich nicht bloß daran erinnert hat, sondern dass er sogar eins gebaut hat? Es sieht ganz und gar nicht wie die zu Hause aus, denn es ist nur eine einfache Plattform von der ich annehme, dass sie uns nach oben bringen wird. Aber er hat ja nie eins gesehen und hat sein Bauwerk auf meiner Beschreibung basiert, also bin ich aufgeregt zu sehen, was er gebaut hat. Mein Magen überschlägt sich förmlich bei dem Gedanken daran, dass er dies für mich getan hat.

„Ich weiß nicht, was ich sagen soll." Ich steige auf die Plattform.

„Das wäre ja mal etwas Neues." Seine Hand sucht sich ihren Weg zu meinem Kreuz, zieht mich näher zu sich und ich lasse mich gegen ihn fallen. „Jetzt halte dich fest."

Er ist jetzt so nah. Ich spüre seine harten Muskeln in seiner Brust und rieche seinen Atem. Honig und Blaubeeren und so maskulin. Er zieht fest an einem Seil mit der einen Hand und eine Sekunde später erhebt sich unsere Plattform abrupt und schießt nach oben. Ein schwirrendes Geräusch klingt nach Tauen, die über ein Metallrad laufen.

Mein Magen sinkt mir in die Knie. Ich zittere, klammere mich an ihn und meine Hände ziehen sein Hemd nach oben, während ich mich an ihn quetsche.

Er lacht, als sich der Wind an uns schmiegt. Seine große Hand hält mich fest, die andere umklammert das Holzgeländer. Wir hätten durch den Himmel fliegen können, so schnell *fahren wir, gleiten nach oben neben erhabenen Kiefern und ihr Duft schwebt in der Brise.*

„Gefällt dir mein Riesenrad?", fragt er. Seine Stimme verliert sich im Luftstrom.

Ich halte mich fest, als würde es um mein Leben gehen, die Hitze seines Körpers haftet an mir. „Es ist fantastisch."

Noch im Kleid von gestern eile ich den Flur des Herrenhauses entlang. Die Morgensonne sucht sich scharf ihren Weg durch die Fenster der geöffneten Zimmer und kreuzt meinen Pfad. Der Traum von Luther, der ein Riesenrad für mich gebaut hat, hält sich noch immer in meinen Gedanken fest. Die Erinnerung an den Traum erwacht in mir zum Leben und hinterlässt eine Zärtlichkeit, da er so etwas für mich getan hat. Ich möchte mich einfach nur an alles erinnern können, damit ich aufhören kann, mich so verloren zu fühlen. Ich gebe mir selbst das Versprechen ihn deswegen zu fragen, wenn ich ihn das nächste Mal sehe.

Die offenstehenden Räume, an denen ich vorbeikomme, sind leer. Kein Anzeichen der Prinzen.

Wie lange habe ich wohl geschlafen? Ich bin in Ahrens Bett aufgewacht und seine Seite war kalt. Nach der wundervollsten Nacht, die ich je erlebt habe, habe ich erwartet, in seinen Armen aufzuwachen. Vielleicht habe ich mir selbst etwas vorgemacht.

Aber ich weigere mich, dem Gedankengang zu folgen, dass dies eine einmalige Sache für ihn war.

Sicher, er ist der Thronerbe und von ihm wird viel erwartet. Das muss der Grund dafür sein, warum er mich nach einer Nacht ungezügelten Kamasutras alleine in seinem Bett zurückgelassen hat. Ehrlich, Ahren ist unwiderstehlich und bei jedem Schritt spüre ich wieder diesen wundervollen Schmerz zwischen meinen Beinen. Er erinnert mich an Ahren, wie er sich letzte Nacht stundenlang an meinem Körper vergangen hat und mich in so vielen Positionen gefickt hat, dass ich aufgehört habe, zu zählen. Wenn dies die Libido einer Fee ist, dann steht mir eine gewaltige Achterbahnfahrt bevor.

Nachdem ich in mein Zimmer gestürmt bin, schließe ich die Tür, nur Sekunden bevor jemand daran klopft.

Ich wirbele herum und renne in Erwartung von Ahren auf sie zu.

Dana steht im Türdurchgang und mein Herz sinkt mir in die Knie, als mir bewusst wird, dass es nicht Ahren ist, der auf mich wartet. Es regt mich auf, wie sehr er mich nach einer Nacht voller Sex beeinflusst. Ich sollte es besser wissen, denn von allem, was ich über uns weiß, weiß ich auch, dass wir nicht zusammen sein können, und doch fiel ich meinem sexbesessenen Körper zum Opfer.

„Meine Dame, Ihr Bad wartet auf Sie", gibt sie mit einem entzückten Grinsen von sich, als würde ihr es gefallen, mich herumzukommandieren.

Ich zwinkere ihr zu und versuche die Enttäuschung, die an meinem Innersten nagt, zu beruhigen. „Haben Sie Ahren heute Morgen gesehen?"

Dana schüttelt mit dem Kopf und ihre braunen Locken hüpfen ihr über die Schultern. „Nachdem Sie Ihr Bad genommen haben, werden wir nach ihm suchen. Jetzt kommen Sie mit mir. Sie können die Prinzen so wie Sie aussehen nicht treffen." Sie greift nach meinem Handgelenk und zieht mich hinter sich her. Zögernd gebe ich nach und gehe mit ihr, da ein Bad wundervoll klingt. Ich blicke auf mein zerknittertes, blaues Kleid herab und kann nur annehmen, dass mein Haar chaotisch aussieht.

„Ich habe eine Überraschung für Sie", sagt sie und sieht zu mir herüber, während sie dagegen ankämpft zu lächeln.

„Was ist es?"

„Ich habe Ihren Schrank mit mehr als einem Dutzend Gewändern befüllt, die für die Königlichen angemessen sind. Die Prinzen haben sie bestellt, damit Sie eine Auswahl haben, aus der Sie sich etwas aussuchen können."

Meine Augen werden größer. „Wirklich? Das haben sie für mich getan?"

„Ich könnte in meinem ganzen Leben nie genug Geld sparen, um solch eine Garderobe anfertigen zu lassen, also betrachten Sie sich selbst als sehr glücklich."

Mir kommt der Gedanke, dass Dana heute Morgen in meinem Zimmer gewesen sein und bemerkt haben muss, dass ich letzte Nacht nicht in meinem Bett geschlafen habe.

Was denkt sie? Dass ich ein Mädchen bin, das den Prinzen Vergnügen bereitet und als Gegenleistung Kleidung erhält. „Dana, ich bin nur hier um bei der Heilung von Deimos zu helfen.“

„Natürlich, meine Dame.“ Während sie spricht, blickt sie mich nicht an.

Ich knirsche mit den Zähnen und bin mir sehr wohl bewusst, dass sie mir nicht glaubt. Die ganze Belegschaft des Herrenhauses tratscht sicher über mich als die letzte Eroberung der Prinzen. Scheiße! Es sollte mir egal sein, denn das ist besser, als wenn alle hier die Wahrheit kennen. Doch es lässt mich auch hinterfragen, wie viele Mädchen die Prinzen schon in ihr Herrenhaus gebracht haben. Ein Feuer entflammt in meiner Brust von den geistigen Bildern, die dieser Gedanke erschafft.

Im Badezimmer steuern wir auf direktem Weg auf die mit Wasser gefüllte Wanne zu. Dampfschwaden steigen nach oben und die Luft hängt voller Duft nach Tannennadeln. Ich bin bereit mich selbst zu waschen und einen neuen Tag zu beginnen. Ich schwöre, ich kann noch immer Ahren und sein nach Moschus duftendes Sperma auf mir riechen.

„Ich hoffe, es ist nicht zu töricht von mir zu sagen“, beginnt Dana, „aber ich sehe, wie die Prinzen Sie ansehen, meine Dame.“

Nachdem ich mich ausgezogen habe, steige ich in die Badewanne, um dann in das heiße Wasser zu gleiten und mir die Arme um meine angewinkelten Knie zu legen. „Ich bin mir sicher, dass sie nur freundlich sind, Dana. Sie sind Königliche. Und ich bin nur eine Bürgerliche.“

Sie lacht und stellt sich hinter mich, bevor sie

beginnt mit einem Krug mein Haar zu befeuchten. „Ich habe sie mit anderen Damen gesehen, aber sie haben sie nie auf diese Art angesehen. Was ein Herz will, folgt nicht den von einem König aufgestellten Regeln."

***

Das Frühstück kommt und geht, und es gibt noch immer kein Lebenszeichen von Luther oder Ahren. Jetzt bin ich in einer Wohnstube mit Fenstern an zwei Wänden, mit Sicht auf die malerischen Berge, die mit Schnee bedeckt sind. Ich stehe vor diesem atemberaubenden Ausblick, um mich selbst abzulenken. Jedoch bedarf es meiner ganzen Stärke, in diesem Zimmer nicht auszurasten und zu verlangen, dass mir jemand sagt, wo sich die Prinzen aufhalten.

Dana hat versprochen, sie zu suchen… Das war vor über einer halben Stunde. Wenn ich die Nacht nicht mit Ahren verbracht hätte, wäre es mir wohl egal gewesen. Aber irgendwas in meinem Hinterkopf meckert die ganze Zeit, dass die Nacht für ihn etwas anderes bedeutet hat als für mich. Ich hasse es, so zu denken.

Ich mache plötzlich auf der Ferse kehrt, als Jasion ins Zimmer spaziert. Seine Schultern sind breit, seine Brust blank und sein Gehrock tänzelt um seine Beine herum. Mein Herzschlag hallt laut in meinen Ohren. Was macht er hier? Ahren wird ihm doch nicht erzählt haben, was wir getan haben, oder? Nervös lecke ich mir über die Lippen.

„Morgen", sagt er mit einem Grinsen. „Wie fühlst du dich?"

„Es geht mir gut." Ich blicke umher und vermeide Blickkontakt, damit er merkt, dass ich seine Gesellschaft nicht begrüße.

„Dana macht sich Sorgen um dich", sagt er. „Sie sagte, dass du panisch nach den Prinzen gefragt hast."

Ich reiße den Kopf hoch. Er bewegt sich weiter, um sich vor den Kamin zu stellen und seine Hände zu wärmen. Misstrauisch beobachte ich ihn, überzeugt davon, dass er sich irgendeinen Quatsch ausdenkt. Er versucht eine Reaktion aus mir herauszukitzeln.

„Weißt du, Dana ist immer so dramatisch", lache ich halbherzig und verstecke meine Nervosität. „Sie erinnert mich an meine Mutter. Sich immer das schlimmste Szenario ausmalen, aber ich weiß, dass es gut gemeint ist. Wie auch immer, was führt dich her?" Ich spreche zu schnell und atme eilig. Das war es mit dem Vorspielen von Ruhe.

Er antwortet nicht direkt. Aber als er es tut, klingt seine Stimme neugierig. „Du hast einen anderen Dialekt als die anderen aus dieser Region", sagt er mir mit zugewandtem Rücken.

„Meine Mutter stammt nicht aus diesem Königreich, daher denke ich, habe ich ihre Art zu sprechen angenommen."

„Und wo kommt sie her?" Er dreht sich zu mir um und der Totenschädel an seiner Halskette schwingt auf seiner Brust umher.

Er ist so vorhersehbar. Ich habe erwartet, dass er diese Frage stellt. Ich nutze dieselbe Lüge, die ich Gabel aufgetischt habe. „Sie kommt aus Waverton, einem scheinbar furchtbar dürren Ort. Sie sprechen dort alle etwas seltsam.“

Er mustert mich von Kopf bis Fuß. Je mehr Zeit ich mit dieser Fee verbringe, desto mehr verängstigt sie mich. „Warst du in Waverton?“, fragt er mich.

Ich schüttele den Kopf. „Warst du es?“ Ich bin dieses Hin und Her der Worte nicht gewöhnt und es bereitet mir Magenschmerzen.

„Nein. Ich vertrage keine Hitze.“ Er richtet seine Körperhaltung.

Solch eine seltsame Anmerkung.

Die Stille legt sich zwischen uns. „Die Prinzen werden für ein paar Tage weg sein, und wenn du—”

„Moment, sie gehen fort? Wohin?“

Ein Grinsen formt sich auf seinen Mundwinkeln nach oben. „Dazu darf ich nichts sagen. Sie sind allerdings bereits aufgebrochen.“

Sie müssen fortgegangen sein, um ein Heilmittel oder etwas Ähnliches für Deimos zu suchen. Ahren hat mich heute Morgen noch nicht mal geweckt, bevor er weg ist? Mir wird es schwer ums Herz. „Wohin gehen sie?“, wiederhole ich meine Frage.

„Warum ist das wichtig für dich?“ Jasion runzelt die Stirn und wartet ungeduldig, dass ich ihm antworte.

Ahren scheint eine gute Menschenkenntnis zu besitzen und er vertraut Jasion, mein Bauchgefühl aber sagt mir etwas anderes.

Dieses Mal straffe ich meine verspannten Schultern und zucke mit ihnen. „Neugier, würde ich sagen.“ Ich habe es satt, mich mit dieser Fee herumzuärgern, die mich wie Ungeziefer behandelt. Mein Verstand dreht sich panisch um die Neuigkeiten, dass Ahren und Luther das Königreich verlassen haben. Ich möchte an diesem Ort nicht alleine zurückbleiben.

Als ich auf die Tür zugehe, murmelt Jasion: „Ich weiß, dass du nicht bist, wer du vorgibst zu sein."

Innerlich zittere ich und seine Warnung trifft mich hart. Er wird niemals aufgeben... Und was wird dieses Arschloch davon abhalten, zum König zu rennen, während die beiden Prinzen unterwegs sind? Ihn zu überzeugen, mich einzusperren, oder schlimmer noch... mich zu töten? Was, wenn er über Möglichkeiten verfügt, herauszufinden, dass ich vom Unseelie Hof stamme? Der Gedanke daran, dass er letzte Nacht mit dem König über mich gesprochen hat, verfolgt mich und hallt in meinem Kopf wider.

„Ich weigere mich, weiter mit dir darüber zu diskutieren. Wenn du mir nicht glaubst, dann kläre das mit Luther und Ahren, wenn sie zurück sind."

Mein Blick heftet sich auf die Tür während ich von dannen marschiere, und die Rückseite meiner Beine wird von einer Gänsehaut überzogen. Ich spüre, wie Jasion mich beobachtet.

„In diesem Königreich gibt es überall Augen, Mädchen. Und die schauen ganz besonders auf dich."

Mein Körper wird von Schock durchgeschüttelt. „Du lässt mich beobachten?" Ich wirbele herum, blicke den Magier an und habe seine Drohungen satt. Ich kenne ihn nicht mal, aber er behandelt mich wie eine Kriminelle. Mein Blick erforscht die Dunkelheit hinter seinen Augen und zurück bleibt ein ungutes Gefühl. Etwas stimmt mit ihm nicht.

„Selbstverständlich." Er rotzt. „Und weißt du, was meine Priorität ist?"

Anstatt zu antworten betrachte ich dieses Monster, der mir eine Reaktion abverlangen möchte.

„Sicherzustellen, dass Ahren nichts geschieht. Alles, worum ich bitte, ist, dass du ehrlich zu mir bist, bevor diese Sache außer Kontrolle gerät. Wenn dir was an Ahren liegt, wirst du mir dir Wahrheit erzählen. Lass mich dir helfen."

Die einzige Person, die dies weiter in die Länge ziehen wird, ist Jasion. Ich vertraue ihm nicht im Geringsten.

„Wobei helfen?" Ich reagiere schnippisch und ein kalter Schauer rennt an meinem Rücken herab. Wie viel weiß er? Oder blufft er einfach nur? „Es tut mir leid, ich dachte, du wärst Ahrens Freund und nicht sein Leibwächter."

Er neigt seinen Kopf zur Seite. „Ich habe mir schon gedacht, dass du nicht kooperieren wirst." Sein Blick hebt sich, um mir in die Augen zu sehen und die Warnung in seinem Ausdruck ist eindeutig.

Ich sauge einen Atemzug ein und fühle mich, als hätte man mir in den Bauch geboxt.

„Hab noch einen schönen Tag, Mädchen", macht er sich über mich lustig und stolziert dann aus dem Zimmer.

Alleingelassen mit meinen mich ertränkenden Gedanken fahre ich mir mit der Hand durchs Gesicht und seufze. Wo bin ich da nur hineingeraten?

Mir ist kotzübel.

Es gibt überall Augen.

Jasions Drohung spukt mir durch den Kopf.

Ich blicke auf die Tür, durch die er verschwunden ist, und meine Haut kribbelt. Hierzubleiben ist ein Desaster für mich. Jasion weiß viel mehr, als er durchblicken lässt. Die drohende Natur seiner Worte lässt die Haare auf meinen Armen sich aufstellen. Ich bin ein Idiot, anzunehmen, dass ich hier alleine in Sicherheit bin. Und das bedeutet, dass ich die Prinzen noch vor ihrer Abreise finden muss.

Durch den Raum laufend wird mir klar, dass dies die richtige Entscheidung ist. Ich renne den Rest des Weges zu meinem Zimmer und schnappe mir einen langen Mantel und ein Paar Stiefel. Dann halte ich mich in Richtung der Küche, wo ich eine Hintertür in Erinnerung habe, die nach draußen führt. Niemand ist im Flur zu sehen und ich biege links ab, in das große Esszimmer. Es ist leer und in der Küche treffe ich den Koch mit dem Rücken mir zugewandt an. Er rührt in etwas auf der Feuerstelle herum, was nach Eintopf riecht. Schnellen Schrittes bewege ich mich auf die Hintertür zu.

Ich öffne sie vorsichtig und schlüpfe dann hinaus, wo der Schnee dicht wie ein Vorhang fällt. Ich kann niemanden sehen oder hören und ich bete, dass ich nicht zu spät komme.

Windböen schlagen gegen die Kutsche, die Kälte aber wird durch Pelzdecken auf unseren Sitzen, durch unsere Mäntel und die abgedichteten Türen abgehalten. Wegen des unebenen Wegs werden wir umhergeworfen, ansonsten aber war die Reise bisher angenehm. Die zwei Pferde, die vor die Kutsche gespannt sind, sind mit einem Schutzzauber belegt, der sie vor den eisig kalten Temperaturen schützen soll. Sie haben Anweisungen erhalten, wo sie uns hinbringen sollen, deshalb brauchen wir keinen Fahrer. Wir haben dafür einem der Magier des Königs zu danken.

Wir sind schon fast den ganzen Morgen unterwegs, reisen durch Wälder und mein Hintern ist taub vom langen Sitzen. Ahren, der mir gegenübersitzt, starrt aus dem Fenster auf die mit Schnee bedeckten Bäume.

„Kannst du dort draußen Blutverfluchte sehen?", frage ich mit Sarkasmus in der Stimme. Die Magier des Königs haben eine Ablenkung auf der gegenüberliegenden Seite des Königsreichs geschaffen, um uns bei der Ausreise zu helfen. Ein paar Blutverfluchte haben uns verfolgt, aber wir waren zu schnell für sie.

Ahren schüttelt den Kopf, blickt aber nicht in meine Richtung.

„Was ist los mit dir? Hast du Angst?", werfe ich ihm an den Kopf.

Er schnaubt in meine Richtung und seine Nasenflügel beben.

„Hör zu, ich toleriere dich die meiste Zeit, aber heute werde ich mich nicht auf deine launische Scheiße einlassen", erkläre ich. „Diese Mission kann uns das Leben kosten, also was auch immer dir über die Leber gelaufen ist, spuck es aus."

Ahren antwortet mit einem angsteinflößenden Stirnrunzeln und ich erstarre. Würden wir uns in einer anderen Situation befinden, würde ich ihn solange reizen, bis wir uns streiten, damit er anfängt, zu reden. Aber diesen Luxus haben wir hier nicht.

„Ich habe viel auf dem Herzen."

„Jetzt ist nicht der Zeitpunkt für Ablenkungen, Bruder."

Er nickt, beinahe zustimmend. Das ist nicht Ahren. Er starrt aus dem Fenster und trägt seinen Gesichtsausdruck wie eine Maske. Die ihn umgebende Luft ist angespannt und füllt unsere Kutsche.

Ich wechsele das Thema, um es anders zu probieren. „Hast du etwas über das Gespräch des Königs mit Guendolyn gehört?"

„Er hat sie abgefüllt." Ahren sieht mich an und seine Lippen verziehen sich voller Missbilligung.

Bei diesen Neuigkeiten rast mein Puls. „Er hat doch nicht versucht—"

„Scheiße, nein", antwortet er selbstbewusst. „Das Mädchen verträgt einfach keinen Wein. Bin ihr im Flur über den Weg gelaufen."

„Du hast letzte Nacht doch dafür gesorgt, dass sie sicher in ihr Zimmer gelangt, oder?"

„Was soll das Verhör?"

Ich werde zornig, springe ihm aber nicht an die Kehle. Hier geht etwas anderes vor sich. „Was zur Hölle ist los, du Arsch?"

Er wendet sich vom Fenster ab und mir zu. Er legt seine Arme links und rechts von sich entlang der Lehne seiner Sitzbank ab. „So vieles könnte schiefgehen. Ich versuche nur, meine Gedanken zu ordnen."

Der Wind heult erneut auf, donnert gegen die Kutsche und lässt das gesamte Fahrzeug seitlich taumeln.

Ich schlage meine Beine übereinander mit einem Knöchel auf dem Knie und fahre mir mit einer Hand durchs Haar. „Ich habe Mael gebeten, Guendolyn gut im Auge zu behalten, während wir weg sind."

„Was, wenn wir es nicht zurückschaffen? Was geschieht dann mit ihr?" Seine Stimme klingt sanft, als hätte er ausgiebig darüber nachgedacht. Er gibt ein frustriertes Seufzen von sich. Es ist also Angst, die ihn heute ablenkt, Angst um Guendolyn.

Die Gefühle meines Bruders für sie sind stärker, als mir bewusst war. Hat es ihn so sehr beeinflusst, sich im Herrenhaus in ihrer Gegenwart aufzuhalten?

„Du magst sie wirklich, nicht wahr?", frage ich und

blicke ihm dabei in die Augen. Wenn sich meine Brüder zu Guendolyn hingezogen fühlen, kann ich zwar nichts dagegen tun, aber wissen möchte ich es schon. Sein Gesichtsausdruck beginnt nachdenklich zu wirken, als würde er für einen Augenblick ernsthaft über meine Frage nachdenken.

Dann zieht sich seine Oberlippe zurück. „Warum zum Teufel stellst du mir so viele Fragen über sie?"

„Ich bin nicht angepisst, wenn es das ist, was du von mir denkst. Zur Hölle, du weißt, dass ich Hals über Kopf in sie verliebt bin. Das war ich schon, bevor ich sie das erste Mal vor zwei Jahren getroffen habe. Deimos hat sein Herz an sie verloren, als er gegangen ist, um sie aus dem menschlichen Königreich zu holen. Warum also sträubst du dich so sehr dagegen, es zuzugeben?"

„Seit wann sprichst du offen über Gefühle?", brummt er mit sich verengenden Augen.

Ich breche in Gelächter aus und lasse mich in meinem Sitz zurückfallen. „Gut gekontert, mein Bruder."

Das kitzelt ein Lächeln aus Ahren heraus und er streckt seine Beine aus, fort von meinen, damit er sie nicht berührt.

„Was ist unser Plan B?", frage ich. „Du fliegst uns von dort fort?" Ich ziehe eine Augenbraue nach oben und ernte damit einen mürrischen Blick. „Ich erinnere mich nicht an das letzte Mal, als du deine Flügel benutzt hast?"

„Und das wirst du auch nicht, also lass es einfach gut sein." Er räuspert sich. Die Flügel, die sich in seinem Rücken verbergen, sind zwar ein heikles

Thema, doch dort, wo wir hingehen, sind sie eine praktikable Option, zu entfliehen.

„Wenn die Dinge schieflaufen, dann rennen wir verdammt nochmal um unser Leben. Ich habe explosive Zaubersprüche, die uns bei der Flucht helfen werden."

Ich nicke, wohlwissend, dass die Unseelie ihre eigenen Kräfte haben, und dass es einen Grund dafür gibt, warum die meisten Feen die Art ihrer Macht für sich behalten. Sobald der Feind davon weiß, kann man leicht besiegt werden. Jedoch spielt all das keine Rolle, wenn wir kein Heilmittel für Deimos finden können.

„Vertraust du dem Kontakt des Königs, den wir am Aschehof treffen?", frage ich.

„Wie stark vertraust du überhaupt einer Fee?"

„Scheiße, kein bisschen."

„Dann weißt du, womit wir es zu tun haben. Wir sollten auf der Hut sein. Schnell rein und wieder raus."

Ein kurzes, explosives Niesen hallt schwach durch die Kutsche.

Ahren runzelt die Stirn.

Ich blicke finster drein und schaue mich um. „Was zur Hölle?" Mir kommen direkt die kleinen Feen in den Sinn, die sich mit uns eine Mitfahrgelegenheit gesucht haben könnten.

Das Niesen wiederholt sich, direkt unter mir. Ich springe auf die Füße und stoße die Felldecke zur Seite. Rasch schnappe ich mir die Kante des mit Samt bezogenen Sitzes und stemme die Sitzfläche nach oben, um den Stauraum zu öffnen.

Glänzend blaue Augen starren mich an und das

Gesicht ist von Schatten umhüllt. Dann niest sie erneut.

„Guendolyn? Was in Gottes Namen?" Wut durchfährt mich.

Tief gebückt, damit ich mir den Kopf nicht an der Decke stoße, wende ich mich Ahren zu, der sich in die Ecke seines Sitzplatzes gequetscht hat, um Platz für mich zu schaffen. Er regt sich jedoch nicht auf.

„Du hast es ihr erzählt, nicht wahr?", brülle ich ihn an. „Wir waren uns doch einig, dass wir ihr aus genau diesem Grund nichts sagen werden, aber—"

„Ich habe ihr gegenüber nichts erwähnt", antwortet Ahren mir schnippisch.

Sie befreit sich aus ihrem engen Gefängnis und ich bücke mich herab, um meine Hand unter ihren Rücken und ihre Knie zu schieben, damit ich sie herausheben kann. Ahren schließt den Deckel. Dann setze ich sie ab und quetsche mich neben Ahren. Wir starren sie beide an.

Ächzend streckt sie ihre Arme in die Luft und renkt ihren Rücken ein, bis ein Knochen knackt. Sie war für einige Zeit eingeengt, kein Wunder also, dass sie ganz verkrampft und vielleicht angeschlagen von der holprigen Reise ist.

„Überraschung!", sagt sie, zur Hälfte lächelnd und halb nervös. „Und damit ihr es wisst, Jasion hat mir gesagt, dass ihr abreisen werdet." Sie blickt Ahren intensiver an als mich.

„Aus diesen Grund konnten wir es dir nicht sagen", ermahnt er sie.

„Ich—" Sie leckt sich über die Lippen und zieht

den Kragen ihres Mantels höher an ihren Hals. „Ich möchte nicht alleine im Königreich bleiben. Jasion hat mich bedroht und ich habe mich nicht sicher gefühlt. Außerdem verstehe ich nicht, warum ich nicht mit euch kommen kann, um was auch immer ihr für Deimos Heilmittel braucht zu holen."

„Moment, was hat Jasion getan?" Ahren beugt sich nach vorne.

Sie lehnt sich auf ihrem Sitz zurück und schaut kurz nach draußen. „Er hat gesagt, dass ich beobachtet werde und dass er mir meine Geschichte, darüber wer ich bin, nicht glaubt."

„Wieso hältst du das für eine Drohung?", frage ich.

Guendolyn rollt mit den Augen. „Im Ernst? Wenn ein Mann so ein Zeug redet, dann kann das nur eines bedeuten: Jemand möchte mir wehtun."

„In dieser Angelegenheit muss ich Guendolyn zustimmen", sagt Ahren. „Jasion ist von Natur aus eine sehr paranoide Person. Es dauert lange, bis er jemandem vertraut, und er wird alles daran setzen, die Wahrheit zu erfahren. Er wird es aber nicht verwenden, um dich zu verletzen. Ich habe mit ihm schon darüber gesprochen, dass er sich von dir fernhalten und sicherstellen soll, dass dir nichts passiert."

Sie legt sich die Arme um ihren Bauch. „Ich denke, ihr hättet da sein müssen, um zu spüren, was er ausstrahlt. Und er hat sich nicht ferngehalten. Er mag vielleicht zu euch nett sein, mich aber hasst er. Ich habe es in seinen Augen gesehen."

Ich mische mich ein. „Jasion hängt schon immer an

dir, Bruder. Und ich habe erlebt, wie er eifersüchtig wird, wenn du Zeit mit Frauen verbringst."

Ahren versteift. „Nein, du liegst falsch. Wir sind Freunde. Wir waren immer schon Freunde und er ist beschützerisch."

Ich schüttele den Kopf. „Bruder, ich hätte das schon früher erkennen müssen. Es ergibt Sinn, warum er Wutanfälle bekommt, wenn er dich nicht finden kann, warum er die ganze Zeit im Herrenhaus ist, anstatt bei den anderen Magiern zu verweilen. Weißt du, dass er einmal der Näherin im Geheimen Gold gegeben hat, damit sie verschwindet und nie zurückkehrt, da es sonst Konsequenzen nach sich ziehen würde? Ich dachte, er wäre einfach nur ein Arsch, was normal für ihn wäre, aber er hat dies getan, nachdem die Frau den Morgen mit dir alleine verbracht hat, um Maß für einen neuen Mantel zu nehmen."

Er brütet vor sich hin und wendet seinen wütend Blick von Guendolyn in meine Richtung ab. „Warum zur Hölle sprechen wir über mich?" Ahren richtet seine Aufmerksamkeit zurück auf sie. „Du kannst nicht mit uns kommen."

„Woher wollt ihr wissen, dass ihr mich nicht braucht?" Sie grinst lausbübisch und wenn ich nicht so wütend auf sie wäre, dass sie sich uns auf dieser gefährlichen Reise angeschlossen hat, dann hätte ich mir das Schauspiel gerne angesehen. Sie ist wirklich eine Darstellerin.

Ahrens Blick vertieft sich. „Ich möchte nicht, dass dir etwas zustößt. Du kommst nicht mit uns."

„Wollt ihr umdrehen, zurück ins Königreich fahren

und wertvolle Zeit, die Deimos nicht hat, verschwenden?"

Er schüttelt mit dem Kopf. „Wir werden dich im nächsten Seelie Dorf absetzen, damit du dort auf uns wartest."

Ihr Mund steht weit offen. „Das wagt ihr nicht!"

„Glaubst du, dass das eine gute Idee ist?", frage ich, unsicher, ob ich Guendolyn im Moment bei Fremden lassen möchte.

„Es ist besser, als wenn sie bei uns ist", knurrt Ahren.

„Ich lasse mich nicht in irgendeinem Dorf abladen. Ich wette, dass dort alle Männer die Frauen anzüglich angrinsen, genau wie in dem letzten Dorf, in dem wir Rast gemacht haben."

Ahren seufzt und ich bin mir nicht sicher, was zur Hölle wir machen sollen.

„Verdammt, in Ordnung", brummt mein Bruder. „Du wirst die ganze Zeit über in der Kutsche bleiben. Wenn es schiefgeht, naja, dann sind wir sowieso alle ziemlich am Arsch."

Ihre Augen werden größer und sie ist von seiner Antwort erstaunt.

Einen schweren Atemzug ausstoßend lächele ich sie halbherzig an. „Dass du hier bist, ist eine wirklich schlechte Idee, kleiner Wolf."

Sie sieht mich lange schweigend an. „Nun, verfolgt zu werden ist es genauso. Ich gehe lieber auf Nummer sicher und gebe euch beiden gegenüber Jasion den Vorzug. Erschießt mich doch dafür, dass ich nicht im

Gefängnis enden möchte." Mürrisch wendet sie sich dem Fenster zu.

Nur hat sie leider keine Ahnung, wie falsch sie liegt. Sie hat sich mit uns auf eine Reise begeben, die unsere letzte sein könnte.

Ich weiß nicht, was ich fühlen soll.

Ganz offensichtlich freuen sie sich nicht, mich zu sehen, aber das ist mir egal. Ich möchte nicht zurückgelassen werden. Luther hat sich auf meine Seite herübergesetzt, während ich auf meinen angewinkelten Beinen sitze und mich gegen das Fenster der Kutsche lehne. Ich schaue zwar nach draußen, werfe aber Ahren, der diesen wütenden Gesichtsausdruck aufgesetzt hat, immer wieder einen Blick zu. Ich kann spüren, dass er mich beobachtet. Denkt er über unsere letzte gemeinsame Nacht nach oder darüber, was für ein Arsch er war, weil er heute Morgen nicht nach mir gesehen hat? Beide sind sie Idioten, weil sie sich ohne sich zu verabschieden auf eine gefährliche Reise begeben haben.

Wälder und Berge fliegen an mir vorbei und die Hälfte der Zeit kann ich noch immer nicht glauben, dass ich mich an einem so wunderschönen Ort befinde... Aber auch eine Rose hat Dornen, nicht wahr?

Plötzlich kommt die Kutsche zum Stillstand.

Ich setzte mich gerade auf meinem Sitz hin und rutsche herum. Ahren drückt die Tür auf der anderen Seite auf. Eine eiskalte Windböe strömt herein und beißt mir ins Fleisch. Er klettert nach draußen und die Kutsche beginnt zu wackeln.

Luther wendet sich ab, um auszusteigen, aber ich greife nach seinem Arm. „Hey, können wir reden?", frage ich.

Er hält inne, als würde er über meine Frage nach-denken, und setzt sich dann wieder hin. „Was ist es?"

„Ich verstehe, dass ihr beide sauer auf mich seid, aber ich habe bei Jasion ernsthaft Angst um mein Leben gehabt. Das ist der Grund, warum ich mitgekommen bin. Ich habe mir gedacht, dass ich euch helfen könnte, da ihr nur Zutaten oder so etwas für das Heilmittel abholt. Ich wusste nicht, dass wir zum Aschehof fahren."

„Diese Reise birgt viele Risiken, insbesondere für dich." Ein Hauch Blässe zeichnet sich auf seinen Wangen ab.

Mir kommen wieder Deimos erste Worte in den Sinn, die er zu mir gesagt hat, als wir damals vor dem Unseelie Schloss aufgetaucht sind.

Wenn sie uns auf ihrem Land entdecken, werden sie uns auf die schmerzhafteste Weise, die es gibt, töten.

Bei diesen Gedanken schießt mir eine weitere Erin-nerung durch den Kopf, an den Unseelie, der mich im

Fahrstuhl zuhause auf der Erde angegriffen hat, und an das, was er zu mir gesagt hat.

Der König des Aschehofs hat nach dir gerufen.

Warum würde der König diese Monster losschicken, damit sie mich an ihren Hof schleppen, wenn sie doch vorhaben, mich umzubringen?

„Meine Eltern leben dort", sage ich. „Könnte dies eine Chance für mich sein, herauszufinden, wer sie sind?"

Luther schüttelt seinen Kopf und lacht hysterisch, aber es ist ein falsches Lachen. „Hast du den Wunsch zu sterben?"

„Das ist nicht lustig. Mein ganzes Leben lang versuche ich schon die Wahrheit darüber herauszufinden, wer ich wirklich bin."

„Kleiner Wolf, hör genau zu. Wer auch immer deine Eltern sind, sie gehören nicht zu den freundlichen Feen. Ich würde meinen rechten Arm geben, um dir etwas anderes erzählen können, aber sie haben dich aufgegeben, damit die Magier dich als den Träger eines Fluchs missbrauchen konnten, um den Schattenhof zu zerstören."

Ich versuche seine Worte zu verdauen, aber sie sind wie ein Schlag in die Magengrube. Meine Eltern haben mich geopfert. Das ist, was er sagt. Ich war nicht wichtig genug.

„Warum haben sie mich dann zur Erde geschickt? Warum nicht einfach den Fluch entfesseln und damit abschließen? Warum ist es eine so ausgeklügelte Schau?"

Er fährt sich mit der Hand durchs Haar und eine

Weichheit zeichnet sich in seinem Gesichtsausdruck ab, als würde er mich bemitleiden.

„Ich möchte dein Mitleid nicht", stelle ich klar. „Hilf mir zu verstehen, was passiert ist."

„Die Unseelie wollten eine stete Erinnerung an den Fluch haben, mit dem sie uns belegten, und an die Drohung, ihn zu entfesseln, wenn wir uns ihnen nicht unterwerfen. Sie waren diejenigen, die von Anfang an Gerüchte über deine Prophezeiung gestreut haben, um alle zu verängstigen."

Ich nicke, mein Hals schwillt zu und ich schlucke den wachsenden Kloß herunter. „Ich bin also ein Niemand. Ein weggeworfenes Kind."

Mein Blick schweift ab und er berührt meine Hand, die in meinem Schoß liegt.

„Das ist nicht wahr."

Die Tränen davonblinzelnd sinkt mir mein Magen in die Knie. Bin ich wirklich nur eine Figur in einem Spiel zwischen zwei Königreichen? Meinen Kopf neigend blicke ich hoch zu Luther, dieser wunder-vollen Fee, die mich aus meiner selbstvergessenen Welt gerissen und hierhergebracht hat. „Vielleicht war es ein Fehler, mich ins Königreich der Irrfahrten zu bringen."

„Du hattest keine Wahl, kleiner Wolf. Die Spione vom Aschehof hatten dich gefunden. Es war die einzige Möglichkeit, wie ich dich aufspüren konnte, oder wir wären uns vielleicht nie über den Weg gelaufen."

„Warum würden sie mich dann immer noch töten, wenn ich in ihr Königreich zurückkehre? Ich habe doch den Auftrag, was auch immer der sein mag, den sie mir gegeben haben, erfüllt, oder? Warum heißen sie mich dann nicht auf ihrem Hof Willkommen zurück?“

Er seufzt laut hörbar und richtet seine Aufmerksamkeit auf das Fenster, ab von mir.

„Was weißt du?“ Meine Stimme senkt sich. „Bitte, Luther.“

Seine große Hand greift hinüber und streichelt die Seite meines Gesichts, aber heute habe ich keine Geduld, sodass ich ihn abweise. „Erzähl es mir!“

Er schnaubt energisch. „Wenn du stirbst, kann der Fluch nie wieder von unserem Königreich genommen werden. Wir werden für immer von den Blutverfluchten heimgesucht werden, bis auch die letzte Seelie Fee getötet wurde.“

Mein Kopf fühlt sich schwer an und meine Brust schmerzt. Ich werde von den schrecklichen Gedanken heimgesucht, dass meine eigenen Eltern mich benutzt haben und es jetzt kaum erwarten können, mich loszuwerden. „Der letzte Sargnagel. Scheiße!“

Er beginnt etwas zu sagen, doch ich höre nicht hin. Ich denke immer und immer wieder an das, was er mir erzählt hat und an alles, was mich an diese Stelle gebracht hat. Diese ganzen Informationen regen meine Neugier an. Wenn mich die Unseelie tot sehen wollen, nachdem ich den Fluch freigesetzt habe, warum haben sie mich dann ohne Erinnerungen zur Erde zurückgeschickt? Warum mich nicht an Ort und Stelle töten? Zur Hölle, warum haben sie mich nicht direkt als Kind umgebracht? Was übersehe ich?

Ein Teil der Antwort aber zieht sich wie ein Spinnennetz durch meinen Verstand.

Ich wische eine Träne, die sich in meinem Augenwinkel gebildet hat, weg und unterbreche Luther: „Ich denke, dass jemand am Aschehof versucht hat, mich zu retten. Vielleicht haben sie den Zauber versaut." Dann erzähle ich Luther von meinen Gedankengängen. „Warum sonst sollte ich meine Vergangenheit vergessen? Vielleicht, damit sie mich auf der Erde nicht finden können? Aber ich habe Glück gehabt, weil du und deine Brüder mich zuerst gefunden haben."

Seine Stirn legt sich in Falten, während er mit einem Finger über sein Kinn streicht.

„Denkst du, es könnten meine Eltern gewesen sein?", frage ich. „Vielleicht wurden sie dazu gezwungen, mich aufzugeben." Ich spüre, wie die Hoffnung in meiner Brust wächst.

„Ach, kleiner Wolf." Luther lässt den Kopf hängen und nimmt mich in den Arm.

In seiner Umarmung werde ich weich und atme seinen hölzernen, maskulinen Duft ein, in dem eine Note der Klementine, die er zum Frühstück gegessen hat, liegt. Er hält mich ganz fest und ich fühle mich bei ihm in Sicherheit.

„Was ist los?" Ahrens Worte unterbrechen den Augenblick.

Ich löse mich von Luther und bemerke, wie er uns von außerhalb der Kutsche beobachtet. Eigentlich habe ich Eifersucht erwartet, aber er blickt uns voller Bewunderung an. Ich habe mich in diesen Prinzen seit dem Tag, als ich sie zum ersten Mal getroffen habe, geirrt. Sie alle bringen mich mit ihren Emotionen und Reaktionen durcheinander.

„Wo gehen wir hin?" Ich blicke aus dem Fenster und kann außer Wald nichts erkennen.

Ahren streckt mir seine mit einem Handschuh bedeckte Hand entgegen.

Ich stemme mich aus Luthers Armen und nehme die mir von Ahren angebotene Hand, um hinaus in die Kälte zu klettern. Rasch ziehe ich meinen Mantel fester um mich herum und blicke auf den gigantischen Zaun aus Bronze, der kunstvoll mit Strudelmustern verziert ist. Die Tore öffnen sich für uns und machen den Blick auf eine Schotterstraße frei. Weitere Baumgruppen erstrecken sich über das Land hinter den Toren.

Ein Mann in einem schwarzen Mantel und einem Hut, den er sich tief in das Gesicht gezogen hat, winkt uns zu, damit wir zu ihm kommen.

„Wo sind wir?"

„Lockinge, ein kleines Dorf, das dem Schattenhof die Treue geschworen hat. Wir sorgen für ihren Schutz und für alles andere, was sie brauchen", erklärt Luther. „Im Austausch beliefern sie uns mit Informationen zu allem, was sie in den Wäldern beobachten. Die meisten, die hier leben, sind Kundschafter oder Waldhüter."

„Was ist das?"

„Feen, denen man die Aufsicht über den Wald und seine Tiere aufgetragen hat."

„Also so etwas wie Förster. Das ist wirklich beeindruckend."

„Ihr zwei geht vor", ordnet Ahren an. „Ich bringe die Kutsche und die Pferde nach drinnen."

Luther und ich gehen voran und der Schnee knirscht bei jedem Schritt unter unseren Füßen. „Ist dieses Dorf dem ähnlich, in dem wir Rast gemacht haben, als wir auf dem Weg ins Königreich waren?"

Er schüttelt den Kopf. „Nicht im Geringsten. Hier arbeiten die Leute zum Wohle der Feen und wir sind immer ohne Gegenleistung willkommen."

Es wärmt mir das Herz zu hören, dass wir zur Abwechslung mal nicht ständig über die Schulter blicken müssen.

„Die Taverne hier im Dorf serviert den besten Hirscheintopf und frisches Mohnbrot."

Bedenkt man, dass ich noch nichts gegessen habe, bin ich bereit, alles zu verzehren, was sie mir vorsetzen. „Klingt gut. Ich verhungere."

Luther läuft aufrecht neben mir her. So wie er sich bewegt kann man mit Einfachheit deuten, dass er königlich ist. Er richtet den Kragen seines dunkelblauen Mantels auf und wir schreiten rasch den Weg entlang, um dem eiskalten Wind zu entkommen.

Vor uns liegt eine kleine Holzhütte mit einem Spitzdach. Sie ist in einem dunklen Grünton gestrichen. Es gibt eine Eingangstür und zwei Fenster, dazu einen Schornstein, der Rauch von der Feuerstelle spuckt. Zwischen den Bäumen entdecke ich noch weitere Häuschen wie dieses hier, aber niemand ist hier und ich kann es ihnen nicht verübeln. Es ist so kalt.

Luther führt mich zu einer weiteren großen Hütte. Keine Fenster, nur eine massive Bogentür.

Ich blicke zurück, kann aber kein Anzeichen von Ahren erkennen. „Denkst du, dass dein Bruder zurechtkommt? Vielleicht sollten wir auf ihn warten?"

„Er ist mehr als fähig. Außerdem muss er den Anführer des Dorfs treffen.“

Luther scheint wegen der Feen, die hier leben, nicht besorgt zu sein, also atme ich durch. „Das klingt nicht, als ob es Spaß macht“, antworte ich.

„Nicht so viel Spaß, nein. Nicht, wenn es königliche Pflichten und Etikette betrifft.“

Eine Wand aus Hitze erschlägt uns in dem Moment, als wir Fuß in das Gebäude setzen. Reihen langer, hölzerner Tische und Bänke füllen den großen Raum. Auf einer Seite gibt es eine Theke wie in einer Bar und eine Tür, die, wie ich vermute, in die Küche führt. Auf der anderen Seite wurde ein gewaltiger Kamin aus schwarzem Stein gebaut und die Flammen tanzen und knistern darin.

Der Mann hinter der Theke hebt sein Kinn in unsere Richtung und sein Mund öffnet sich. Dann beugt er den Kopf, legt das Geschirrtuch in seiner Hand ab und eilt zu uns herüber, während er die Hände an seiner weißen Schürze abtrocknet.

„Eure Hoheit“, sagt er. „Mir war nicht bewusst, dass Sie uns heute einen Besuch abstatten würden.“

„Bracken“, grüßt Luther ihn. „Es ist schön, dich wiederzusehen. Wie lange ist es her?“

„Zwei Jahre.“ Er hebt seinen Kopf um den Prinzen anzusehen und bemerkt mich nicht mal. In den Augen dieser Fee lässt sich Bewunderung erkennen, als würde sie den Prinzen anhimmeln. „Der König hat uns zwar vor einigen Monaten mit seiner Gegenwart beehrt, aber es ist wundervoll, dass Sie sich zu uns gesellen. Bedauerlicherweise lässt dieses Wetter keinen Jagdwettbewerb wie bei Ihrem letzten Besuch zu."

Luther bricht in schallendes Gelächter aus und schlägt dem Mann auf die Schulter. „Ich glaube, diese Runde geht an dich. Möchtest du wirklich solch eine Peinigung nochmal über die Dorfbewohner bringen?"

Sein Lächeln wird breiter und es ist ansteckend, da ich mich selbst auch beim Grinsen erwische. „Da haben Sie Recht, Eure Hoheit. Nun setzen Sie sich bitte. Ich hole heißen Eintopf und Brot für Sie beide." Der Mann wendet sich ab und eilt auf die Hintertür zu.

„Bring uns drei Portionen", ruft Luther ihm nach. „Mein Bruder Ahren wird uns Gesellschaft leisten."

Brackens Augen fallen ihm fast aus dem Kopf und er hüpft praktisch auf Zehenspitzen. „Aber selbstverständlich."

Luther knöpft seinen eingeschneiten Mantel auf, bevor er ihn auszieht und an einem der Dutzend Kleiderhaken an der Wand hinter der Vordertür aufhängt. Ich folge seinem Beispiel.

Er grinst, als er auf mich herabblickt. „Was?"

„Schwärmt denn jeder für dich?"

Er beugt sich herab und flüstert: „Die einzige Fee, von der ich mir wünsche, dass sie vor mir auf die Knie fällt, bist du." Er zwinkert und erinnert mich daran, was er für eine Wirkung auf mich hat. Mein Herz schlägt schneller, wenn er so mit mir flirtet. Ich mag mich vielleicht nicht an unsere Vergangenheit erinnern, aber was ich jetzt verspüre ist ein Sturm der Emotionen und Anziehung zu dieser Fee. Ich habe mein Bestes versucht, ihn von mir zu stoßen, bis ich meine Gedanken sortiert habe. Mache ich mir selbst denn was vor? Der Anziehungskraft zwischen uns kann man unmöglich widerstehen.

Gott, alles woran ich jetzt denken kann, ist Luthers Anmerkung in der Kutsche darüber, dass sie alle mit mir zusammen sein wollen. Es gab kein Anzeichen von Eifersucht. Bedeutet das also, dass sie mich teilen wollen? Es sollte mir Angst machen, wie sehr mir der Gedanke gefällt, dass drei Prinzen über mich herfallen. Mit einem Mal ist mir furchtbar heiß.

Ohne meine Antwort abzuwarten führt mich Luther an einen Tisch ganz hinten und setzt sich mit dem Rücken zur Wand dort hin. Ich setze mich auf die Bank ihm gegenüber.

„Was hast du beim Jagdwettbewerb gemacht?", frage ich aus purer Neugier, und um meine Gedanken wieder auf den Weg der Tugend zu bringen. In dieser Taverne herrscht so eine ruhige Stimmung, im Vergleich zu der letzten, in die die Frauen hineingetragen werden mussten, oder Freiwild für alle Männer dort gewesen sind. Mein Blut kocht direkt wieder bei dem Gedanken daran, dass die Frauen dort nur für das Eine gut waren.

„Wildschweinjagd", antwortet Luther, während er den Ärmel seines silbrig blauen Hemds hochkrempelt, um mir eine verheilte Narbe in der Länge meiner Handfläche zu zeigen. „Der Bastard hat mich erwischt, aber ich habe es ihm gezeigt. Später an dem Abend hat er wirklich köstlich geschmeckt."

Die Tür öffnet sich quietschend, lässt einen eiskalten Windstoß herein und zieht meine Aufmerksamkeit auf sich. Ahren tritt ein und sieht uns. Ich kann nicht aufhören ihn anzustarren, während er seinen Mantel an der Garderobe aufhängt und wie ein Gott auf uns zu schlendert.

Breite Schultern und so mächtig. Er ist ganz in Schwarz gekleidet. Sein weißes Haar fällt unordentlich um sein zauberhaftes Gesicht und seine grünen Augen glänzen wild. Seine Schönheit erleuchtet jedes Zimmer, das er betritt, und ich würde lügen, wenn ich sage, dass er mich nicht genauso in seinen Bann zieht wie Luther und Deimos. Mein Körper reagiert intensiv auf sie, mein Herz rast und mein Innerstes brennt. Trotzdem ist er anders als seine Brüder... Immer ernst und er muss alles unter Kontrolle haben. Unsere gemeinsame Nacht hat eine andere Seite an ihm offenbart... Eine Seite, nach der ich mich gesehnt habe.

Ich drehe mich um und merke, dass Luther mich beobachtet. Er hat einen markanteren Unterkiefer, ist robuster und unglaublich sexy.

„Habt ihr etwas zu essen bestellt?", fragt Ahren, während er sich neben mich setzt.

„Natürlich haben wir das", antworte ich und schaue wieder zu Luther, der einen seltsamen Gesichtsausdruck hat, als würde er mir gleich eine Frage stellen.

Ich kneife meine Lippen in seine Richtung zusammen und sage: „Was?"

Letzte Nacht hast du Ahren erlaubt, dich zu nehmen. Seine Worte blitzen in meinen Gedanken auf. *Heute Nacht gehörst du mir.*

17

GUEN

*L*uther grinst mich so sexy an, dass mich ein Zittern in Richtung meiner intimsten Stelle durchfährt und mich genau zwischen meinen Schenkeln trifft. Mit nur wenigen Wörtern lässt er die Erregung in mir aufsprudeln.

Heute Nacht gehörst du mir.

Der Ausdruck in seinen Augen gehört einem Mann, der bereit ist, den Tisch zwischen uns wegzustoßen und mich über seine Schulter zu werfen.

Ich schlucke heftig und blicke zu Ahren hinüber, der den Raum betrachtet und der sexuellen Spannung, die dabei ist, mich in ein feuchtes Etwas zu verwandeln, keine Aufmerksamkeit schenkt.

Du bist so süß, wenn du aus der Ruhe gebracht wirst.

Mein Blick auf Luther verengt sich, um ihm zu zeigen, dass ich keine leichte Beute bin, nur weil er mich verführerisch ansieht.

Als wir uns ansehen, wird sein Grinsen breiter und keiner von uns bewegt sich. Mir fehlen die Worte.

Luther mag mich. Mehr als nur Mögen, das weiß ich. Ich fühle mich wie verrückt zu ihm hingezogen, er entzieht sich mir aber, seit wir im Herrenhaus eingetroffen sind. Ich kann mich nicht erinnern, warum ich so stark für ihn empfinde. Dadurch bin ich nicht weniger in ihn verknallt. Wir haben einfach bisher keine Möglichkeit gehabt, so viel Zeit zusammen zu verbringen, wie ich sie mit Ahren und Deimos hatte.

Vor langer Zeit trafen sich Dunkelheit und Licht und erschufen eine Schönheit... Eine Schönheit, die diese Welt zerstören wird.

Ich schüttele leicht den Kopf, um zu signalisieren, dass ich ihn nicht verstehe.

Ein Sprichwort der altertümlichen Feen. Es erinnert mich an dich. Jedoch haben sie sich geirrt. Du bist die Schönheit, die diese Welt retten wird.

Er ist definitiv ein Schmeichler.

Ahren steht vom Tisch auf. „Ich bestelle die Getränke. Hier gibt es keine Bedienung."

„In Ordnung", sage ich.

Er durchquert den Raum ohne sich umzublicken.

„Warum hast du mir nichts gesagt?", fragt Luther sofort mit tiefer Stimme. „Wegen Ahren und dir?"

Ich wende mich ihm wieder zu. „Hat er es dir erzählt?"

Mit dem Neigen seines Kopfs ertönt Luthers Stimme in meinen Gedanken. *Brüder erzählen sich alles.*

Die Hitze steigt mir am Hals hiauf und kriecht über meine Wangen. Wie viel hat Ahren wirklich erzählt? Wie oft er mich zum Orgasmus gebracht hat?

Hat er einfach nur geprahlt? Mir ist aufgefallen, dass die Feen dazu neigen, selbst die kleinsten Dinge zu übertreiben.

„Es ist einfach passiert", flüstere ich und meine Atmung wird flacher. „Was möchtest du von mir hören? Dass es mir leidtut? Ich werde mich nicht entschuldigen." Etwas stimmt mit mir nicht, aber mein Herz schlägt zu schnell, um anzuhalten. Außerdem möchte ich mich nicht für etwas entschuldigen, das ich genossen habe. Und es ist mir auch egal, wie es mit Ahren und mir steht. Wir haben seit letzter Nacht nicht mehr richtig miteinander gesprochen. „Ich bin mir sicher, es war ein einmaliges Ding. Du musst keine große Sache daraus machen."

Seine Augen verdunkeln sich. Sicher, er ist groß, attraktiv und gottverdammt höllisch sexy, ganz zu schweigen davon, dass er ein Charmeur ist. Aber dadurch ist er nicht weniger ein Arsch, mich anzugrinsen, während ich versuche mich herauszuwinden.

Er blickt auf, mir über die Schulter und zurück zu mir. „Einmaliges Ding? Das ist nicht, was Ahren gesagt hat."

Mein Magen sackt mir geradewegs durch in die Knie. „W-Was hat er gesagt?"

Ein Funken des Ehrgeizes lodert in seinem Blick auf.

Genau in diesem Moment kommt Ahren zurück und stellt drei Holzbecher auf dem Tisch ab. Tropfen roten Weins schwappen über den Rand und auf die Tischplatte.

Wieder an die Nacht denkend, in der ich mit dem

König getrunken habe, sage ich: „Danke, aber ich verzichte."

„Es ist kein Wein, kleiner Wolf", murmelt Luther. „Es ist Beerensaft, der dafür bekannt ist, die Potenz zu steigern." Er lacht laut los, während Ahren seinen Kopf schüttelt, aber auch lacht.

Ich rolle mit den Augen und schiebe meinen Becher weg. Luther trinkt seinen in einem Zug aus, nimmt dann meinen und macht ihn auch leer, ohne seinen Blick von mir abzulassen. Oh, ich weiß genau was er denkt, auch ohne, dass er es ausspricht.

Alles für dich, kleiner Wolf.

Am liebsten würde ich ihm dieses Lächeln aus dem Gesicht schlagen. Er ist so ein Besserwisser heute.

Bracken erscheint mit einem Tablett an unserem Tisch und stellt Schüsseln mit Eintopf vor uns ab, zusammen mit einem Weidenkorb gefüllt mit in Scheiben geschnittenem Brot und Butter. Für mich lässt er noch einen Becher mit Wasser da. Ein anderer Kellner, ein junger Mann mit kurzem dunklem Haar und gesenktem Kopf, gesellt sich zu uns und bringt große Kelche voller Wein für die Prinzen.

„Zum Wohl. Es gibt noch reichlich mehr davon." Bracken reicht uns Löffel und ein Messer für die Butter und verbeugt sich, bevor er und der andere Kellner uns in Ruhe lassen.

„Dankeschön, Bracken", antwortet Ahren, bevor er sich seinem Essen widmet und mit dem Löffel im Eintopf herumrührt. Ganz sachlich spricht er zu Luther und mir: „Wir brechen bei Sonnenaufgang auf und sollten gegen Mittag am Aschehof eintreffen."

Ich blicke auf mein Essen herab und nehme einen Löffel voller Fleisch und Kartoffeln. Dickflüssig und stark gewürzt erfüllt der deftige Geschmack meine Sinne, und ich könnte schwören, dass ich wieder zuhause bei meiner Stiefmutter bin und eins ihrer hausgemachten Gerichte verzehre. „Das ist so gut."

„Versuche es mit dem Brot", schlägt Luther vor und reicht mir ein großzügig mit Butter beschmiertes Stück. Ich nehme einen Bissen und stöhne. Es ist noch warm, salzig und cremig.

„Hab dir doch gesagt, dass es gut ist."

Wir essen alle ohne zu sprechen, bis unsere Schüsseln leer sind. Ahren bestellt eine weitere Runde und ich schäme mich nicht, zuzuschlagen. Als die Prinzen aber eine dritte Runde und einen weiteren Laib Brot anfordern, schüttele ich mit dem Kopf.

„Das ist das beste Gericht, das ich seit Langem hatte." Dann nehme ich einen Schluck von meinem Wasser.

Ahren blickt zu mir herüber, hält inne und ich kann sehen, wie sich die Zahnräder hinter seinen Augen drehen. „Dieses Dorf ist sehr sicher, Guendolyn", deutet er an. „Vielleicht ist es doch keine so üble Idee, dass du hierbleibst, bis wir zurückkommen?"

„Nein!", sagen Luther und ich gleichzeitig.

Ahren sieht seinen Bruder grimmig an, ich aber bin froh, dass mir jemand zustimmt.

„Im schlimmsten Fall", beginne ich, „kann ich versuchen, ein Portal für uns zu öffnen, durch welches wir fliehen können."

„Deimos ist aber nicht hier, um dir dabei zu helfen", entgegnet Ahren schnippisch.

„Sie hat aber das Portal für die kleinen Feen aktiviert und verschlossen, ohne dass Deimos sie geküsst hat." Luther nimmt mir die Worte aus dem Mund.

„Ich muss mich nur konzentrieren."

Ahren fragt, ein wenig zu lautstark: „Wenn du ein Portal öffnest, wie willst du es schnell wieder schließen?"

„Nun, ich habe einen kleinen Trick von der blauen kleinen Fee gelernt, wenn es darum geht, ein Portal zu schließen. Ich denke, dass dies funktionieren wird."

„Du denkst?", fragt Ahren.

Ich zögere keinen Augenblick und antworte: „Wenn wir an den Punkt kommen, dass wir ein Portal benöti- gen, sind wir doch sowieso erwischt worden, oder? Das hast du in der Kutsche gesagt. Dann sind wir am Arsch. Für mich ergibt es Sinn, dass ich euch zum Aschehof begleite."

„Zur Hölle, nein", gibt Luther scharf zurück.

Verräter. Ich blicke ihn intensiv an und er zwinkert zurück. In meinem Magen kitzelt etwas.

Ahren brummt und Schatten zeichnen sich unter seinen Augen ab. „In Ordnung, du kannst uns auf der Reise begleiten, aber du wartest in der Kutsche. Keine Kompromisse, was das angeht."

Ich zucke mit den Schultern. „Gut." Besser als in einem seltsamen Dorf ausgesetzt zu werden.

Die Prinzen sind gerade mit dem Essen fertig, als Bracken zurückkommt. „Eure Hoheiten", sagt er sich verbeugend. „Wir haben ein Haus zum Übernachten für Sie vorbereitet. Es ist das dritte Gebäude hinter uns im Wald."

„Dankeschön", antwortet Ahren. In seiner Stimme und seiner steifen Haltung spiegelt sich seine Förmlichkeit wider. „Du warst zu gut zu uns."

„Da wäre eine Kleinigkeit, die ich gerne mit Ihnen besprechen würde. Der König, seine Majestät, hat versprochen, uns mit Pferden und zusätzlichen Arbeitern zu versorgen." Bracken verzieht das Gesicht. „Es tut mir leid, dies zur Sprache bringen zu müssen, aber die Lieferung hat sich nun schon um nahezu acht Wochen verzögert."

„Nun, das ist mein Stichwort, die Dame auf ihr Zimmer zu bringen", sagt Luther, steht auf und bedeutet mir, ihm zu folgen. „Danke für alles, Bracken. Ich werde dich diese Themen mit Ahren besprechen lassen."

Ich stehe auf und steige über die Bank. „Danke", sage ich zu der Fee, bevor ich kurz zu Ahren blicke. Er blickt dem Mann in die Augen, mit diesem stoischen, majestätischen Ausdruck in seinem Gesicht und gestrafften Schultern.

Luther führt mich durch das Zimmer. Wir holen unsere Mäntel und ich schlüpfe, während wir hinauslaufen, in meinen hinein.

Der eiskalte Wind lässt mich zittern. Luther schließt die Tür und nimmt meine Hand, um mich um die Seite des Gebäudes herumzuleiten. Die Nacht hat ihre Flügel über der Landschaft ausgebreitet und das einzig Sichtbare ist eine flackernde Fackel in der Ferne.

„Schnell", sagt Luther mit scharfer Stimme.

Ich lege einen Arm um meinen Bauch und halte den Kopf gebückt, während wir entlang eines Pfads zwischen den Bäumen hindurch huschen. Wir kommen an zwei Häusern vorbei, aus deren Fenstern grelles Licht strahlt, bevor wir endlich eine dunkle Hütte erreichen. Luther stemmt die Tür auf und winkt mich herein.

Wärme begrüßt mich. Sie legt sich in Sekundenschnelle um mich und vertreibt die Kälte, die sich an meine Haut geklammert hat.

Die Tür schließt sich dumpf und ich betrete ein großes Zimmer. Der Kamin flutet den Raum mit Hitze und Licht. Über dem Sims befindet sich ein Gemälde eines Königs, der auf einem schwarzen Hengst sitzt.

Vor dem Feuer steht ein langes Sofa mit zwei dazu passenden Sesseln auf jeder Seite. Ich würde sagen, ohne Fernseher ist der Kamin die beste Unterhaltung fürs Wohnzimmer, die sie in dieser Welt haben.

„Es sieht nett aus hier", sage ich.

Luther schlüpft aus seinem Mantel und hängt ihn am Haken nahe der Tür auf, daher knöpfe ich meinen auch auf und gebe ihm ihn, um mir dann meine durchnässten Stiefel auszuziehen. Er hält es genauso.

In Richtung des Feuers gehend halte ich auf den flauschigen, braunen Teppich zu.

Zwei Türdurchgänge führen vom Hauptzimmer fort zu einer Küche und einem Schlafzimmer. Es scheint, als würden wir heute Nacht das Bett teilen, und bedenkt man wie kalt es ist, habe ich kein Problem damit. Nun, und dann ist da noch die Tatsache, dass ich die Zeit mit zwei unglaublich attraktiven Feen verbringen werde.

Luther stellt sich hinter das Sofa und der Blick seiner bernsteinfarbenen Augen durchdringt mich. Mein Herz schlägt wie wild. Ich würde lügen, wenn ich behaupten würde, dass ich meine Reaktion auf ihn nicht mag. Wenn überhaupt, möchte ich mehr.

Ja, wir haben eine Vergangenheit, an die ich mich nicht erinnere, obwohl ich mich verzweifelt danach sehne...

Das aber kann ich nicht ändern und ich kann auch meine wachsende Zuneigung zu ihm nicht ignorieren.

„Wie hat es dir geschmeckt?", fragt er, um die Stille zu durchbrechen.

„Sehr gut", antworte ich. „So etwas könnte ich fast jeden Abend essen."

Mit seinen Händen greift er nach der Sofalehne. „Ich habe unsere Köche zuhause im Schloss gebeten, es nachzukochen, aber irgendwie gelingt es ihnen nicht so richtig. Genau wie das Beerengetränk, das dir entgangen ist, kleiner Wolf, aber ich kann eine Flasche für unsere Reise mitnehmen."

Ich schüttele den Kopf und bewege mich nicht vom Kamin weg, da mein Rücken so schön angenehm warm ist. „Nein danke, mir reicht Wasser. Das letzte Mal, als ich etwas getrunken habe, das ich nicht kannte, hat sich mein Kopf gedreht." Ganz zu schweigen von Ahrens Bett.

Er zieht einen Mundwinkel nach oben. „Gedreht wie ein Riesenrad?"

Ich erstarre und erinnere mich an den Traum, in

dem Luther ein Riesenrad für mich gebaut und sich all diese Arbeit gemacht hat. Es ist mir nicht möglich ein Lächeln zu unterdrücken. „Letzte Nacht habe ich geträumt, dass du mir etwas in den Wäldern gezeigt hast, was du für mich gebaut hast. Du hast darauf bestanden, dass es aufgrund dessen, was ich dir erzählt habe, ein Riesenrad ist."

Seine Augen werden größer und in ihnen zuckt ein feuriger Schein. „Du erinnerst dich an unsere Vergangenheit?" Er richtet sich auf und ist aufmerksam.

Ich hebe eine Hand und möchte ihm nicht ein falsches Gefühl von Hoffnung vermitteln. „Es waren nur ein paar Fetzen in meinen Träumen über meine Vergangenheit im Königreich. Ein Puzzle, das ich noch immer nicht zusammengesetzt habe."

Er tritt hinter dem Sofa hervor und kommt auf mich zu. „Das sind fantastische Neuigkeiten." Er blickt mich an, als würde er augenblicklich in Freude ausbrechen, was mich innerlich strahlen lässt.

„Kannst du mir mehr von der Szene aus meinem Traum erzählen?", frage ich.

Sein Lächeln ist ansteckend und er lässt sich auf der Armlehne des Sofas nieder, mit einem Fuß auf dem Sitzkissen und seinem Arm übers Knie gelegt. „Bevor wir uns getroffen haben, habe ich schon eine lange Zeit davor mit dir in deinen Gedanken gesprochen. Wir haben uns über Dinge, die du magst, unterhalten, über deine Ängste, deine Träume, sogar über andere Kerle an deiner Schule, die du bewundert hast."

„Das haben wir?" Ich muss schlucken und bin mir nicht sicher, was ich sagen soll. Ob ich gedacht habe, dass ich mit einer Stimme im Kopf verrückt werde? War das der Grund dafür, dass ich ihm damals so viel erzählt habe? Ich fühle mich jetzt etwas bloßgestellt, da er so viel über mich, ich aber kaum etwas über ihn weiß.

„Und eine Nacht hast du mir von einem Riesenrad erzählt." Er fängt an zu lachen, als würde er sich die Unterhaltung in Gedanken vorstellen, und ich kann nicht anders, als zu grinsen. „Du hast es mir beschrieben und mir gesagt, dass Pärchen sich dort immer küssen. Als ich dich dann endlich gefunden und das erste Mal hierhergebracht habe, habe ich also eins für dich gebaut." Er lacht noch lauter und die Geräusche, die er von sich gibt, gehören zu den besten, die ich je gehört habe.

„Weißt du, als ich zum ersten Mal den Ausdruck ‚Riesenrad' gehört habe", sagt er, „dachte ich, dass er entweder eine Waffe oder ein Sexspielzeug ist."

Ich kann es nicht unterdrücken und breche in schallendes Gelächter aus. Dies waren seine einzigen zwei Möglichkeiten? „Ich nehme also an, du hast es als einen Grund, mich zu küssen, gebaut?"

Er betrachtet mich mit zur Seite geneigtem Kopf. „Es hat funktioniert." Er wirft mir einen Luftkuss zu und meine Knie zittern unter mir. Ich bin es nicht gewohnt, dass so attraktive Männer mit mir flirten. „Ich glaube, du hast gesagt, dass ich die Sache mit dem Rad nicht so ganz verstanden hätte. Für diesen Kuss war es das aber wert."

Ein Teil von mir wünscht sich, dass er mich küsst. Um zu sehen, ob etwas in mir funkt, da ich mich an mehr von dieser Fee und unserer Vergangenheit erinnern möchte. „Die Erinnerungen, die du beschreibst, klingen unglaublich."

„Weißt du, unsere Unterhaltungen haben dazu geführt, dass ich mich in dich verliebt habe, ohne dich je gesehen zu haben."

Sein Geständnis raubt mir den Atem und Kummer nagt an mir, bei dem Gedanken daran, dass ich diesen Teil von ihm verpasst habe. „Wirst du mir mehr von unserer Vergangenheit erzählen?"

„Natürlich."

„Und über deine Fähigkeit. Es gibt so viel, was ich wissen möchte. Kannst du dich jederzeit bei irgendjemandem in die Gedanken einklinken, auch bei Tieren? Was ist mit den kleinen Feen?"

Er hebt eine Augenbraue, überrascht von meinen Fragen. Sein Blick gleitet über mich und ich habe Schmetterlinge im Bauch, die mit ihren Flügeln schlagen. In seinem Gesichtsausdruck lässt sich Interesse erkennen, so als hätte ich endlich eine Tür zwischen uns aufgestoßen.

Ich zerbreche mir den Kopf, um etwas zu finden, das ich sagen kann. „Ich habe deinen Hund kennengelernt, Sir Wolf-A-Lot. Er ist liebenswert, insoweit man das von einem Höllenhund als Haustier sagen kann."

„Ich möchte mich nicht über Höllenhunde unterhalten." Luther steht auf, kommt in meine Richtung und sieht dabei aus, als ob er sich nur auf mich konzentrieren möchte. Ich beobachte jede seiner Bewegungen, bis er vor mir steht. Ohne meine Schuhe komme ich mir neben ihm so klein vor und ich muss meinen Kopf weit zurücklegen.

Er packt mich am Handgelenk und zieht mich zu sich. Meine Hand hebt und legt sich flach auf seine harte Brust. Mein Innerstes kitzelt. Wir blicken uns gegenseitig in die Augen und seine Aufmerksamkeit richtet sich auf meine Lippen, auf denen ich herumkaue. „Wie fühlt sich meine Berührung für dich an? Kommen Erinnerungen ans Licht?"

„Nein."

Sein Gesichtsausdruck wird sanfter. Vielleicht ist es an der Zeit, dass ich mich damit abfinde, dass ich mich nicht an meine Vergangenheit erinnern werde. Mit Luthers Hilfe kann ich aber versuchen, sie zu rekonstruieren.

Als er wieder hochsieht, legt er seine Hand an mein Gesicht, beugt sich langsam vor und küsst mich.

„Und das?"

Mein Atem stockt und meine Knie geben unter mir nach. Zur Hölle, ich bin kurz davor in Ohnmacht zu fallen. „Nein, nichts. Ich denke, wir müssen es weiter versuchen."

Er blickt mir in die Augen bevor er wieder den Kopf senkt und seine Lippen sanft gegen meine schmiegt. Mein ganzer Körper vibriert.

Seine Zärtlichkeit führt dazu, dass ich mich verliere. Ich küsse ihn zurück, unsere Münder sind aufeinandergepresst und unsere Zungen tanzen. Ich will ihn so sehr und vergesse alles um mich herum, vielleicht sogar meinen Namen. Eine Hand fährt durch mein Haar und er küsst mich noch intensiver. Ich klammere mich an seinem Hemd fest und ziehe ihn näher an mich heran, halte ihn ganz nah bei mir. Die harte Kontur seines Penis zeichnet sich durch seine Hose ab und schmiegt sich an mich.

„Du bist atemberaubend", flüstert er.

Sein Kuss berauscht mich und entführt mich in eine andere Welt, so weit weg von der Realität, dass es sich anfühlt, als würde ich in Ohnmacht fallen, wenn er mir von der Seite weicht. Meine Gefühle für ihn überwältigen mich, stürzen auf mich ein. Ich brenne innerlich, als hätte die Sonne in meinem Innersten Einzug gehalten.

Er unterbricht unseren Kuss, wir stehen uns gegenüber und meine Stirn berührt seine.

„Um ehrlich zu sein, kleiner Wolf, weiß ich überhaupt nicht, ob ich der Richtige für dich bin. Irgendetwas zu versprechen ist ein Desaster, das nur darauf wartet, zu passieren. Wir entstammen verfeindeten Höfen und es wird uns nie erlaubt sein, zusammen zu sein", gibt er zu und seine Worte schlagen sich wie Fangzähne in mein Fleisch.

Mein Magen verkrampft. Warum sagt er das?

Er fährt fort. „Ich kann dich nicht dazu bringen, dich an mich zu erinnern, aber wenn dich zu haben bedeutet, die Gesetze der Königreiche zu brechen... würde ich alles riskieren, um dich zu behalten."

Sein warmer Atem streichelt über mein Gesicht und seine Worte legen sich um mein Herz. Ein Schmerz schwillt in meiner Brust an, bei dem Gedanken daran, dass jegliche Zukunft, die ich mit den Prinzen haben könnte, auf Dornen und Schmerz

gebettet ist. Als ich Luther aber in seine dunklen, bernsteinfarbenen Augen blicke, lädt er mich ein, meinem
Herzen zu folgen. Mir sind dumme Regeln egal, es
zählen nur meine Gefühle für diese drei Prinzen, die
mit jedem Tag, der vergeht, stärker werden.

„Luther, ich..." Es fällt mir schwer die richtigen
Worte zu finden. „Das ist süß von dir."

„Wir haben uns endlich vor zwei Jahren kennengelernt, aber ich wusste nicht, wie viel du mir bedeutet
hast. Nicht, bis du vor zwei Jahren über die Schwelle
des Aschehofs getreten und aus meinen Armen
verschwunden bist." Er gibt mir einen Kuss auf die
Nase.

„Ahren hat mir gesagt, dass du dir selbst Vorwürfe
machst, mich hergebracht zu haben", murmele ich.

Er blickt mich an, aber es zeichnet sich keine Reaktion auf seinem Gesicht ab.

„Was ich mir zu Schulden habe kommen lassen, ist,
dass ich dich nicht stärker beschützt habe, als ich dich
in unser Königreich gebracht habe. Einer der Unseelies
hat sich eines Nachts in unser Herrenhaus geschlichen
und dich zum Aschehof gelockt. Sie haben geplant,
dass du die Schwelle zu ihrem Hof übertrittst, um dich
dann zu töten. Ich bin dir gefolgt, aber alles ist so
schnell geschehen." Er seufzt schwer und Schatten
bilden sich unter seinen Augen. „Ich habe versucht
dich zu retten, aber du hast während der Schlacht den
Aschehof betreten und der Fluch wurde freigesetzt.
Dann bist du aus meinen Armen und zurück auf die
Erde verschwunden."

Danach werden wir still und mir ist es schwer ums

Herz, als ich den Schmerz in seiner Stimme vernehme. Er hat die vergangenen zwei Jahre damit gelebt. Ich weiß nicht, wie ich ihn trösten kann, wenn ich mich nicht mal an die Vorkommnisse erinnern kann. Mit den Träumen, die ich gehabt habe, und den Informationen von Luther beginne ich die Puzzlestücke zum Mysterium meiner Vergangenheit zusammenzusetzen.

Ich lege meine Hände um sein Gesicht, küsse ihn und würde ihm am liebsten seinen Schmerz nehmen. Die Wand, die ich versucht habe, zwischen uns aufzubauen, stürzt zu meinen Füßen ein. Ich sollte mich hier nicht hineinstürzen, aber ich möchte, dass der Schmerz aufhört. Ich möchte irgendwie spüren, dass ich hierhergehöre.

Dieses Mal erwidert er hungrig meinen Kuss und lässt seine Hände an meinem Rücken herabgleiten, was mich mit jeder Berührung heißer macht. Seine Finger suchen sich ihren Weg unter meine Kleidung und fahren um meine Hüfte herum zur Vorderseite meiner Hose. In unserem Zusammenkommen liegt eine Verzweiflung. Wir möchten beide die Last, die auf unseren Schultern liegt, erleichtern.

Durch seine Berührung schnappe ich nach Luft und mein Körper bebt. Er öffnet die Knöpfe und beginnt die Hose an meinen Hüften hinunterzuziehen. Wir lösen uns voneinander und ich blicke zur Tür hinüber. Was, wenn Ahren hereinkommt?

„Sollten wir das tun?", frage ich.

„Scheiße, es ist mir egal, wo das hinführt, kleiner Wolf. Ich brauche dich."

Ich kann in der Attraktivität seines Blicks ertrinken

und mein ganzer Körper zittert vor gesteigertem Verlangen. Es ist mir egal, wenn Ahren uns erwischt. Er kann sich sogar zu uns gesellen. Also schiebe ich meine Hose und Unterwäsche hinunter und steige aus ihnen heraus. Ich biete mich Luther an. Ich will ihn.

Er greift nach mir, sein Blick sinkt, ich grinse aber und stoße seine Hand weg.

„Nein." Ich sinke vor ihm auf die Knie, nehme seinen Gürtel und öffne seine Hose.

„Guendolyn, kleiner Wolf, du musst das nicht tun."

„Ich möchte es aber so sehr." Ich ziehe seine Hose hinunter und sein Schwanz schnellt heraus. Voller Freude schnappe ich nach Luft. Er ist so erigiert und verdammt groß, sein Duft berauschend. Es muss etwas dran sein an dem, was er über den Beerensaft gesagt hat.

Ich lege meine Hand um seinen Penis und er stöhnt. Dann nehme ich seine Spitze in den Mund. Der Geschmack ist salzig und süß, und ich nehme ihn tiefer in mir auf. Meine Zunge gleitet über seinen Schaft und es bleibt kein Teil unberührt.

„Oh, scheiße!" Er erschaudert vor mir.

Nach oben blickend sehe ich ihm in die Augen. Ich liebe es mitanzusehen, wie diese starke Fee meiner Gnade ausgeliefert ist. Ich lasse ihn in und aus meinem Mund herausgleiten und sauge an ihm. Seine Hüften fangen an sich vor und zurück zu bewegen. Die Geräusche, die er von sich gibt, entfachen das Verlangen in mir, ihn noch tiefer in den Mund zu nehmen. Ich will sehen, wie er wegen mir die Kontrolle verliert.

Verdammt, er ist so atemberaubend.

Plötzlich schiebt er mich an meinen Schultern weg und entgleitet geräuschvoll meinem Mund. Ich lecke mir über die Lippen und nehme seine Hand, mit der er mich auf die Beine zieht.

„Jetzt bin ich an der Reihe." Er nimmt mich hoch und setzt mir auf dem Fellteppich vor dem Feuer ab. „Heb deine Arme."

Ich gehorche ihm und er zieht mein Hemd und alles darunter an meinem Körper hoch und über meinen Kopf aus.

Der Kamin wärmt mich sofort. Trotzdem werden meine Brustwarzen hart und ich lege einen Arm über sie.

„Du bist so viel schöner, als ich es mir je hätte vorstellen können. Bedecke dich nicht." Er schiebt sich über mich.

Ich senke meine Arme und liege mit dem Rücken auf dem Teppich. Wir küssen uns, als wäre es unser erstes Mal, schnell, den Mund des anderen erforschend. Ich klammere mich an seinen muskulären Armen fest, als er seinen Kopf zu meinem Hals und meiner Brust führt, und sich seinen Weg zu meinen Brustwarzen leckt. Er nimmt eine in den Mund und saugt sie tief ein.

Ein köstliches Verlangen fährt durch meinen Körper und legt sich um mein Innerstes. Gierig schenkt er der anderen Brust dieselbe Aufmerksamkeit. Er saugt an mir und knetet meine steifen Nippel zärtlich. Als er hochkommt, um Luft zu holen, grinst er. „Du riechst wundervoll. Dein Duft erinnert mich an Honig.

Wird deine Muschi nach Honig schmecken, wenn ich sie lecke?"

Ich zittere am ganzen Körper. „Oh zur Hölle, Luther."

Er geht tiefer, erkundet mit seiner Zunge meinen Bauch und kniet zwischen meinen Beinen nieder, bevor er sie weiter spreizt.

Sein Blick schweift über mich. „So gefällst du mir."

Seine Finger gleiten über die Mitte meiner Muschi und ich stöhne auf. Wie von alleine heben sich meine Hüften.

„So feucht für mich." Ein Finger sucht sich seinen Weg in meine Hitze und dringt ein.

„Ahhh." Als Antwort darauf drücke ich meinen Rücken durch.

„Braves Mädchen. Benetze meine Finger." Er zieht sie aus mir heraus und steckt sie wieder herein, beugt sich dann hinunter und leckt meine Muschi. Seine Zunge zieht gekonnt meine Seidigkeit nach während ich mich selbst verliere. Er verschwendet keine Zeit und drückt seinen Mund auf meine Mitte, um mich zu verschlingen. Seine Zunge gleitet immer und immer wieder über meinen Kitzler.

Ich klammere mich an den Fellteppich und stöhne lauter, als er sich zurückzieht.

Schwer atmend flehe ich ihn an: „Bitte lass mich nicht warten."

Sein Mundwinkel zieht sich nach oben und sein Grinsen breitet sich hinreißend in eine Richtung aus.

„Komm zu mir." Er reicht mir seine Hand und ich nehme sie an. Binnen Sekunden sitze ich auf meinem

Hintern. Dann zieht er mich hoch zum Sofa, auf dem er Platz nimmt. Er zieht sein Hemd hoch über den Kopf und wirft es dann zur Seite. So viele Muskeln. Ich bin im Paradies gelandet.

„Ich möchte dich sehen und, dass deine Brüste gegen mein Gesicht hüpfen." Seine Hände legt er auf meine Hüften, um mich zu führen, damit ich mich rittlings auf ihn setze. Fest zieht er mich zu sich. Wir küssen uns, während seine Hände zwischen meine Schenkel gleiten und über meine Muschi streichen. Er drückt die Spitze seines Penis gegen meinen Schlitz und fährt daran auf und ab.

Zur Hölle, wenn er mich nicht bald nimmt, werde ich schreien.

Ich rücke mich zurecht und spreize meine Beine weiter um seinen Bewegungen entgegen zu kommen. Er saugt an meiner Zunge, während er mich an meinen Hüften nach unten drückt, damit ich auf seinem Schwanz sitze. Er lässt sich Zeit, damit ich mich an seine Größe gewöhnen kann, Zentimeter um Zentimeter.

Meine Freudenschreie lassen ihn sich schneller in mich drücken, bis er komplett in mich eingedrungen ist.

Mich an der Sofalehne hinter ihm festkrallend fange ich an mich auf ihm auf und ab zu bewegen. Seine Brust hebt und senkt sich bei jedem Atemzug, während er meine hüpfenden Brüste beobachtet. Er schaut an mir herauf, hebt seine Hüften um jedem meiner Stöße entgegenzukommen und dringt immer härter in mich ein. Ich reite ihn wild, stöhnend und liebe jede Sekunde, in der ich ihn so tief in mir spüre.

Er brummt, seine Finger bohren sich tiefer in meine Haut und er fickt mich schneller. Ich kann dieses Urbedürfnis in seinen Augen erkennen. Mit einem Satz hebt er mich hoch und wirbelt uns herum, damit ich auf dem Sofa mit ihm über mir liege. Ohne Zeit zu verlieren rammelt er mich wie ein verdammtes Tier. Er ist schonungslos und bearbeitet meine Muschi, was dazu führt, dass die verrücktesten Gefühle durch meinen Körper strömen.

Ich schreie auf, während er mich nimmt. Sein wundervoller Angriff erfüllt mich mit Elektrizität.

Endlich explodiere ich mit einem Orgasmus. Mit zurückgeworfenem Kopf schreie ich meine unersättliche Befreiung heraus. Der Höhepunkt zuckt durch mich hindurch.

Luther stöhnt und klammert sich an mir fest, während er gleichzeitig mit mir kommt. Ein Samenschwall erfüllt mich. Wir ringen beide um Luft und lächeln wie wild, weil es sich so gut anfühlt.

Er bricht auf mir zusammen und sein Atem kitzelt mich am Hals. Ich muss lachen und schlage meine Arme um ihn.

„Mir war nicht klar, dass du so kitzlig bist", flüstert er mir zu, während seine Finger über meine Rippen gleiten.

Ich breche in Gelächter aus und mein Körper ringt darum, sich von ihm zu befreien. „Hey, das ist unfair, ich sitze in der Falle."

Er zieht sich aus mir zurück, stellt sich vor mich

und betrachtet mich. „Nun, dann gebe ich dir einen Vorsprung. Sobald wir uns saubergemacht haben, werde ich herausfinden, wie jeder einzelne Teil deines Körpers auf meine Finger reagiert.“

Ich reiße meine Augen auf. „Wag es nicht!“

Er grinst spitzbübisch. „Herausforderung angenommen.“

18

Das Feuer knistert und wärmt meine kalten Hände. Ich habe viel mehr Zeit mit Bracken verbracht, als ich vorhatte. Guendolyn und Luther liegen schlafend auf dem Bett und ich kann den moschusartigen Duft von Sex in der kleinen Hütte riechen. Ich habe immer alles mit meinen Brüdern geteilt und wenn Guendolyn kein Problem damit hat, dann kann ich ihre Entscheidung akzeptieren, solange es meine Brüder und niemand sonst ist.

Im Moment aber brauche ich etwas Zeit um runterzukommen und meine Gedanken zu beruhigen. Morgen wird ein wichtiger Tag sein und ich kann die Furcht nicht fernhalten. Angst, dass wir versagen werden. Dass wir Deimos nicht retten können. Dass wir sterben werden.

Ich atme laut auf, als ein Knirschen vom anderen Ende des Zimmers meine Aufmerksamkeit auf sich lenkt. Guendolyn kommt mit zerzaustem Haar in ihrer schwarzen Hose und Oberteil aus dem Zimmer, aber sie ist so süß wie immer.

„Kannst du nicht schlafen?", frage ich.

Sie schüttelt den Kopf und schließt die Tür zum Schlafzimmer. „Ich habe immer wieder dumme Träume, in denen ich ertrinke und ich habe wegen morgen ein bisschen Angst."

„Setz dich zu mir." Ich klopfe auf den Platz auf dem Sofa neben mir. „Ich hoffe, dass mein Verstand aufhört, zu viel darüber nachzudenken."

Sie nimmt neben mir Platz und für eine Weile sprechen wir kein Wort. Es tut gut, die Stille mit jemandem zu genießen und nicht immer das Gefühl haben zu müssen, dass ich allen vormachen muss, der Prinz zu sein, der rund um die Uhr im Dienst ist.

„Habe ich es in der Kutsche richtig verstanden, dass du Flügel hast?", fragt sie mit Neugier in der Stimme.

Ich knirsche mit den Zähnen und würde Luthers Kopf am liebsten gegen eine Wand rammen, dafür, dass er immer Dinge ausplaudert, die er für sich behalten sollte.

„Ach, das ist nichts", antworte ich.

Sie lacht höhnisch und reißt die Augen auf. „Quatsch. Flügel zu haben ist nicht nichts. Wie kommt es, dass ich sie noch nie gesehen habe? Wie sehen sie aus?"

Offensichtlich ist sie jetzt hellwach. Sie stellt eine Frage nach der anderen und man muss diese Seite an ihr einfach liebhaben. Wenn sie sich in etwas verbissen hat, dann zupft sie an diesem Faden, bis sich die Naht löst. Sie muss einfach alles erfahren.

„Heißt das, dass ich Flügel bekommen werde?" Sie ist auf die Beine gesprungen, wedelt mit den Armen und so sauer ich auch auf sie sein mag, dieses Thema angeschnitten zu haben, bringt sie mich zum Lächeln. Ich weiß nicht, was zur Hölle los ist, aber ich fühle mich in ihrer Gegenwart besänftigt.

„Wie wäre es mit einer Frage nach der anderen?", antworte ich.

Sie hält inne und senkt ihre Hände. „Zeig sie mir."

„Natürlich würdest du das fragen. Die Antwort lautet nein. Versuch es nochmal."

„Haben alle Feen Flügel?", schießt sie zurück.

Ich schüttele mit dem Kopf. „Es kommt relativ selten vor, dass eine Fee Flügel hat."

„Warum benutzt du deine nicht?" Sie ist mit ihren Fragen schnell dabei und verschwendet keinen Augenblick. Vielleicht lag ich falsch damit, ihr die Chance zu geben, mich nach allem zu fragen. Das könnte wirklich schiefgehen.

So wie sie mich aber anblickt, wünsche ich mir nichts mehr, als das spitzbübische Lächeln auf ihren Lippen zurückzubringen.

Scheiße, was zur Hölle hat sie mit mir angestellt?

„Machst du dir Sorgen, dass die Flügel dich ein bisschen wie ein Mädchen aussehen lassen? Zerbrechlich und du weißt schon, wie eine Märchenfee? Ist das der Grund, warum du sie nicht magst?"

Ich hebe eine Augenbraue. „Wie bitte?"

Sie lacht mich an und ich kann mein Blut nicht daran hindern, durch meine Adern zu pumpen, um ihr das Gegenteil zu beweisen. Wie ein Mädchen? Ich atme laut aus und ziehe mein Hemd hoch über meinen Kopf, während ich aufstehe.

Ich stelle mich über sie, aber sie weicht nicht zurück. Mein Schatten fällt über sie, während ihr Blick an meine Brust herabgleitet und noch tiefer sinkt. Sie saugt ihre Unterlippe ein und kaut mit ihren Zähnen darauf herum. Letzte Nacht habe ich sie auf jede erdenkliche Art genommen, sie so süß gefickt und sie hat meinen Namen gerufen, nach mehr bettelnd. Und doch sieht sie mich jetzt genauso hungrig an, genauso verzweifelt, und etwas in mir schwingt um.

„Also?" Sie sieht mit diesem kleinen arroganten Grinsen, das ich lecken und in ein Stöhnen verwandeln möchte, hoch. Sie hat keine Ahnung, worauf sie sich eingelassen hat, wird es aber schon bald erfahren. Ich bin von Adrenalin und sich steigender Erregung angetrieben. Eine brennende Wut entfesselt sich in meinem Bauch. Ich befürchte, dass sie vielleicht anders über mich denkt, sobald sie die Wahrheit zu Gesicht bekommt. Mit einem Mal möchte ich aber, dass sie mich komplett so sieht, wie ich bin. Zu sehen, was mich zu der Fee macht, die ich heute bin. Mein Puls donnert wie ein Sturm durch meine Venen und pocht unter meiner Haut.

Sie muss verstehen, ich was für einer Welt wir leben und warum wir so hart darum kämpfen, sie vor denen zu beschützen, die den Unschuldigen Schaden zufügen würden.

Sie leckt sich erwartungsvoll über die Lippen.

„Du möchtest meine Flügel sehen?", brumme ich.

Sie nickt eifrig.

Ich schließe meine Augen und konzentriere mich, gehe tief in mich hinein. Ich habe sie so lange im Verborgenen gelassen, versteckt und ungenutzt, so lange, dass ich mir nicht sicher bin, ob sie meinem Ruf überhaupt gehorchen werden. Aber ich kann sie eng angelegt spüren.

Vergessene Dinge.

Ein Kitzeln wird an der Wurzel meiner Schulterblätter spürbar und schneidet dann mit der Schärfe einer Klinge nach oben. Ich zische durch meine geschlossenen Zähne, als mein Fleisch aufreißt und sich meine Flügel ihren Weg aus meinem Rücken suchen. Zwei knochige Schatten fallen auf jeder Seite auf die Wände. Sie strecken sich nach außen und lauern hinter mir wie die Zweige eines Baums, denen der Winter das Laub geraubt hat.

Das Funkeln in Guendolyns Augen verschwindet und wird ihr bei dem Anblick der abscheulichen Überreste dessen, was mir angetan wurde, entrissen. Ironischerweise kann mich die Magie der Flügel, sogar in diesem Zustand, dazu bringen, zu fliegen... zwar nicht gut, aber es ist möglich. Jedoch weigere ich mich, sie zu benutzen.

„Ich bin zerstört, Guendolyn. Vielleicht sogar zu kaputt für jemanden wie dich." Sie ist zu perfekt, zu gut, zu unschuldig, da sie nicht in dieser Welt aufgewachsen ist.

Ihr Kinn zuckt, sie weicht aber nicht zurück und lässt ihren Blick über meine Flügel wandern.

„Was ist passiert?" Ihre Stimme klingt schrill und

Qualen schwingen in ihren Worten, als wäre mein Anblick zu viel für sie.

In mir entbrennt die Wut. Warum habe ich sie ihr gezeigt? Es war ein verfluchter Fehler. Ich drehe mich um und lege sie an mich an, als sie auf mich zukommt. Ihre Finger streichen sanft über die Spitze einer der Flügel.

„Wer hat dir das angetan?", fragt sie.

Ich stehe mit dem Rücken zu ihr und kämpfe gegen die Emotionen an, die auf mich einprasseln.

Zum allerersten Mal in unzähligen Jahren fühle ich mich verletzlich und ich hasse es. Ich brauche kein Mitleid. Dann balle ich meine Fäuste. Irgendwie habe ich gedacht, ihr die Wahrheit zu zeigen würde mich nicht beeinflussen. Verdammt großer Fehler.

Alles, was sie nun sehen wird, wenn sie mich ansieht, ist eine zerbrochene Fee.

Weiche Finger streicheln über meinen Flügel und lassen einen feurigen Funken in Richtung meiner Schulter und an meinem Rücken herab tanzen.

Ich streiche mir mit der Hand übers Gesicht und senke meinen Kopf. „Es war eine Bestrafung meines leiblichen Vaters. Er hat meine Flügel verabscheut und wollte, dass sie mir vom Rücken geschnitten werden. Als er herausfand, dass mich das umbringen würde, hat er sie bis auf die Knochen abgezogen und wiederholte es, jedes Mal, wenn die Federn nachgewachsen sind." Es kommt mir hoch, wenn ich mich an das Grinsen meines Vaters erinnere, jedes Mal, wenn er die Federn ausgerissen und die Membran abgeschnitten

hat, und mich mit nichts als einer knochigen Beschä-
mung zurückgelassen hat.

Dieses verfickte Arschloch. Der Schmerz in meiner
Brust verschlingt mich und ich möchte ihn für das, was
er mir angetan hat, töten. Für das, was er meiner
Mutter angetan hat.

„Ich finde, dass sie schön sind."

Ihre Worte erwischen mich kalt. Ich zucke
zusammen und wirbele herum, während ich meine
Flügel zurück in ihr Versteck in meinem Rücken ziehe.
Der Schmerz ist kurz und erträglich, als meine Haut
sich über meinen Schulterblättern wieder verschließt.
„Sag doch nicht so einen Mist." Ich suche ihr Gesicht
nach der Lüge ab, aber alles, was ich erkenne, ist ihr
ehrliches Lächeln.

„Dein Vater ist ein verfluchter Bastard. Das heißt
aber nicht, dass er dir etwas genommen hat." Sie drückt
sich an mich, ihre Arme legen sich um meine Taille
und ihre Wange presst sich gegen meine Brust. Sie hält
mich so fest, dass ich kaum einen Atemzug nehmen
kann. Ich bewege mich aber nicht und versuche auch
nicht, mich von ihr zu lösen.

Ich weiß nicht, wie ich mich fühlen soll.

Wütend.

Beschämt.

Verzweifelt möchte ich gegen die Wand hämmern,
bis ich nichts mehr fühlen kann, aber ich reiße mich
zusammen, wie schon seit Jahren. So gehe ich mit
allem um. Verdränge es. Eines Tages wird es alles
herausbrechen und mich in den Wahnsinn treiben.

Mein Blick fällt auf Guendolyn. Sie ist es, was ich

brauche, verschlungen in meinen Armen, lächelnd und sie sagt mir Dinge, damit ich alles andere vergessen kann. Eine Schönheit wie sie kann alles verschwinden lassen, kann mich vor meinen mich verfolgenden Erinnerungen retten, die in meinen Träumen widerhallen. Ich verabscheue diesen Waschlappen, zu dem ich geworden bin. Ich verachte diese Seite an mir.

„Du bist nicht zerbrochen“, flüstert sie und zerrt mich aus meinem Gedankengang. „Für mich bist du perfekt zusammengesetzt.“ Ihre Worte singen in der Luft.

„Sie sind nicht nachgewachsen.“ Ich knurre und versuche die Dunkelheit, die sich in meine Gedanken schleicht, abzuschütteln. Diese Schwärze, die damit droht, mich wie schon so oft zuvor zu nehmen, mich zu einem so tiefen Ort zu bringen, wo ich vergesse, wie man wieder nach oben klettert.

Die einzigen, die meine Flügel gesehen haben, sind meine Brüder und meine Mutter. Keine Magier oder Heiler. Nicht mein Stiefvater. Ich weiß zur Hölle nicht mal, warum ich sie Guendolyn gezeigt habe.

Die Wahrheit aber liegt in mir. Ich fühle mich seit dem ersten Augenblick, als wir uns begegnet sind, zu ihr hingezogen, und was ich nicht wusste, war, dass ich einen besonderen Platz in meinem Herzen für sie reserviert habe.

Vielleicht passen wir besser zusammen, als ich angenommen habe. Sie ist verflucht und ich bin zerbrochen. Das perfekte Paar.

Sie hebt ihr Kinn. „Es tut mir leid, dass er dir das angetan hat.“

Die Zärtlichkeit in ihrer Stimme umklammert mein Herz.

Ich halte sie ganz fest in meinen Armen. Meine Augen brennen und wir sagen nichts. Es bedarf keiner Worte.

Der Ritt zum Aschehof ist unbequem und wir werden durchgeschüttelt. Ich starre aus der Kutsche hinaus auf den atemberaubendsten Sonnenaufgang, den ich je gesehen habe. Er erleuchtet die Nacht, als würde er betörende Flamme entzünden.

Mein Blick streift zurück in die Kutsche und fällt auf die beiden Prinzen.

Luther hat sich auf den Sitz gegenüber von mir gelümmelt, mit seinen Armen über der Brust gefaltet und gesenktem Kinn atmet er tief. Er ist in dem Moment, als wir das Dorf verlassen haben, wieder eingeschlafen. Ahren sitzt neben mir und er betrachtet mich mit seinen blassen, grünen Augen, die so verwaschen aussehen, als hätte er zu viel geweint und die Farbe sei verflossen. Jedoch ist Ahren nicht der Typ, der weint. Er frisst alles in sich hinein und verbirgt sein Gesicht hinter einer Maske. Als Thronfolger kann er keine Schwäche zeigen.

Filme romantisieren Prinzen und Prinzessinnen, im

wahren Leben ist nichts je so perfekt und einfach. Leute sind gebrochen und haben zerstörte Vergangenheiten, die sie zu dem gemacht haben, was sie sind. Trotz eines Arschlochs als Vater hält dieser Prinz an Werten wie Integrität fest und steht für das Richtige ein. So wie auch seine Brüder. Warum sonst würden sie ihr Leben für Deimos riskieren? Das liebe ich an allen dreien.

„Geht es dir gut?", fragt Ahren.

„Ja. Ich versuche noch wach zu werden", lüge ich. Nach unserer Unterhaltung letzte Nacht über seine Flügel habe ich kein Auge zubekommen. Auch als er ins Bett gekommen ist und ich zwischen zwei Prinzen lag, fiel es mir schwer, mein Gehirn zum Schweigen zu bringen. Ich muss Ahren das nicht erklären oder ihn an die Trauer, mit der er jeden Tag leben muss, erinnern. Ich kann weder das Bild seiner knochigen Flügel nicht aus meinem Kopf bekommen, noch den Schmerz verbannen, der sich in meiner Brust aufstaut, wegen dem, was er durchlebt hat. Ich möchte seinen leiblichen Vater für das, war er ihm angetan hat, töten.

Stattdessen lächle ich Ahren bestätigend an und mache das, was ich am besten kann. Das Thema wechseln. „Warum hassen sich die Seelie und Unseelie so sehr? Jasion hat mir das Märchen der kleinen Feen und der Feen erzählt. Ganz offensichtlich wurden also alle Feen als dieselbe Rasse geboren."

„Wir sind gleich. Der Unterschied liegt in unseren Überzeugungen und Fähigkeiten", sagt Ahren, während Luther sich rührt und brummt. „Unseelie beziehen ihre Kräfte von den dunkleren Gottheiten. Ich glaube aber, dass es alles von einem großen Missverständnis zwischen zwei Königen, die Brüder waren und zusammen regiert haben, bis sie sich in dieselbe Frau verliebt haben, entstammt. Sie kam auf tragische Weise ums Leben und beide Brüder machten sich gegenseitig dafür verantwortlich. So sehr, dass sie ihr Königreich in zwei Hälften aufgeteilt haben, die Ländereien, die Bevölkerung und sich geschworen haben, den anderen zu zerstören. Der Hass hält bis zum heutigen Tag an."

Luther räuspert sich vor uns und seine Augen öffnen sich zur Hälfte, um uns zu beobachten.

Ahren scheint es nicht zu bemerken und spricht weiter. „Genaueres ist nicht bekannt, aber ein Bruder wurde einmal als Unseelie bezeichnet, was ,*Unglücklicher*' in der altertümlichen Sprache bedeutet. Daher hat sich der zweite König rasch als eine Seelie Fee bezeichnet, der gesegnete Herrscher. Ich vermute, die Namen sind geblieben."

Ich nehme jedes Wort in mich auf. „Die Geschichte der Feen ist faszinierend. Es gibt so vieles, von dem ich noch mehr erfahren möchte. Dein Stiefvater hat mir in der Nacht, als er mich empfangen hat, sehr viele Anekdoten erzählt. Es hat dabei geholfen, die Zeit, in der ich ihn geheilt habe, zu überbrücken. Ich meine, die meisten der Erzählungen haben für mich aus dem Kontext kaum einen Sinn ergeben, aber—"

„Moment", unterbricht Ahren mich, während Luther sich aufrichtet. „Du hast den König geheilt? Wie?"

Ich zucke mit der Schulter. „Auf dieselbe Art, auf die ich deine Bisswunde geheilt habe." In seinem Blick liegt etwas, dass mir meinen Magen in die Kniekehlen sinken lässt. „Warum schaut ihr mich so an?"

„Hast du einen Handabdruck auf seinem Körper hinterlassen?", fährt Ahren fort, während seine Haltung sich versteift. Jetzt beginne ich mir Sorgen zu machen.

Ich nicke.

Luther atmet schwer aus und fährt sich mit einer Hand durchs Haar. Er und Ahren tauschen stumme Blicke aus und ich weiß sofort, dass Luther ihm Dinge erzählt, damit ich sie nicht hören kann.

„Redet mit mir. Was ist daran so schlimm?", frage ich.

Während ich mich bemühe die angespannten Muskeln in Ahrens Hals zu ignorieren, versuche ich mir selbst einzureden, dass sie überreagieren. Wie kann jemanden zu heilen eine schlechte Sache sein?

„Wenn der König oder die Magier deinen Handabdruck auf seinem Fleisch sehen, werden sie wissen, dass du eine Unseelie bist. Allein ihre Heiler haben eine Fähigkeit, die die Haut mit Magie beschädigt. Wir haben in der Vergangenheit zwei Unseelie Heiler bei uns am Hof gehabt, daher weiß jeder, auf welche Art und Weise sie heilen", erklärt Ahren.

Verdammt. Warum zur Hölle hat er mir das nicht früher erzählt? „Oh scheiße!" Mein Verstand rattert mit eintausend Stundenkilometern pro Minute. „Aber wartet, wenn sie es gesehen haben, warum hat mich dann keiner geholt, als ich noch am Hof war?"

Luther zuckt mit den Schultern während er sagt: „Vielleicht ist es ihm nie aufgefallen oder verblasst?"

Ahren presst die Lippen fest aufeinander. „Oder es könnte der Grund sein, warum Jasion die ganze Zeit um dich herumschwirrt." Er blickt zu Luther. „Jasion benimmt sich nicht wie er selbst. Was, wenn der König ihm befohlen hat, die Wahrheit über Guendolyn aufzudecken?"

„Er hat sich aber mir gegenüber schon sehr misstrauisch verhalten, bevor ich den König geheilt habe." Ich möchte gar nicht darüber nachdenken, warum Jasion Interesse an mir hat. Die Erinnerung an unsere Gespräche sorgt für eine Gänsehaut.

„Guendolyn...", beginnt Ahren.

„Lass uns annehmen, sie wissen es. Dann werde ich nicht zurück zum Schattenhof gehen können, oder?"

Keiner der Prinzen antwortet, denn sie wissen, dass es wahr ist.

„Du wirst mit uns zurück nach Hause kommen", sprudelt es aus Luther heraus. „Wir müssen nur einen Weg finden, wie wir dich verstecken können, bis wir herausgefunden haben, was der König und Jasion wissen."

Es wird mit diesem konstanten Bombardement übler Vorkommnisse schwerer zu lächeln und vorzugeben, dass es mir gutgeht. Der Aschehof will meinen Tod, um ihrem Fluch den letzten Schliff zu verleihen. Der Schattenhof will meinen Tod, einfach weil ich am falschen Ort war.

Luther rutscht zur Sitzkante, beugt sich nach vorne und seine Augen sind weit aufgerissen. „Wenn wir dem König erzählen, dass ihr Überleben sicherstellt, dass der Fluch nicht für alle Ewigkeit auf unserem Hof ruht, dann wird er sie nicht töten."

„Nein, aber er wird sie bis ans Ende ihrer Tage einsperren", antwortet Ahren rasch.

Das Essen, das ich vorhin gegessen habe, möchte sich seinen Weg zurück nach oben bahnen. Mir wird schlecht, da meine Möglichkeiten sind, mich für weiß Gott wie lange zu verstecken, oder ins Verlies zu gehen. Wenn ich nicht sterben möchte, natürlich.

Ich rutsche zurück, rolle mich in der Ecke der Kutsche ein und starre nach draußen, während die weiße Landschaft mit der aufgehenden Sonne zum Leben erwacht.

Die Brüder diskutieren über meine Optionen und schmieden einen Plan, aber ich habe Mühe, die Neuigkeiten zu verdauen. So viel ist in so kurzer Zeit geschehen. Und zu guter Letzt verliebe ich mich in diese Prinzen, was mich meine Entscheidungen und Motive infrage stellen lässt. Als ich hier angekommen bin, wollte ich herausfinden, wer meine Eltern sind, jetzt aber ist alles, woran ich denken kann, dass ich diese Prinzen nicht verlieren möchte. Und dies ist der Grund, warum sich mein Kopf wie in Nebel gehüllt anfühlt, wo ich mich doch darauf konzentrieren sollte, nicht umzukommen.

„Guendolyn", sagt Luther. „Wir würden nie zulassen, dass dir etwas zustößt. Glaube mir, wir werden eine Lösung finden. Sobald wir Deimos gerettet haben, werden wir mit dem König sprechen. Er wird es verstehen müssen."

Ihre Worte sollten mich ermutigen, der Knoten in

meinem Bauch aber weigert sich, sich zu lösen. „Wir können es versuchen. Aber ihr habt Recht. Wir werden uns zuerst auf Deimos und unser Überleben konzentrieren."

Zu meiner Überraschung beugt sich Ahren herüber und nimmt mich in den Arm, ohne dass ich mich wehren kann. Luther schließt sich uns an und ich kann schon spüren, wie die Kälte in mir schmilzt. Ich glaube ihnen, dass sie dafür sorgen werden, dass alles klappt… Gott, ich möchte dies so sehr. Ich lasse locker und kuschle mich an die Prinzen, fühle mich geborgen und gewollt. Dieses Empfinden gleicht nichts, was ich je zuvor gespürt habe. Ich kann das Gefühl nicht beschreiben, dass mich dazu ermutigt, zu glauben, dass ich zum allerersten Mal wirklich da bin, wo ich hingehöre.

Die restliche Reise verbringe ich damit, die Landschaft zu beobachten, zu trinken und das Essen zu vertilgen, welches uns der Koch des Dorfs eingepackt hat, und mit den Prinzen zu reden.

„Der König war verdammt wütend gestern", erklärt Luther und grinst dabei hämisch. „Ihr wisst, sein gottverdammter dummer Thron wurde beim Angriff der Blutverfluchten beschädigt. Und er hat alle angeschrien, nach einem fehlenden Holzsplitter zu suchen, in der Hoffnung, den Thron wieder zusammenzusetzen."

Ahren kichert und ich kann nicht anders, als zu staunen, wie perfekt sie sind. Wenn sie nicht streiten, verstehen sich diese Prinzen richtig gut.

„Was ist so besonders an seinem Thron?", frage ich, als die Neugier die Herrschaft über mich gewinnt.

„Er ist aus dem Holz des Alethianbaums gefertigt", erklärt Ahren. „Es ist unmöglich ihn zu ersetzen, da diese Bäume geschützt sind und es illegal ist, sie zu fällen."

„Sind sie magisch?", frage ich.

Ahren schüttelt mit dem Kopf. „Diesen Bäumen wird nachgesagt, so alt wie die Feenrasse selbst zu sein. Nur wenn ein Baum durch einen Blitzschlag fällt, darf man das Holz nutzen."

„Es ging aber nicht nur um den Thron", fährt Luther fort. „Sein hübscher Rubin ist vom Stuhl verschwunden."

Ahren bricht in Gelächter aus. „Scheiße, wenn ich nie wieder etwas von diesem verdammten Edelstein höre, dann ist das immer noch zu früh."

Ich erstarre und erinnere mich daran, wie Fauchi aus meinem Fenster geflogen ist, während sie einen Rubin an sich geklammert hat. Natürlich musste sie etwas nehmen, das dem König gehört. Nun, zum Glück ist sie weg und niemand muss erfahren, was sie getan hat. Alles, was ich in dieser Welt berühre, kommt irgendwie zurück zu mir, um sich an mir rächen.

Die Art, auf die sie weiter lachen, macht mich neugierig. „Warum ist es lustig, dass er den Rubin verloren hat?"

Luther blickt herüber zu mir, streckt einen Arm entlang der Lehne seines Sitzplatzes aus und schlägt ein Bein über das andere. „Im ersten Jahr, nachdem wir im Königreich angekommen sind, hat unser Stiefvater alle von Mutters Juwelen verkauft, im Tausch gegen einen Stein einer Feenhexe, die auf der Durchreise durch unseren Hof war. Dem König wurde versprochen, dass der Rubin ihm die Zuneigung der kleinen Feen sichern sollte, da er eines der letzten existierenden Stücke der ursprünglichen Krone der Königin der kleinen Feen war." Er rollt mit den Augen. „Natürlich, weil eine dahergelaufene Fee, die einfach Lügen verbreitet, ausgerechnet solch ein altertümliches Relikt mit sich herumträgt. Aber der König hat ihr geglaubt. Mutter war so wütend, dass sie einen Monat nicht mit ihm gesprochen hat."

„Er klingt ein wenig besessen", sage ich und werfe Luther ein schiefes Lächeln zu, während sich in meinem Kopf die Gedanken drehen, warum der König mich zuvor nicht weiter über die kleinen Feen ausgefragt hat.

„Das ist er."

Die Reise dauert einen weiteren halben Tag und draußen verdunkeln schwere Wolken die Landschaft mit dem Versprechen eines weiteren Schneesturms.

Die Kutsche fährt um eine Biegung an der Kante des Bergs, den wir herabrollen, als sich der Aschehof vor uns abzeichnet. Ich drücke mein Gesicht gegen die Scheibe und bewundere die unglaubliche Größe des Hofs. Er glänzt, als wäre er aus Silber. Schnee bedeckt seine fünf breiten Türme mit Spitzdächern, die alle mit dicken Stadtmauern aus weißem Stein verbunden sind. Ein riesiges Bogentor aus Gold befindet sich am Eingang zum Königreich. Rundherum gibt es nur Bäume und Wald.

Ich muss laut schlucken und kann nicht glauben, dass wir hier sind. Alles, woran ich mich erinnern kann, ist, wie Deimos und ich mitten auf dem Gelände gelandet sind und wie schnell wir von dort geflohen sind.

Plötzlich steigt die Panik in mir hoch und alles, woran ich denken kann, ist... dass meine leiblichen Eltern irgendwo in diesem Königreich sind.

Gefahr erstickt diesen Ort und doch zupft in mir etwas, da ich vielleicht endlich herausfinden kann, wer meine Eltern sind.

Als ich mich umdrehe, sehe ich, dass die Prinzen auch aus dem Fenster blicken. Ihr Lächeln ist verflogen und durch einen Ausdruck der Beklemmung ersetzt worden.

„Seid ihr bereit hierfür?", frage ich.

„Scheiße, nein", antwortet Luther.

„Es wird funktionieren. Es muss klappen. Für Deimos", sagt Ahren.

Und ich stimme zu. Für Deimos.

Als wir am Fuße des Bergs zum Stehen kommen, umgeben Bäume die Kutsche und es ist unmöglich, durch sie hindurchzusehen. Ahren hat die Kutsche über einen verwilderten Pfad, der ungenutzt schien, in einen dichteren Teil des Waldes gelenkt. Ich war draußen zwischen den Büschen, um mich selbst zu erleichtern, mir die Beine zu vertreten und sitze nun wieder in der Kutsche.

„Wie weit ist es zum Schloss?", frage ich, während ich durch das Fenster in den Wald blicke und erfolglos versuche, einen Blick auf den Aschehof zu erhaschen.

„Weit genug, damit dich niemand hier finden kann", antwortet Luther von außerhalb der Kutsche, wo die Pferde zum Anhalten hingeleitet wurden.

Die Tür steht auf und ein Kälteschauer durchfährt mich, während Luther draußen ist und sich darauf vorbereitet, eine Art Verhüllungszauber über die Kutsche mit mir darin zu legen, damit mich niemand findet, während sie fort sind. Meine Emotionen gleichen einer Achterbahnfahrt. In einer Minute möchte ich mich den Prinzen anschließen, und in der nächsten möchte ich so weit von diesem Ort weg wie möglich rennen. Hauptsächlich mache ich mir Sorgen über die Sicherheit der Prinzen und ob sie rechtzeitig ein Heilmittel für Deimos bekommen.

Wenn es an dem heutigen Tag etwas Gutes gibt, dann ist es, dass wir keinerlei Schwierigkeiten auf der Reise hierher gehabt haben, vielleicht werden wir also für den Rest des Tages auch weiterhin Glück haben.

Luther taucht im Türdurchgang mit Schneeflocken in seinem dunklen Haar auf und ein paar von ihnen haften an seinen langen Wimpern. Ich möchte meine Hand ausstrecken und sie wegwischen, aber jetzt ist nicht der richtige Augenblick dafür. Er steht aufrecht mit breiten Schultern da und sieht aus, als wäre er bereit, sich in die Schlacht zu stürzen.

„Wir werden den Zauber wirken und dann aufbrechen." Seine Worte sind sanft, als könne er es nicht ertragen, mich hier draußen alleine zurückzulassen.

In dem Moment, als er aufhört zu sprechen, springe ich auf die Füße und eile zur Tür. Ich kann mich nicht zügeln. Seine Arme schlingen sich um mich und er wirbelt mich nach draußen, als Ahren sich mir von hinten nähert. Sie drängen sich an mich und ich blicke nach oben, um zu sehen, wie groß sie beide im Vergleich zu mir sind. In Ahrens grünen Augen zeichnet sich ein Konflikt ab, jedoch sagt er kein Wort, sondern legt mir nur seine Hand auf die Schulter. Er beugt sich nach vorne, greift nach meinem Unterkiefer, um meinen Kopf zu drehen und mich mit einer Leidenschaft zu küssen, die ich nicht erwartet habe. In meinen Stiefeln wackele ich mit den Zehen, als sich seine Zunge ihren Weg in meinen Mund sucht. Wir küssen uns wie Liebhaber, die lange voneinander getrennt waren, als würden wir uns vielleicht nie wiedersehen. Wobei das nicht passieren darf, da ich es nicht überleben würde.

Mit einem Mal löst er sich von mir und lässt mich atemlos zurück. In seinem Gesichtsausdruck liegt eine Güte, die sich anfühlt, als wäre sie nur mir vorbehalten. „Bleib drinnen. Verlasse die Kutsche nicht, bis wir zurück sind, ganz gleich, was auch geschehen mag."

Es gibt Tage, an denen meine Gefühle mich überwältigen, ich so stillstehen möchte, dass die Zeit sich selbst anhält und ich gewisse Momente in die Länge ziehen kann. Dies ist einer dieser Augenblicke. Ich habe nicht genügend Zeit mit den Prinzen verbracht und jetzt fühlt es sich an, als hätte ich die Möglichkeit dazu verloren. Ich kämpfe gegen die Unruhe, die sich in meinem Bauch ausbreitet, und das Verlangen, sie in meiner Nähe zu wissen, ausgelöst durch den Gedanken, sie nie wiederzusehen, an. Wortlos schlucke ich den Kloß in meinem Hals hinunter.

„Hey, kleiner Wolf", sagt Luther. „Es wird alles gut werden."

Ich wende mich ihm zu, als Ahren auf die Pferde zugeht.

„Wir kommen zurück, das verspreche ich dir. Ich habe dich schon einmal verloren. Das wird kein weiteres Mal passieren." Er legt seine Hände um mein

Gesicht und fährt mir mit den Daumen über meine Wangenknochen, um meine Tränchen wegzuwischen. „Es gibt eine Legende, die besagt, dass wenn sich für einander bestimmte Seelen treffen, das Universum die Sterne in Bewegung setzt, um sicherzustellen, dass ihre Liebe überlebt."

„Wer hat das gesagt? Es ist wunderschön", flüstere ich und klammere mich an Luthers starken Armen fest.

„Das stammt aus einem der altertümlichen Märchen über die kleinen Feen."

„In dieser Feenwelt beruht so viel auf den kleinen Feen, oder?" Ich neige meinen Kopf und lächle ihn an.

Er nickt und beugt sich vor. In dem Moment, als sein Mund meinen streift, vergesse ich alles. In seinem Kuss liegt Feuer und wir berühren uns, als könnte uns nichts in dieser Welt etwas anhaben. Ich küsse Luther und versuche, mir jedes Detail an ihm zu merken—die Festigkeit seines Griffs, die Art, wie seine Zunge jeden Millimeter meines Munds erkundet und den leckeren Geschmack seiner Lippen.

Als wir uns voneinander lösen tobt die Sorge schmerzhaft in mir.

„Wir müssen gehen, kleiner Wolf." Er nimmt mich noch fester in den Arm und sieht auf mich herab. „Wenn wir bis heute Nacht nicht zurück sind, spreche das Wort ‚*Cilhaj*' zu den Pferden. Sie werden die Kutsche auf direktem Weg nach Hause ziehen."

Ich schüttele den Kopf. „Ich werde euch nicht zurücklassen."

Er küsst mich und erstickt meinen Protest. „Jetzt steig in die Kutsche." Er dreht mich an den Schultern um und gibt mir einen festen Klaps auf den Hintern. Über meine Schulter werfe ich ihm einen Blick zu, aber er läuft bereits zur Vorderseite der Kutsche, wo auch Ahren steht. Ich klettere schweren Herzens zurück hinein.

Nachdem ich die Tür geschlossen habe, beginnt plötzlich die ganze Kutsche zu wackeln. In Sekundenschnelle bildet sich draußen ein Vorhang aus glitzerndem Staub, der genauso schnell, wie er aufgetaucht ist, wieder verschwindet.

Durch das Fenster beobachte ich, wie die beiden Prinzen durch den Wald wandern und mich zurücklassen. Nur Augenblicke später verschwinden sie in den Schatten.

Ich lasse mich auf den Sitz fallen und wünsche mir, dass ich wenigstens mein Handy hätte, um ein paar Spiele zu spielen, während ich warte. Als das Beobachten von fallendem Schnee langweilig wird rolle ich mich auf meinen Rücken und starre die Decke an. Was machen Leute ohne Technologie? Ist das der Grund, warum sie so früh heiraten und ein halbes Dutzend Kinder bekommen? Ich schließe meine Augen und versuche, mich auszuruhen.

Die Zeit vergeht. Ich habe keine Ahnung wie viel, es fühl sich aber wie eine Ewigkeit an.

Ich raffe mich wieder auf und strecke mich nach dem Weidenkorb aus, den der Dorfkoch für uns gepackt hat, und schiebe den weißen Stoff, der darüber liegt, zur Seite.

Alles darin ist in weiße Tücher gewickelt. Ich öffne das erste Päckchen und finde ein Stück Käse vor, das mir ein Lächeln ins Gesicht zaubert. Den Korb durchsuchend stoße ich auf noch mehr Käse und dann ein Stück Brot. Es gibt noch nahezu ein halbes Dutzend anderer Köstlichkeiten dort drinnen. Ich grabe tiefer, als mir etwas Scharfes in die Spitze meines Zeigefingers beißt.

„Autsch." Ich zucke zurück und Blut sprudelt aus dem Schnitt. Mit meinem Finger im Mund hole ich alles aus dem Korb, um den Übeltäter zu finden—ein Messer. Rasch wische ich die Klinge ab und wickele meinen Finger in einem Stück des Stoffs ein, bevor ich mir ein belegtes Brot mache. Um nicht noch mehr Schaden anzurichten, lege ich das Messer wieder in den Korb.

Mein Finger pocht, als hätte er seinen eigenen Herzschlag, aber das wird sicher rasch wieder verheilt sein.

Der heutige Tag wird nicht als ein schlechter Tag enden. Das darf nicht sein.

Ich beiße in meine Stulle, rolle mich ein und starre draußen auf den fallenden Schnee, während ich bete, dass Ahren und Luther sicher zurückkommen.

Ahren

„Hasse mich nicht, Bruder", flüstert mir Luther über seine Schulter hinweg zu. Sein Grinsen verrät mir, dass er nichts Gutes im

Schilde führt. „Guendolyn denkt aber, dass ich der bessere Küsser bin.“

Ich verdrehe meine Augen. „Ist es das, woran du im Moment denkst?“ Wir bewegen uns eilig durch die Wälder, um die Mauer des Aschehofs zu erreichen, und mein Verstand dreht sich um Fluchtpläne, für den Fall, dass wir erwischt werden.

Er zuckt mit den Schultern. „Es ist nur etwas, das du wissen solltest.“

Ich grinse und nicke in seine Richtung, wohlwissend, dass dies seine Art ist, mit der Situation umzugehen. Ablenkung. Sogar als wir aufgewachsen sind hat er sich auf Dinge konzentriert, die er kontrollieren kann, wenn die Lage zu ernst wurde.

Ich weiß aber auch, dass Luther tödlich wird und niemals aufgeben würde, sobald wir uns in der Schlacht befinden. Er ist die perfekte Fee, die ich auf solch einer Mission an meiner Seite wissen möchte, und ich vertraue ihm mein Leben an.

Ohne ein weiteres Wort bewegen wir uns wie der Wind voran, durchkreuzen die Landschaft und machen Schlenker um Bäume herum. Ein Teil von mir erwartet Blutverfluchte oder Wachmänner, jedoch treffen wir keine an. Angestrengt lausche ich nach Bedrohungen, aber heute singen nicht mal die Vögel.

Stille. Das macht mir Sorgen.

Luther beobachtet die Wälder und blickt finster in meine Richtung, um dann zuckend seine Schultern anzuheben.

Irgendetwas fühlt sich seltsam an. Luthers Stimme erklingt in meinem Verstand.

Ich nicke und deute gerade aus, dorthin, wo ich durch die Bäume bereits die Steinwand erkennen an. Mein Magen verkrampft sich bei dem Gedanken an den Ort, an den wir nun gehen müssen.

Wir rennen und der Schnee knirscht unter unseren Füßen. Als wir die Wand erreichen, schaue ich nach oben und nach rechts und links. Hier ist nichts.

Ein Zweig bricht irgendwo hinter uns. Wir wirbeln herum und greifen mit pochenden Herzen nach unseren Klingen.

Kein weiteres Geräusch.

Schnee hüllt uns ein. Als wir keine Bewegung feststellen können, weise ich Luther an, mir entlang der Wand, die uns wie ein Riese überragt, zu folgen, und ich hasse, dass ich mich so gefangen fühle. Meine Gedanken hören auch nicht auf, sich um Guendolyn zu drehen. Wir haben sie tief genug in den Wäldern, fernab vom Schloss, zurückgelassen, wo sie nicht gefunden werden kann, und ich bete, dass sie die Kutsche nicht verlässt. So lange sie in der Kutsche bleibt und mit dem Zauber belegt ist, ist sie davor sicher, von den Unseelie gefunden zu werden und geschützt vor dem kalten Wetter.

Schlurfende Geräusche erklingen um uns herum.

Luther greift nach meinem Arm und ich wirble herum. Meine Aufmerksamkeit fällt auf drei Blutverfluchte, die aus den Schatten des dichten Waldes taumeln. Das könnte erklären, warum sich auf der Ostseite vom Schloss keine Wachmänner befinden.

Das Blut gefriert mir in den Adern und das hat nichts mit ihnen zu tun, sondern damit, dass wir Guendolyn dort draußen alleine zurückgelassen haben. Sie hat einmal einen Biss eines Blutverfluchten überlebt, können sie ihr also noch wehtun? Vor Wut kochend schiebe ich mein Messer zurück in seine Scheide an meinem Gürtel und greife über meine Schultern nach dem Griff meines Schwerts. Ich ziehe es heraus und Luther tut es mir gleich. Wir zögern keinen Augenblick.

Wir stürzen uns auf die Kreaturen, die uns angreifen.

Die Wut treibt mich an, dies schnell zu beenden. Ich drehe mich nach rechts, wo sich zwei von ihnen zusammengeschlossen haben, packe mein Schwert mit zwei Händen und hebe die Klinge über meine Schulter. Mit weit geöffneten Mäulern knurren diese bösen Geister. Ihre Augenhöhlen sind eingesunken, ihre Zähne fehlen und ihre Kleidung ist zerrissen. Diese armen Seelen waren einmal Feen wie wir, doch der Fluch hat sie verwüstet. Ich stelle mir Deimos auf diese Weise vor und mein Herz weint.

Mit aller Kraft schwinge ich mein Schwert. Die Klinge schwirrt durch die Luft und schneidet mit Leichtigkeit in einem Zug durch die Hälse der beiden Kreaturen. Ich sauge einen eisigen Atemzug ein, als ihnen die Köpfe von den Schultern rollen und ihre Körper wie Säcke in den Schnee stürzen.

Ich wende mich Luther zu, dem ein Monster tot zu Füßen liegt. Ein halbes Dutzend weitere kämpfen sich durch die Wälder auf uns zu. Wo kommen sie alle her?

Blut befleckt den einst so reinen Schnee um uns herum.

Luther blickt mich an und grinst. Seine Augen sind vom Hunger der Schlacht zum Leben erwacht.

Wir kämpfen, Bruder, brummt er in meinem Kopf.

Ich nicke und wir nehmen es mit dem nächsten Schwung Blutverfluchten auf. Einer von ihnen stürmt auf mich zu, aber ich wirbele in seine Richtung herum, schwinge ihm mein Schwert hinterher und versenke die Klinge hastig in seinem Hinterkopf—ein sauberer Schnitt. Als ich mich umdrehe hole ich weit aus, erwische einen der Teufel am Oberkörper und sorge dafür, dass seine Innereien vergossen werden. Plötzlich schlägt mir eine Hand auf die Schulter und ich ramme meinen Ellbogen in die Kreatur hinter mir, während ich herumpeitsche. Meine freie Hand greift an meinen Gürtel, ich greife nach meinem Dolch und versenke ihn direkt in seiner Schläfe, sein Gehirn durchstechend.

Ein Tritt in die Magengrube und er ist am Boden. Die nächsten zwei fallen genauso schnell.

Luther ist an meiner Seite, nach Atem ringend, und seine Augen sind auf weitere Blutverfluchte gerichtet, die in unsere Richtung strömen. Ich lasse mein Schwert über meine Schulter gleiten, über meinen Rücken und in seine Scheide, bevor ich hastig meine Dolche aus den toten Körpern einsammle.

Luther übernimmt die Führung und wir rennen.

In der Nähe der Mauer wird der Schnee tiefer. Mit jedem Schritt sinken wir weiter ein, Anhalten ist aber keine Option. Wir müssen über die Mauer kommen. Ich bin nicht so weit gekommen, um infiziert zu werden.

Vor uns steht ein erhabener Baum und seine Äste hängen schwer vom Schnee durch. Er ist größer als all die anderen Bäume in diesen Wäldern.

Luther hält nicht inne, während er nach vorne stürmt und sich selbst mit Leichtigkeit auf den Stamm stürzt. Er nutzt die Klingen in seinen Händen um sie für besseren Halt ins Holz zu rammen. Er zieht eine nach der anderen heraus, rammt sie in die Rinde und klettert so schneller nach oben. Er ist flink. Meine beiden Messer in den Händen haltend folge ich seinem Beispiel.

Hinter mir kann ich die schleppenden Schritte der Blutverfluchten hören, ihr Schlurfen und ihr Knurren.

Als ich den ersten Ast erreiche, der mindestens viereinhalb Meter vom Boden entfernt ist, ist Luther dort, um mich am Arm zu packen. Er zerrt mich hinauf, ich kraxele auf das dicke Holz und richte mich auf. Ich sauge einen abgehackten, eiskalten Atemzug ein und mein Herz rast.

Unter uns stürzen sich fast zwei Dutzend der Kreaturen auf die Mauer. Wenn sie ein Geräusch hören, kennen diese Scheißer kein Halten und sie rennen, bis sie ihre nächste Mahlzeit finden. Diese Dinger müssen in unserer Welt ausgerottet werden, ein für alle Mal.

Aber nicht heute. Jetzt gerade möchte ich überleben und Deimos retten.

Luther klettert bereits auf den nächsten Ast, der sich in Richtung der Oberseite der Steinmauer erstreckt.

Dahinter liegt der Aschehof und unser Ziel ist das große weiße Schloss der Unseelie.

Zwischen uns und dem Schloss stehen vereinzelt Bäume, leider nicht dicht genug beieinander, um uns zu verbergen, sollte jemand in unsere Richtung sehen. An der Vorderseite des gewaltigen Schlosses stehen vier Wachen. Wenn die Blutverfluchten laut genug sind, werden sie die Aufmerksamkeit der Wachmänner auf sich ziehen.

„Hast du den Zauber?", flüstert Luther und wirft mir einen Blick über seine Schulter zu. In seinem Blick kann ich die Anspannung erkennen.

Ich stecke meine Klingen weg und ziehe ein kleines Säckchen aus meiner Tasche. „Wir können ihn nur einmal nutzen, also muss es klappen. Und wir haben einen weiteren für die Rückkehr. Er wird nicht lange anhalten, deshalb müssen wir den offenen Hof schnell überqueren." Mein Blick erforscht das vornehme Schloss und ich erspähe eine kleine Tür in der Nähe des Gemüsegartens, versteckt in der Nähe eines Baums. „Da müssen wir hin." Ich deute auf die Stelle.

„Lass es uns tun", murmelt Luther.

Ich öffne die Kordel des Beutels und streue mir die Hälfte des Inhalts auf die Handfläche, und dann die andere in Luthers. „Bestäube deinen Kopf damit, während du ‚unsichtbar' flüsterst", erkläre ich.

„So einfach?"

Ich zucke mit den Schultern und befolge die Anweisungen. „Es hat mit der Kutsche funktioniert." Eine prickelnde Explosion tanzt über meinem Kopf und regnet auf meinen Körper herab. Ich fühle mich nicht verändert, als ich aber meine Hand hebe, kann ich direkt hindurch sehen. Man kann noch einen schwachen Umriss erkennen, der wie eine Hitzewelle aussieht, aber ansonsten hat der Zauber funktioniert.

Luther starrt mich mit riesigen Augen an.

„Beeil dich zur Hölle." Ich haste zum Ende des Astes und springe herunter, um auf gespreizten Beinen mit gebeugten Knien zu landen. Der Schnee federt meinen Fall ab. Sekunden später erscheinen zwei weitere Abdrücke im Schnee neben mir und eine Hand klopft mir auf den Rücken.

„Worauf wartest du, Bruder?", zieht Luther mich auf. Dann rennen wir über den Hof und verschwenden keine Zeit mehr.

Meine Aufmerksamkeit schweift von rechts nach links und in kürzester Zeit fällt mir auf, wie die Wachmänner auf die Mauer zu rennen, etwas entfernt von der Stelle, wo wir herübergesprungen sind. Sie haben die Blutverfluchten gehört.

Mein Herz schlägt schneller, aber ich halte nicht inne, und Luthers Atemzüge sind so laut, dass sie in meinen Ohren rasseln.

Den Baum in der Nähe des Gemüsegartens umrundend werfe ich mich in Richtung der Bogentür und hämmere mit der Faust auf die hölzerne Oberfläche ein.

„Wir sind noch immer unsichtbar", brummt Luther mir ins Ohr. „Sie wird uns nicht sehen können."

„Gut, dann sind wir auf der sicheren Seite, für den Fall, dass jemand anders die Tür öffnet."

„Weißt du, wie Relle aussieht?"

Ich schüttele den Kopf, bin aber zu konzentriert darauf, dass niemand die Tür öffnet und das bereitet mir in diesem Moment Sorge. Ein schneller Blick über meine Schulter enthüllt weitere Wachmänner, die nun zur Mauer eilen. Der Schneefall ist nicht so dicht. Wie lange wird es also dauern, bis sie unsere Fußabdrücke im Schnee entdecken?

Ich beuge mich vor, um noch einmal zu klopfen, als sich die Tür öffnet.

Ein kleiner Kopf wird herausgesteckt. Er gehört zu einer älteren Dame mit dunklem Haar, das zu einem Zopf nach hinten frisiert ist, und ihre Wangen sind rosig, als wäre sie gerannt. Ihre Augen sind voller Furcht weit aufgerissen. Ich erkenne den Ausdruck in ihrem Gesicht, der zu jemandem gehört, der weiß, dass er die Regeln bricht. Sie trägt ein langes, schwarzes Kleid mit einer weißen Schürze.

„Relle?", flüstere ich und bete, dass sie es ist.

Ihr Kopf dreht sich in unsere Richtung, aber sie blickt direkt durch uns hindurch. „Bist du es?", fragt sie. „Tibout?"

„Ich bin Ahren, Tibouts Sohn." Ich halte still und warte. Luther brummt hinter mir, weil ich ‚Sohn' gesagt habe, aber ich ignoriere ihn.

Relles Gesicht wird blass und sie verzieht sich rasch zurück nach drinnen.

Ich mache ihr einen Satz hinterher und meine Hand greift nach ihrem Handgelenk, während ich sage: „Bitte, der König hat dir die Nachricht in unserem Namen zukommen lassen. Er hat gesagt, dass du uns helfen kannst."

Durch unsere Berührung kann ich ihr Zittern spüren. Als ich die Stelle, an der ich ihren Arm halte,

betrachte, sehe ich, wie der Verhüllungszauber nach-
lässt und mein ganzer Körper vor ihr erscheint.

Ihre Augen werden ganz groß, als sie an mir hinauf-
blickt, bevor sie zurück in das Zimmer schaut, dass wie
eine Vorratskammer aussieht. Als sie Luther anguckt
schüttelt sie erneut den Kopf. „Nein, das ist ein Fehler."

„Bitte", bettele ich. „Wir sind Brüder und werden
dir nichts tun. Wir brauchen ganz dringend deine
Hilfe."

Für ein paar Augenblicke betrachtet sie uns einfach
nur und ihr Blick schweift von uns zum Hof mit den
Wachmännern, bevor sie sich wieder nach hinten
umschaut.

„Wenn ihr mir wehtut, werde ich euch beide in der
Unterwelt heimsuchen", droht sie uns mit hauchendem
Atem.

Ich lächle. „Der König hat mir mit etwas
Ähnlichem gedroht und jetzt weiß ich, dass ihr beide
euch gut kennt."

Sie seufzt und ihr Blick löst sich panisch vom Hof.
„Schnell dann. Kommt herein." Sie öffnet die Tür einen
Spalt weiter und tritt auf die Seite, während sie flüstert:
„Mein König und meine Königin sind auf einer Reise
zum östlichen Hof, deshalb sind nicht so viele Wachen
im Palast wie sonst. Ihr habt einen guten Zeitpunkt
erwischt."

Luther und ich schlüpfen in den dunklen Raum
und ich bete, dass unsere Glückssträhne anhält.

Guen

*D*ie Kutsche wackelt.

Ich werde aus dem Schlaf gerissen und schlage meine Augen auf. Mein Herz pocht, ich raffe mich vom Sitz auf und bewege mich zum Fenster. „Was zur Hölle war das?", murmele ich. Sind die Prinzen zurück? Das wären die besten Neuigkeiten überhaupt. Als ich draußen keine Regung erkennen kann, sehe ich auf der anderen Seite der Kutsche nach, wo die Tür noch immer geschlossen ist. Die Luft ist rein.

Auf dem Boden liegt das Küchentuch, das ich verwendet habe, um meinen verletzten Finger einzuwickeln, und es ist mit Blut befleckt. Mein Finger hat aufgehört zu bluten, auf meiner Hand klebt aber noch etwas angetrocknetes Blut. Sicherlich habe ich nur ein paar Minuten geschlafen.

Rums.

Der Schall wird zurückgeworfen und ich verliere das Gleichgewicht, als wieder alles zu wackeln beginnt. Ein eisiges Rinnsal läuft mir den Rücken hinunter.

Ich greife nach unten, um mir das Messer aus dem Korb zu schnappen. Als ich mich in der Mitte der langen Sitzbank einniste, beginne ich zu zittern. Was zur Hölle geht hier vor sich?

Eine plötzliche Explosion kommt vom Fenster und der Lärm ist ohrenbetäubend.

Ich schreie, zucke zurück und die Klinge in meiner Hand zittert.

Ein braunes Tier, ähnlich einem Bären, kämpft sich durch das Fenster und Scherben und Holzsplitter fliegen in alle Richtungen. Die Kreatur schnaubt und windet sich beim Versuch, Halt zu finden. Sie schlägt ihre Krallen in die Holzwand der Kutsche.

Ich springe auf und stürme auf die gegenüberliegende Tür zu. Nachdem ich sie aufgerissen habe, springe ich nach draußen, renne und sauge abgehackte Atemzüge ein, während ich über meine Schulter blicke. Das Monster macht einen Satz aus der Kutsche heraus, schüttelt den Fensterrahmen, der ihm um den Hals hängt, ab, und das Küchentuch, das ich zum Stillen der Blutung meines Schnitts benutzt habe, hängt ihm im Maul. Es spuckt den Stoff aus und riecht an der Luft.

Oh, verdammt. Mein Blut muss dieses Ding zur Kutsche gelockt haben. So viel zum Thema, ich versuche unsichtbar zu bleiben. Vielleicht hätte der Zauber auch Gerüche blockieren sollen.

Die Kreatur senkt den Kopf und legt seine Ohren flach an.

Mist! Das Messer fest im Griff erhebe ich es gegen das Monster. „Scher dich zur Hölle fort von mir!"

Ich weiche zurück und wirbele rasch herum, um in die Wälder zu rennen.

Jedoch stoße ich frontal gegen eine Wand aus Muskeln.

Mein Herz wird mir aus der Brust springen. Ich lege meinen Kopf zurück und finde einen Mann mit spitzen Ohren und weißem Haar mit Perlmuttstich, das ihm auf die Schultern fällt, vor mir vor. Er ist jung und die Seite seines Gesichts ist von Narben geziert. Er starrt mich mit einem widerlichen Grinsen an.

Gierig schnappt er nach meiner Hand, die das

Messer hält, und drückt diese zusammen. „Lass es fallen", fährt er mich an.

Ich wehre mich gegen ihn und schreie auf, aber meine Hand gibt nach und die Klinge löst sich aus meinem Griff. Etwas Braunes schießt an uns vorbei, da das Tier, welches die Kutsche angegriffen hat, von zwei anderen Männern, die auch in schwarzer Uniform gekleidet sind, davongejagt wurde.

Ich prügle mit der Faust auf den Arm meines Fängers ein und lehne mich gegen ihn auf. „Lass mich los!"

In diesem Moment erkenne ich das Gold an seinem Mantel, das über seinem Herzen befestigt ist. Ein langes Breitschwert mit Flügeln, die sich von Griff weg nach außen aufspannen.

Oh, verdammt. Ich stehe vor einem Wachmann vom Aschehof.

„Geht hinein", flüsterst Relle hektisch, während sie mit einer Hand gegen Ahrens Rücken stößt, sodass er mit mir in das kleine Schlafzimmer stolpert. Es gibt hier drinnen nur ein Einzelbett, eine Garderobe und eine Kommode. Die Vorhänge vor dem Fenster sind zugezogen und lassen nur einen kleinen Lichtstrahl hinein. Es gibt keine Gemälde oder Dekoration anderer Art an den Wänden, was mich annehmen lässt, dass es sich um ein Gästezimmer handelt.

Relle eilt hinein und schließt die Tür, bevor sie sich zu uns umdreht. Ihre Wangen sind zwar gerötet, aber sie richtet sich trotzdem auf. Sie ist eine fülligere, ältere Dame mit Augen in Mitternachtsblau. Die tiefen Falten um ihre Augen und ihr störrischer Blick sagen mir, dass sie in ihrem Leben schon viel Leid gesehen haben muss, jedoch lässt sich auch Gutmütigkeit in ihrem Blick erkennen, genau wie mein Stiefvater es beschrieben hat.

Plötzlich ihrem forschenden Blick ausgeliefert zu sein löst in mir das Gefühl aus, wieder ein Kind zu sein, das für etwas, was es falsch gemacht wird, ermahnt wird.

„Was könnte für König Tibout so wichtig sein, dass er die Leben seiner Söhne dafür riskiert?"

Ich lächle. „Wir sind wegen etwas von *größter* Wichtigkeit hier."

„Nun, dann schießt mal los." Sie stemmt sich die Hände in die Hüften und ähnelt dabei Dana, die alle herumkommandiert.

Ich muss mich selbst daran erinnern, dass ich mich im Herzen der feindlichen Hochburg befinde und weshalb wir es für eine gute Idee gehalten haben, hier her zu kommen. Der König besteht darauf, dass er Relle vertraut, also handeln wir entgegen unserer Instinkte. Ich fühle mich mit dieser Entscheidung nicht wohl, aber ich sage mir selbst, dass wir in der Zwickmühle sitzen. Deshalb ist es die Gefahr, dass sie uns betrügt, wert, wenn wir dafür Deimos retten können.

„Unser Bruder Deimos ist von einem Blutverfluchten gebissen worden und ihm bleibt nicht viel Zeit. Wir alle wissen, dass es nur eine Möglichkeit gibt, sein Leben zu retten."

Zitternd atmet sie aus und nickt uns zu.

Von irgendwo außerhalb des Raums dringen Stimmen zu uns.

„Was erwartet ihr von mir?", fragt sie mit leiser Stimme. „In das Arbeitszimmer des Magiers zu gehen und das Heilmittel für euren Bruder zu finden?"

„Nun, ja", antworte ich und lächle noch immer

leicht. Mein Herz rast im Wissen, dass sie jeden Moment nach den Wachen rufen könnte und wir abgeschlachtet werden würden.

Aus dem Flur kommt noch mehr Lärm. Es klingt, als ob dort Wachmänner rennen. Vermutlich bewegen sich die meisten in Richtung der Blutverfluchen an der Ostmauer, was bedeutet, dass eine Flucht in diese Richtung gefährlicher als ein Einbruch ins Königreich sein könnte.

Sie schüttelt erneut mit dem Kopf. „Es tut mir leid, aber ihr beide habt eure Zeit verschwendet."

„Bitte." Ahren geht einen Schritt auf sie zu. „Die Verbindung, die du mit dem König hast, muss doch etwas wert sein."

Relle blickt finster drein. „Ich habe keine Verbindung mit eurem König. Er kam ins Königreich und ich war einfach nur die Fee, die dafür gesorgt hat, dass seine An- und Abreisen verborgen geblieben sind. "

Ich trete vor, während ich mit der Hand in meine Hosentasche greife. Relle ist nicht gerade die hilfsbereite Fee, die ich mir von den Erzählungen des Königs her vorgestellt habe.

„Ich habe etwas für dich, wenn du uns heute hilfst. " Dann ziehe ich das Diamantenarmband heraus. „King Tibout bestand darauf, dir das hier zu geben. Er sagte auch, dass du uns den Preis für deine Hilfe nennen sollst, und er wird ihn im Anschluss bezahlen. "

Fieberhaft leckt sie sich über die Lippen. Ich hingegen ziehe meine Hand mit dem Schmuck zurück und stecke sie wieder in meine Hosentasche. „Dein König weiß genau, was ich verlange", sagt sie.

„Und das wäre?", fragt Ahren.

„Genug Gold, damit ich mein eigenes Land fernab aller Gebiete des Königreichs der Irrfahrten kaufen kann." Schatten umspielen ihren Gesichtsausdruck.

Hasst sie den Hof so sehr, dass sie ihn ohne zu zögern verlassen würde?

„Abgemacht", gibt Ahren an. „Als Gegenleistung für ein Heilmittel für unseren Bruder. Keine Heilung, keine Bezahlung."

Für einen Augenblick starrt sie meinen Bruder an und die Stille zwischen uns hallt wider.

„In Ordnung." Sie zieht ein kleines Messer aus ihrer Tasche und ritzt sich in den dicken, fleischigen Teil ihrer Handfläche. Sie lässt einige Tropfen Blut auf den Steinboden zwischen uns träufeln und überreicht mir dann die Klinge.

„Blutschwur", beharrt sie. Es scheint, als wäre diese Frau weitaus gerissener, als es zu Anfang schien.

Es handelt sich um einfache Magie, die als Versicherung für den Fall genutzt wird, dass sich eine Person nicht an die Abmachung hält. Wenn ich den Blutschwur breche, kann Relle jede Art Bestrafung, die sie für angemessen hält, verlangen. Niemand kann mich retten, nicht mal ein König, denn unsere Verbindung durch Blut wird beweisen, dass sie im Recht ist. Dies ist eine der Regeln des Königreichs der Irrfahrten, die seit den alten Tagen übernommen und nie geändert wurde.

Ich schneide mich in den Daumen und presse

etwas Blut heraus auf den Boden, damit es sich mit ihrem vermischt. Der Schnitt sticht, aber ich reiße mich zusammen.

Sie murmelt einige Worte vor sich hin, das Blut blubbert und verbrennt direkt vor unseren Augen. Dann erhebt sie ihren Blick in meine Richtung. „Du kommst mit mir. Wenn ich euch beide mitnehme, wird das Verdacht erwecken."

„Ich werde stattdessen gehen", erwidert Ahren und ich weiß, der Grund dafür ist, dass er mehr Zeit mit Jasion verbracht hat und Magier sehr gut kennt. Auch ich habe den Magiern lange genug zugesehen, um zu wissen, wie sie arbeiten, nachdem der König darauf bestanden hat, mir einen seiner Magier als den meinen zuzuteilen. Ich habe aber widerstanden und mich von ihnen ferngehalten.

„Nein", gibt Relle schnippisch zurück. „Ich habe einen Blutschwur mit ihm geschlossen, also wird er mich begleiten. Du bleibst hier."

Ahren sieht zu mir herüber und ich sage: „Ist es sicher für meinen Bruder hier in diesem Raum?"

Sie legt ihre Stirn in Falten, als hätte ich die dümmste Frage der Welt gestellt. „Es wird ihm gut gehen. Wenn ich mein Wort gebe, mein Sohn, dann halte ich es auch. Bevor wir aber irgendwo hingehen, brauchst du neue Kleidung." Sie betrachtet mich von Kopf bis Fuß und eilt dann aus dem Zimmer.

„Vertraust du ihr?" Ahren blickt mich an.

„Welche Wahl haben wir?" Ich schlucke laut. „Bleib einfach im Verborgenen für den Fall, dass es eine Art Hinterhalt ist." Mir ist unwohl bei der Sache, denn ich hasse es, ungewisse Dinge zu übereilen. „Wir besorgen das Heilmittel und schauen dann, dass wir verdammt nochmal hier wegkommen.“

Ahren nickt. „Von diesem Ort bekomme ich eine Gänsehaut.“

Ich atme lang aus. „Wir schaffen das. Wir geben ihr, was sie möchte, damit sie uns hilft, Deimos zu retten.“

„Sei einfach vorsichtig. Und nutze nicht deine Fähigkeit, Gedanken zu lesen. Wir kennen die Fähigkeit der Leute hier nicht und sie könnten spüren, dass du herumstocherst.“ Ahren fährt sich mit der Hand durchs Haar, seine Lippen werden schmaler und ich spüre, wie er versucht, alle Eventualitäten abzuklären.

„Einverstanden.“

Er greift in seine Hosentasche und zieht zwei Stoffbeutel mit magischen Kräutern und Pudern hervor, die unsere Magier zuhause vorbereitet haben. Wir haben einige zur Auswahl für den Fall mitge-bracht, dass Relle uns nicht helfen kann oder möchte, da sie dem Kontakt oder den Methoden des Königs nicht voll und ganz vertraut. „Nur für den Fall, Bruder.“

Ich stecke sie mir in die Taschen und präge mir ein, wo ich welche Mischung verstaut habe.

Die Tür öffnet sich, ich weiche zurück und mein Herz pocht wie wild, als ich meine Finger auf die Klinge an meinem Gürtel lege, aber es ist nur Relle. Sie hat dunkle Kleidung mitgebracht und drückt sie mir in die Arme.

„Schnell, Junge. Zieh dich um. Die Wachen

scheinen abgelenkt zu sein, deshalb ist das deine Chance."

Ich gehe zum Bett und fange an, mich auszuziehen. Aus meinem Augenwinkel bemerke ich, wie Relle mich anstarrt. Es ist mir egal, ob sie mich nackt sehen will, solange wir das Heilmittel für meinen Bruder bekommen.

In Windeseile habe ich die schwarze Uniform eines Wachmanns angezogen. Die Hose ist zu eng, sitzt mir straff im Schritt und droht damit, meine Eier in der Mitte voneinander zu trennen. Ich streife die langärmlige Tunika an meinem Körper herab und binde mir den Ledergürtel dann um die Taille. Mein Haar streiche ich mir aus dem Gesicht und hinter die Ohren. Schnell hole ich noch die Säckchen aus meiner Kleidung und stecke sie ein.

„Steht dir gut", sagt sie und betrachtet mich etwas zu intensiv.

Ahren lächelt leicht. „Halte den Kopf gesenkt und beeile dich." Er klopft mir auf die Schulter.

Ich ziehe die Hose, die mir zwischen die Pobacken rutscht, nach unten. *Verdammt.*

„Bleib dicht bei mir", sagt Relle, als sie die Tür öffnet. Sie steckt ihren Kopf heraus, macht einen Schritt nach draußen und winkt mir zu, ihr zu folgen.

Einmal noch nicke ich Ahren zu, dann geht es los. Er schließt die Tür hinter uns und ich bin Relle direkt auf den Fersen, entlang eines dunklen Flurs mit fehlenden Steinen an Wänden, Decken und Fußboden. Es gibt weder Gemälde noch Tierstatuen; an den Wänden hängen nur Waffen.

Um uns herum herrscht Totenstille. Dieser Ort hier scheint verlassen zu sein, aber trotzdem kann ich nicht aufhören, mir über die Schulter zu blicken, so als würde ich beobachtet würden. Ich sehe mir alles, woran wir vorbeikommen, ganz genau an, jeden Schatten und jeden Flur. Keine einzige Seele soweit das Auge reicht. Plötzlich biegen wir ab und gehen eine geschwungene Treppe herab, was in mir ein Gefühl der Angreifbarkeit auslöst. Hier unten herrscht ein beißender Geruch. Es gibt Risse in den Wänden und in diesen Spalten wachsen Pflanzen—dornige Ranken mit kleinen, roten Blüten und dunkelgrünen Blättern. Die Natur hat diesen Ort zurückerobert. Ich habe Geschichten darüber gehört, dass wo auch immer Magie angewendet wird, die Natur versucht, sich die Energie, von der sie glaubt, dass sie ihr gehört, zurückzuholen.

Mit jedem Schritt verkrampfen sich meine Schultern mehr und meine Hose wandert so weit nach oben, dass ich mir sicher bin, dass sie in meinem Arsch verschwinden wird. Verdammt. Ich schlurfe voran, während ich an dem Stoff zerre.

„Hör auf damit", ermahnt mich Relle über ihre Schulter hinweg.

Schwer atmend eile ich die restlichen Treppen hinab. Wir gehen nach rechts und zwei Wachmänner, die tief in einer angeregten Diskussion versunken sind, kommen auf uns zu, schenken uns aber keinerlei Beachtung.

Mit gesenktem Kopf gehe ich dicht neben Relle her und bete, dass sie ihr Versprechen, uns zu helfen, hält.

„Verfluchter, glücklicher Bastard. Der König wird ihn für diesen Fang reich belohnen", sagt eine der Feen, wohingegen die andere wie ein Schwein grunzt.

Ich bin so vertieft darin darauf zu achten, wo ich hintrete, dass mir nicht auffällt, dass Relle nicht mehr vor mir ist. Rasch bleibe ich stehen und drehe mich um mich selbst, bis ich sie in einem Türdurchgang entdecke, von dem aus sie mich zu sich winkt. Sie sieht mich düster wie ein Dämon an, also eile ich auf sie zu und hinein in das Zimmer, das nach getrockneten Kräutern und dem Tod riecht.

Unzählige Kerzenleuchter erhellen den Raum. Eine Arbeitsfläche verläuft entlang zweier Wände, wohingegen die dritte Wand mit Regalen bestückt ist. Einmachgläser gefüllt mit allerlei Zutaten stehen auf allen verfügbaren Flächen.

„Ist es das?", frage ich.

„Ja", antwortet Relle, um sich dann auf einem Holzstuhl in der Ecke zu setzen.

„Was machst du?", flüstere ich.

„Ich habe dich hergebracht. Jetzt kannst du dein Heilmittel suchen." Sie winkt mir mit der Hand zu.

Mir fällt die Kinnlade herunter. „Das war so nicht Teil unserer Abmachung. Woher soll ich wissen, was davon das Heilmittel ist?"

Sie gibt vor gekränkt zu sein und legt sich ihre Hand auf die Brust. „Was lässt dich glauben, dass ich Ahnung von den Kräften eines Magiers habe?"

Ich werfe ihr einen Blick zu, während ich mit den Zähnen knirsche. „Wirst du wirklich nur dasitzen?"

„Schau, Junge. Ich weiß nicht, wonach du suchst,

deshalb habe ich dich hergebracht. Jetzt mach die auf die Suche nach dem, was du brauchst, denn wir haben nicht viel Zeit."

Wut staut sich in mir auf, aber ich kann sie nicht zwingen, soviel ist mir bewusst. Also wende ich mich dem chaotischen Zimmer zu und überdenke alles. Zuhause habe ich die Magier oft genug dabei beobachtet, wie sie an ihren Tränken gewerkelt haben, um zu verstehen, dass man für das Anhalten eines jeden Zaubers oder Fluchs einen Teil der Mixtur aufbewahren muss. Wenn ich das Heilmittel finde, können unsere Magier es ausprobieren und es dann bei Deimos anwenden. Und, wenn ich Glück habe, könnte ich sogar auf den Zauber treffen, mit dem Guendolyn belegt wurde, der, der sie ihre Vergangenheit vergessen ließ. Ich stürze mich also darauf und beginne, jedes verdammte Gefäß, den Arbeitsbereich und alle Zutaten abzusuchen. Die meisten der Einmachgläser sind beschriftet, was mir die Suche ein bisschen erleichtert.

Ich habe den halben Raum abgesucht, als ich zu Relle blicke, die die Tür anstarrt und nervös an ihren Fingernägeln kaut, während sie still auf ihrem Stuhl sitzt und ihre Knie hoch und runter wippen.

„Relle", beginne ich. „Warum ist der König des Schattenhofs hergekommen?"

Sie antwortet nicht sofort, als sie aber beginnt, seufzt sie. „Wenn er es dir nicht erzählt hat, dann ist es nicht mein Recht, etwas darüber zu sagen. Du musst mit ihm sprechen, da ich ihm Verschwiegenheit geschworen habe."

Ich widme mich wieder dem Absuchen der Regale, fest entschlossen meinen Stiefvater dazu zu bekommen, uns zu erzählen, was vor sich geht. Wir sind so weit gekommen und haben alles riskiert, daher verdienen wir zu erfahren, was er am Aschehof getan hat.

„Wir sollten gehen", flüstert Relle mit zittriger Stimme.

„Nein. Ich habe es noch nicht gefunden. Wenn du mir vielleicht helfen würdest, würde es schneller gehen."

Sie steht auf und ihr Blick verlagert sich von der Tür auf mich. „Wir gehen jetzt und kommen später wieder."

Ich weigere mich zu gehen, jetzt, da ich so nah dran bin. In der nächsten Schüssel, in die ich schaue, finde ich einen halben Knochen und weißes Puder vor, und meine Neugier ist geweckt, wofür man das braucht.

„Du verstehst es nicht. Die Magier des Aschehofs sind dunkel." Relle läuft im Zimmer auf und ab und ihre Aufmerksamkeit ist auf die Tür fixiert. „Sie praktizieren Todesmagie und die nehmen sie von den Lebenden und ihrem Blut. Wenn du erwischt wirst, sind wir beide dem Tod geweiht. Deswegen gehen wir jetzt und versuchen es später noch einmal."

Meine Antwort wird mir verwehrt, als jemand die Tür aufstößt und hereinkommt. Mein Herz springt mir gegen den Brustkorb, meine Instinkte gewinnen die Oberhand und ich schnelle auf die Tür zu. Rasch wie der Wind ziehe ich die Klinge aus meinem Gürtel.

Relle weicht angsterfüllt zurück und ich verschwende keinen einzigen Moment.

Ein Magier mit Glatze erkennt mich im letzten Augenblick und seine Augen quellen hervor. Er öffnet seinen Mund um zweifelsfrei einen Zauber zu sprechen, denn seine Hand klammert sich an eine der unzähligen Ketten, die um seinen Hals hängen.

Ich ramme ihm meine Faust mitten ins Gesicht und der Schmerz rast an meiner Hand hinauf. Der Magier knurrt und greift nach seiner blutigen Nase. Ich schnappe ihn am Arm und zerre ihn hinein, bevor ich die Tür zutrete. Ihn vor mich schwingend, mit dem Gesicht von mir abgewandt, presse ich ihm meine Klinge an die Kehle. Mit meiner anderen Hand kralle ich mir die Ketten, die um seinen Hals hängen, und reiße sie mit einem Ruck ab, bevor ich alles in eine Ecke schleudere. Jeder Magier konzentriert seine Kräfte in Objekten mir einfacher Zugänglichkeit, und die natürliche Energie in einigen Gegenständen können die Kraft, die ein Magier hineingibt, noch verstärken. Keiner von ihnen kann Zauber oder Flüche ohne solche Amulette oder Tränke wirken.

„Sei ruhig, Magier, oder dein Kopf wird rollen." Ich brumme ihm ins Ohr und blicke dann hinüber zu Relle. „Schnapp dir ein Seil oder etwas Ähnliches und komm herüber, um seine Hände zu fesseln—jetzt."

Der Magier hält still und das Blut aus seiner Nase tropft mir auf die Hand. „Ich werde dich in eine Ratte verwandeln."

Relle zwängt seine Arme hinter seinen Rücken und fesselt seine Handgelenke grob aneinander. Sie zittert, ihr Atem rast wohlwissend, dass ihre Tarnung als Spionin auffliegen wird, sollte dieser Magier am

Leben bleiben. Ich muss diesbezüglich etwas unternehmen.

„Du wirst mir das Gegenmittel, nach dem ich suche, zeigen, oder du wirst sterben. Eine falsche Bewegung, und du wirst sterben. Erkennst du das Muster?"

„Dies ist nicht mein Arbeitszimmer", faucht er.

„Ist mir scheißegal. Finde es, oder du wirst sterben."

Ich schubse ihn nach vorne und der Bastard wehrt sich gegen mich. Ich drücke ihm das Messer ans Fleisch und verletze damit seine Haut genug, damit er vor Schmerzen ächzt.

„Sag mir, wo ich das Heilmittel gegen den Biss eines Blutverfluchten finden kann", kommandiere ich ihn herum.

Er lacht. „Es ist verflucht nochmal zu spät."

Aus dem Augenwinkel nehme ich wahr, dass Relle sich nicht bewegt hat. Ich greife in meine Hosentasche und ziehe einen der Beutel mit den Kräutern heraus, die ich mir rechts eingesteckt habe, da sie genau das sind, was ich jetzt brauche. Ich halte Relle das Säckchen hin. „Öffne es! Jetzt sofort!", knurre ich.

Sie eilt herbei, folgt meiner Anweisung und gibt es mir dann zurück.

„Dafür wirst du bezahlen, Relle", warnt der Magier sie und sein ganzer Körper vibriert. Die Wände und der Fußboden beben gemeinsam mit ihm.

Das Pochen meines Herzens hallt in meinen Ohren wider.

Ich werfe die Kräutermixtur in sein Gesicht und flüstere: „Wahrheit."

Er schüttelt den Kopf.

Der Magier würgt, aber ich lockere meinen Griff nicht.

„Versuchen wir es noch einmal. Wo ist das Heilmittel für den Biss eines Blutverfluchten?"

Er brummt, zuckt in meinem Griff und kämpft gegen die Magie an. „E-Ecke." Er stammelt das Wort zusammen mit Spucke heraus.

Ich gehe mit ihm in den hinteren Teil des Zimmers. „Welche Ecke?"

Er deutet mit seinem Kinn nach rechts und ich schubse ihn in diese Richtung.

„Wo?", zische ich und treibe die Klinge noch fester gegen seine Kehle.

„G-goldene Schachtel. Erstes Regal." Er kämpft gegen mich an.

Ich wirbele uns herum, strecke den Arm aus und schiebe alle anderen Einmachgläser zur Seite, bis ich auf eine kleine, goldene Schmuckschachtel stoße. „Ist das die Kiste?"

„J-ja!", brüllt er.

„Siehst du, so schwer war das doch gar nicht, oder?"

Ich schubse ihn in die Mitte des Zimmers, aber plötzlich steht Relle dort und rammt dem Magier ein Messer in der Bauch.

Wie gelähmt dauert es ein paar Sekunden, bis ich realisiere, was gerade passiert ist.

„Was zur Hölle, Relle?"

Der Magier schreit auf, erbricht Blut und stürzt in meine Richtung. Ich stoße ihn von mir und er fällt auf den Boden. Blut quillt aus seiner Wunde und sein Körper krampft.

„Du hättest warten können, bis ich fertig bin", fahre ich sie an.

In Relles Gesicht lässt sich Hass erkennen, als sie dem sterbenden Mann in die Rippen tritt. „Verficktes Schwein, du hast meine Tochter vergewaltigt. Du hast sie getötet, deshalb nehme ich dir nun dein Leben." Sie zittert und ihre Wangen sind nass von Tränen.

Mir bricht beim Anblick ihres Schmerzes darüber, was dieses Monster getan hat, das Herz.

Ich stecke die goldene Schatulle ein und wollte den Magier eigentlich nach weiteren magischen Gegenmitteln fragen, aber dazu wird es nun wohl nicht mehr kommen. Ich wische meine Klinge an der Hose des Magiers ab und verstaue sie.

„Hör zu, Relle, wenn du willst, kannst du mit uns kommen. Verlass dieses Schloss", biete ich an.

Sie schüttelt den Kopf und wischt sich die Tränen weg. Sie sieht mich nicht mal an. „Nein, ich bin hier noch nicht fertig. Geh. Du hast, was du wolltest." Ihr Blick konzentriert sich auf den Magier und ihr Gesichtsausdruck verdunkelt sich.

Ich ziehe das Diamantenarmband aus meiner Tasche und lege ihr es in die Hand. Sie nickt und ich weiche zurück, wohlwissend dass jeder auf seine eigene Art mit Rache umgeht. Das, was ihrer Tochter zugestoßen ist, ist niederschmetternd. Daher verlasse ich das Zimmer, streiche meine Tunika glatt, ziehe mir die Hose aus dem Arsch und laufe schnellen Schrittes durch den Flur und die Treppe hinauf. Meinen Kopf halte ich gesenkt, als ich an anderen Wachleuten vorbeikomme, und lege dann einen Zahn zu, bis ich Relles Zimmer erreiche.

Rasch klopfe ich drei Mal an der Tür und schlage dann noch mit der flachen Handfläche dagegen—ein kleines Geheimzeichen, das ich mit meinen Brüdern ausgemacht habe, als wir jünger waren. Die Tür öffnet sich und Ahren steht dort, mit gezückter Waffe. Eilig trete ich ein. Sein Blick haftet der Tür an, die ich hinter mir verschlossen habe. „Was ist passiert? Wo ist Relle?"

„Lange Geschichte, aber wir müssen jetzt aufbrechen. Ich habe das Gegenmittel."

Sein Gesicht glüht. „Danke den Göttern, dass zur Abwechslung mal etwas nach Plan läuft."

Ich stecke meinen Kopf aus dem Zimmer heraus und finde den Flur leer vor. Dann öffne ich die Tür und schlüpfe heraus. Ahren folgt mir und wir rennen nach links. Ich erinnere mich an den Weg, den Relle gegangen ist, um uns in dieses Zimmer zu bringen, da ich gezählt habe, an wie vielen Passagen und Räumen wir vorbeigekommen sind. Wir rennen einen Satz Treppen herunter und um die Ecke herum in einen langen, dunklen Korridor.

„Bist du dir sicher, dass wir hier richtig sind?", murmelt Ahren mir ins Ohr.

„Ja, es sieht genauso aus." Wir laufen auf das Ende zu und ich öffne die letzte Tür. Wir betreten einen Wäscheraum. Regale über Regalen mit gefalteter Bettwäsche und Handtüchern.

Keine Ausgangstür ins Freie.

„Scheiße, wir sind irgendwo falsch abgebogen", brummt Ahren hinter mir.

„Ich muss mich verzählt haben. Ich war mir sicher, dass es sieben Flure waren, an denen wir vorhin vorbeigekommen sind—"

„Ich denke, dass es sechs waren. Zur Hölle, an diesem Hof sieht alles gleich aus", sagt er.

Rückwärts durch den Türdurchgang tretend überprüfe ich die Gegend. „Alles leer. Wir müssen uns zurückziehen und den anderen Weg nehmen."

Hastig bewegen wir uns voran und mit einem Mal könnte ich schwören, dass die Bodenbretter unter unseren Füßen zu beben beginnen.

Wir machen einen Rückzieher und stürmen in den, wie ich hoffe, richtigen Flur. Bitte, lass ihn korrekt sein.

Ich knalle gegen einen Wachmann und es läuft mir eiskalt den Rücken herab.

Ahren und ich stehen Schulter an Schulter, springen auf die Fee zu und prügeln auf ihn ein, damit er aufhört zu schreien. Ich nehme ihn in den Schwitzkasten bis er bewusstlos ist und lasse seinen Körper dann zu Boden fallen.

„Scheiße, das war knapp", murmele ich. Ich torkle umher und knalle mit der Schulter gegen die Wand, als wäre ich betrunken. „War das ein Erdbeben?"

Jemand räuspert sich hinter uns.

„Scheiße!", brummt Ahren, als wir uns gleichzeitig umdrehen und einem Dutzend Unseelie Wachen mit gezogenen Schwertern gegenüberstehen, die nur wenige Meter von uns entfernt sind.

22

GUEN

Eine fleischige Hand schlägt mir auf die Schulter und ich zucke vom Druck des Schlags zusammen. Eine andere Hand schubst mich am Rücken und ich werde durch eine offene Tür in eine riesige Halle gedrängt.

Die Wände bestehen aus Gold und die entzündeten Kronleuchter über uns strotzen nur so vor Kristallen. Säulen verlaufen entlang des Gangs, der in die Mitte des Raums führt und mich zu einer Frau leitet, die alleine am Ende eines gigantischen Esstischs ohne Tischdecke sitzt. Auf dem Tisch stehen nur Kerzenständer und Servierplatten voller Speisen.

Das Klimpern ihres Bestecks hallt durch den Raum, während die Wachleute in Reih und Glied entlang der Wände stehen und jeden meiner Schritte beobachten. Marmor funkelt unter meinen Füßen, an den Wänden entlang thronen Balkone und ich vermute, dass dieser Ort in den meisten Fällen für große Ankündigungen genutzt wird, anstatt einer Dame zum Einnehmen ihrer Mahlzeit zu dienen.

„Beweg dich!", brüllt der Wachmann hinter mir, bevor er mich weiter vor sich her schubst.

Ich stolpere nach vorne und bin mir unsicher, was mich erwartet. Ehrlich gesagt habe ich gedacht, dass sie mich zum König bringen, der über meine Strafe entscheidet. Vielleicht haben sie gespürt, dass Unseelie Blut in meinen Adern fließt. Bei meinem Glück kann ich mich aber triumphierend schätzen, wenn ich meine beiden Hände behalten darf.

Mein Herz klopft laut und mein Blick wandert zwischen den Wachen und der Frau hin und her, die ihr Essen nicht unterbrochen hat. Jedes Klappern, das sie produziert, schallt in meinen Ohren und hämmert auf mich ein. Zittrig atmend versuche ich die Angst, die mich verschlingt, auszublenden.

Furcht umgibt mich, als ich vor dem mit Früchten, gegrilltem Gemüse und einem kompletten Spanferkel in der Mitte gedeckten Tisch zum Stehen komme. Das graue Haar der Frau ist ihr aus dem Gesicht zurückgekämmt. Sie scheint in ihren Siebzigern zu sein und das Alter zeichnet Falten um ihren Mund und ihre Augen ab. Wenn sie heute wunderschön ist, muss sie in jüngeren Jahren noch ansehnlicher gewesen sein.

Sie senkt die goldene Gabel und das goldene Messer in ihren Händen, hebt den Kopf und blickt mich an.

„Knie nieder", schreit mich der Wachmann von hinten an.

Ein Tritt in die Kniekehlen schickt mich zu Boden.

Ich wimmere, als ich mit den Knien auf den Marmorfußboden knalle. Ich bleibe auf meinen Füßen sitzen und halte den Kopf tief gebeugt.

„Lasst uns alleine", schreit die Frau mit heißerer Stimme. Vielleicht wird sie Gnade mit mir walten lassen.

Der marschierende Klang von Schritten verliert sich hinter mir und ihm folgt der Knall einer sich schließenden Tür.

Spitze, saphirblaue Stiefel schreiten in mein Blickfeld und ein schimmerndes Kleid im selben Farbton schwingt um die dazugehörigen Knöchel.

„Wie heißt du?", fragt sie.

„G-Gainy." Ich bleibe stark und nehme all meinen Mut zusammen. Jetzt ist nicht der richtige Augenblick, um Furcht zu zeigen. Ich muss schlau handeln und irgendwie aus diesem Wirrwarr herauskommen, ohne dabei meinen Kopf zu verlieren.

„Steh auf."

Ein Schaudern durchzuckt meinen Körper, aber ich raffe mich auf, ohne sie dabei anzusehen. Ich erinnere mich an den Zorn des Königs, als ich ihm in die Augen gesehen habe.

Sie greift nach meinem Kopf und drückt ihn nach hinten. „Lass mich dich genauer ansehen."

Ich blicke in blaue Augen, die so strahlen, dass sie einem wolkenlosen Himmel an einem Sommertag Konkurrenz machen könnten. Sie erwecken etwas in mir... Ein Gefühl der Wärme und alles, woran ich denken kann, sind die heißen Tage, an denen ich mit meiner Pflegemutter den Strand besucht habe. Das sind Momente, die ich nie vergessen werde, voller Lachen, Spaß und Sonnenbrand. Damals habe ich auch zum ersten Mal einen Jungen geküsst—einen Surfer, um genau zu sein.

„Interessant." Die Stimme der älteren Dame reißt mich aus meinen Gedanken und ich mir ist schwindelig.

Kopfschüttelnd verscheuche ich den seltsamen Nebel aus meinem Verstand und konzentriere mich wieder auf die Fee, die in etwa genauso groß wie ich, jedoch etwas dünner ist, und so viele Juwelen um ihren Hals trägt, dass es mich wundert, dass sie davon nicht nach unten gezogen wird. Das Kerzenlicht bringt die Kristalle zum Funkeln und zieht so meine Aufmerksamkeit auf die verschiedenen Farben der Edelsteine.

„Wie heißt du in Wirklichkeit?", fragt sie kurz und knackig.

Ich bemühe mich das Zittern zu unterbinden, durch ihre Frage wundere ich mich aber, ob sie meine Vision vom Strand hervorgerufen und diese auch irgendwie gesehen hat—was bedeutet, dass sie nun genau weiß, dass ich nicht dem Königreich der Irrfahrten entstamme.

Daher entschließe ich mich dazu, die Führung zu übernehmen, da ich vorhabe, den Tag zu überleben. „Ich habe nichts falsch gemacht und habe Ihr Land nicht unbefugt betreten."

Sie neigt ihren Kopf zur Seite und ihre rosigen Lippen schmälern sich zu einem grinsenden Lächeln. Mir gefällt bereits jetzt ihr Gesichtsausdruck nicht mehr, da sich irgendetwas daran nicht richtig anfühlt.

Weiß sie, wer ich in Wirklichkeit bin? Kann sie spüren, dass ich eine Unseelie bin? Verdammt, was, wenn sie meine Gedanken lesen kann... Habe ich ihr gerade verraten, wer ich bin? Hat sie diese Fähigkeit?

„Komm. Setz dich mit mir hin und lass uns etwas trinken." Sie wendet sich wieder dem Tisch zu.

Meine Füße wollen mir nicht gehorchen. Stattdessen blicke ich über meine Schulter und bemerke, dass außer ihr und mir niemand in diesem riesengroßen Raum ist. Bogenfenster aus farbigem Glas, das den Blick nach draußen verschleiert, machen es mir unmöglich zu deuten, was hinter ihnen liegt.

Mein Innerstes verkrampft sich und ich möchte von hier fortlaufen, aber die Wachmänner werden vor den Türen warten. Wie weit würde ich also kommen? Und was ist mit Ahren und Luther? Sie werden die zerstörte Kutsche und mein Verschwinden vorfinden, wenn sie zurückkommen.

Plötzlich stürzt sich die Frau blitzschnell auf mich. Sie ist so rasch bei mir, dass ich nicht schnell genug reagieren kann, um mich zu verteidigen. Sie greift mich wie ein Raubtier an, denn ihre Finger sind stark wie Eisen und bohren sich in mein Fleisch. Ihre Zähne schlagen sich in meinen Hals und beißen mich. Verletzen meine Haut.

Ich schreie auf und bewege mich instinktiv, um sie von mir zu stoßen, aber sie ist bereits wieder am Tisch und nimmt vor Kopf daran Platz. Meine Hand greift an meinen blutigen Hals und ich stolpere rückwärts. Was zur Hölle wollen alle in diesem Königreich mit meinem

Blut? Blutverfluchte, kleine Feen und jetzt diese verrückte Schlampe.

Sie leckt sich mein Blut von den Lippen, ihre Augenlider flattern und für ein paar Sekunden fällt mein Blick auf eine andere Person... eine viel ältere Frau, entstellt, mit tiefen Falten und Rauch, der ihr aus einem Mundwinkel steigt.

Ich möchte hier nicht sein.

„Was haben Sie da gerade getan?" Die Angst ergreift Besitz von mir und schließt mich wie in einer Zwangsjacke ein.

„Ich musste sichergehen, dass du es bist. Jetzt nimm Platz, Guendolyn." Sie brummt und der Klang vibriert um uns herum.

Das Zimmer wackelt. Sie hat meinen Namen am Geschmack meines Bluts erkannt? Feen haben Fähigkeiten aller Art. Wenn Luther seine Gedanken in meinen Verstand projizieren kann, warum sollte diese dämonische Fee dann nicht herausfinden können, wer ich bin, indem sie von meinem Blut probiert?

„W-Wer...?" Meine Stimme versagt.

Sie lacht hysterisch und ich hasse diese Frau schon jetzt. Ich verabscheue sie.

„Weißt du, wie lange wir schon nach dir suchen? Und dann haben dich diese idiotischen Prinzen mir weggenommen."

„Wer sind Sie?"

„Hinsetzen!" Sie sieht mich mit ihrer krumm verzogenen Stirn an. „Es spielt keine Rolle, wer ich bin."

Ich schleppe mich näher und lasse mich auf einen Stuhl fallen. Der Geruch des Essens macht mich krank und ich möchte mich übergeben. Luther hat mir gesagt, dass die Leute an diesem Hof mich töten möchten. Ich habe so viele Fragen und gehe auf Messers Schneide beim Versuch herauszufinden, wie ich am besten am Leben bleibe, während ich der Wahrheit auf den Grund gehe.

Ich zwinkere sie an. „Was wissen Sie über mich?"

Ihre Augenbraue hebt sich, sie beugt sich nach vorne und sieht mich mit diesen hypnotisierenden Augen an, aber ich schaue weg und lasse nicht zu, dass sie sich wieder in meinen Kopf drängt.

„Ich weiß genug", antwortet sie.

Ich rutsche auf meinem Stuhl herum und die Angst prickelt an meinen Armen herab. Ihre Spiele laugen mich aus und ich möchte einfach nur die Wahrheit wissen.

„Wer sind meine Eltern?" Meine Hände im Schoß kann ich nicht stillhalten. „Sind Sie meine Mutter?"

„Sei nicht albern", gibt sie schnippisch zurück, während sie sich selbst etwas aus einem goldenen Krug in ihren Kelch einschenkt, was wie Wein aussieht.

„Wer ist es dann? Was ist mit meinem Vater?" Ich klinge verzweifelt, aber ich wollte die Wahrheit von dem Moment an wissen, als ich alt genug war, zu verstehen, was es heißt, keine Eltern zu haben. Dies ist meine einzige Chance, denn ich habe nicht vor, jemals an diesen Hof zurückzukehren, wenn mir die Flucht gelingt.

Sie sieht mich misstrauisch an. „Du weißt nichts über deinen Vater? Obwohl du am Schattenhof gewesen bist?"

Es läuft mir kalt den Rücken hinunter. „Was bedeutet das?" Mein Verstand rattert mit tausenden Stundenkilometern, während ich versuche alle Puzzlestücke zusammenzufügen.

Mein Vater ist am Schattenhof?

„Auf der Erde aufzuwachsen hat dich begriffsstutzig gemacht." Sie zuckt mit den Schultern. „Aber das ist jetzt auch egal, nicht wahr?"

„Hören Sie auf in Rätseln zu sprechen." Es muss entweder Mut oder Dummheit sein, so schamlos gegenüber dieser Fee zu sein.

Sie nippt an ihrem goldenen Kelch und stellt ihn dann wieder auf dem Tisch ab. Nachdem sie aufgestanden ist, blickt sie mich an, als hätte ich das Schlimmste der Welt von mir gegeben.

Hastig richte ich mich auch auf und trete vom Tisch zurück. „Bitte. Ich möchte nur wissen, wer meine Eltern sind, dann gehe ich."

Sie schüttelt den Kopf und schleudert ihren Arm in meine Richtung. „Zu spät."

Ein unsichtbarer Schlag trifft in meine Magengrube, katapultiert mich rückwärts und lässt mich auf meinen Hintern plumpsen. Ich ringe um Luft und blicke nach oben, während sie zu mir herüberschlendert. Wer um alles in der Welt ist diese Frau? Ihre Kräfte sind wahnsinnig stark und jetzt verstehe ich, warum sie die Wachen fortgeschickt hat. Sie braucht keine Beschützer.

„Es kommt sehr gelegen, dass du aufgetaucht bist, während ich versucht habe, einen Weg zu finden, dich zurück an unseren Hof zu holen." Sie spricht mit einem

Lächeln auf den Lippen, als wäre alles rosig. Jedoch kenne ich die Wahrheit—dass ich das eine Hindernis bin, das den Unseelie im Weg steht, um ihren Fluch über den Schattenhof zu vollenden.

Während sie mich mustert bekomme ich eine Gänsehaut. Schatten tanzen über ihr Gesicht und signalisieren, dass ich vorsichtig agieren muss. Wir mögen beide Unseelieblut in unseren Adern haben, aber sie ist mein Feind. Ich erkenne, welch Vergnügen es ihr bereitet, mir Schmerzen zuzufügen und ich höre es in dem unausgesprochenen Versprechen von Tod auf ihren Lippen.

Ich raffe mich vom Fußboden auf, stelle mich gerade hin und erinnere mich daran, dass die Macht, Portale zu öffnen und zu schließen, durch mich fließt.

Ein weiterer unsichtbarer Schlag gegen meinen Bauch lässt mich aufstöhnen und vorne überbeugen, um mir die Arme um den Leib zu schlagen. „Genug", heule ich. „Ich habe nie um das hier gebeten. Habe nie darum gebeten, der Träger eures Fluchs zu sein, damit ihr Rache an euren Feinden verüben könnt."

Einen Augenblick lang bewegt sie sich nicht, bevor sie wieder auf ihrem Stuhl Platz nimmt und in meine Richtung blickt. „Du hast Recht. Du hast nie darum gebeten, aber allein deine Anwesenheit ist eine Abscheulichkeit und wir hätten dich bereits loswerden sollen, als du geboren wurdest. Dann wäre nichts hiervon nötig. Dies ist der Grund, warum Seelie und Unseelie nie zusammen sein dürfen." Sie runzelt ihre Nase, als wäre ich ein Kaugummi, der an ihrem Schuh kleben geblieben ist.

Mein Mund steht weit offen. „Sie sind so widerwärtig. Wie können Sie es wagen, so über mich zu sprechen?" Ich verstehe nicht warum diese Frau, die offensichtlich jemand Wichtiges ist, so viel Interesse an mir zeigt. Wenn sie die Wahrheit sagt, dann wissen nicht mal die Prinzen von meinem Vater, da sie darauf beharrten, dass meine Eltern am Aschehof lebten.

Sie schüttelt den Kopf als wäre ich belanglos.

„Sie können mir wenigstens erzählen, was passiert ist, wenn Sie mir sowieso das Leben nehmen werden", bitte ich inständig und versuche Zeit zu schinden, während ich mich darauf konzentriere, meine Kraft heraufzubeschwören und herauszufinden, wie ich ein Portal so mühelos öffnen kann, wie die kleine Fee es mir gezeigt hat.

Sie neigt ihren Kopf zur Seite. „Wer ist heutzutage für die Magie am Schattenhof verantwortlich? Ist es noch immer Jasion?"

Mir gefriert das Blut in den Adern, als ich erfahre, dass sie seinen Namen kennt und nach ihm fragt, so als hätte sie bereits zuvor mit ihm zu tun gehabt. Aber ich werde dieser Frau keine Informationen geben, die sie vielleicht zum Nachteil der Prinzen nutzen könnte.

„Sie wechseln schon wieder das Thema." Ich ignoriere den Schmerz. „Erzählen Sie mir von meinen Eltern. Warum wurde ich geopfert?"

„Weißt du, was traurig ist?", sagt sie, fast so, als sollte ich die Antwort kennen. „Es ist wahrscheinlich, dass du deinen Vater getroffen, vielleicht sogar mit ihm am Schattenhof gesprochen hast, da er ein Arschloch ist, das sich viel zu sehr für alle Weiber interessiert, die ihm über den Weg laufen. Und was aber noch trauriger ist, ist, dass er nie von dir erfahren hat. Es wird also nicht wirklich ein großer Verlust für die Welt sein, wenn du tot bist."

Wut brennt in mir wegen der Art, wie sie sich mit mir unterhält, als würde ich kaum etwas bedeuten. Meine Aufmerksamkeit heftet sich an ihre Erwähnung meines Vaters, mit dem ich vielleicht Zeit verbracht habe. Er muss jemand sein, der wichtig genug ist, dass sie annimmt, dass ich mit ihm gesprochen habe; er muss eine Schlüsselfigur sein, damit diese Fee sich für ihn interessiert. Die Antwort drängt sich in den Vordergrund meiner Gedanken, so als wäre sie die ganze Zeit da gewesen, ich aber zu blind, sie zu erkennen.

Furcht durchschießt mich.

„Nein. Nein... Nein! Er kann nicht mein Vater sein." Ich atme einen abgehackten Atemzug ein und der Raum dreht sich um mich herum.

„Es hat ein wenig gedauert, aber schlussendlich bist du doch drauf gekommen."

Ich wünsche mir, dass sich ein Loch im Boden auftut und mich verschlingt.

Mein Vater ist der König des Schattenhofs. Ich bin zum Teil königlich.

Sie dreht ihren Kopf in meine Richtung und verzieht ihren Schmollmund zu einem Grinsen. „Ja, ich wäre auch geschockt, Seelie Blut in meinen Adern zu wissen, ganz zu schweigen davon, ein Kind eines armseligen Königs zu sein. Jetzt erkennst du, warum du ein Fehler bist. Daher tue ich, was schon vor langer Zeit hätte getan werden sollen, wenn sie auf mich gehört hätten."

Ich kann nicht sprechen, denn diese Nachrichten zerreißen mich. Der Schock schlägt wie ein Blitz in meinen Körper ein.

Stille drängt sich zwischen uns, bis ich endlich wieder meine Stimme finde. „Wer ist meine Mutter?"

„Macht es einen Unterschied? Erlösen wir dich endlich und kommen zum Ende. Es wurde bereits viel zu viele Jahre herausgezögert. Ich habe zu viel Zeit an diesen Quatsch verschwendet."

„Quatsch?" Ich kann mich nicht zurückhalten. „Es geht hier um mein Leben!"

Binnen Sekunden holt sie mit der Hand aus und ich fliege quer durchs Zimmer. Mein Rücken knallt gegen die Wand und mein Kopf zerspringt förmlich. Ich schreie voller Schmerz auf und sinke auf den Boden. Meine Beine geben unter mir nach, ich sinke auf die Knie und kann das Blut hinten auf meiner Zunge schmecken.

„Der Tod wartet auf dich."

Weitere Attacken richten sich gegen mich. Ich werde in die Luft geschleudert und schreie, aber nichts davon scheint eine Rolle zu spielen. Niemand weiß, wo ich bin. Niemand wird mich retten.

Sie starrt mich an, ohne zu blinzeln. Während ich in der Luft hänge, verdunkeln sich ihre Augen. Im Zimmer wird es eiskalt, so als hätte jemand das Fenster geöffnet. Mein Herz schlägt schneller und eine Schwere verschlingt mich von innen nach außen.

Hass umspielt ihr Gesicht, wenn sie mich anblickt.

Ich bezweifle, dass diese Fee jemals Mitleid mit mir hatte… Nicht, als ich ein Baby war, und definitiv nicht heute.

Ich habe genug Zeit mit den Feen am Schattenhof verbracht, um ihren Hass für die Unseelie kennenzulernen, aber wovon ich jetzt Zeuge werde, spielt in einer ganz anderen Liga. Diese Unseelie Fee wird Tausende töten und es wird ihr egal sein.

Nicht mal der König würde… Ich schluchze erneut bei der Erkenntnis, dass er mein Vater ist. Es gibt so vieles, worüber ich mit ihm sprechen muss.

Wie wahnsinnig kämpfe ich gegen die unsichtbaren Fesseln an, die mich in der Luft halten, aber es hat keinen Sinn. Mein Verstand arbeitet in alle Richtungen, aber mich zu konzentrieren ist unmöglich. Ich habe Wörter vergessen, alles vergessen, außer der Erschütterung, die von mir Besitz ergriffen hat.

„Du hast einen Schatten über deinem Herzen, Guendolyn. Schon immer. Ein Fluch. Das ist, was du bist.“

„Weil eure Magier mich verflucht haben!“, brülle ich.

Einer ihrer Mundwinkel verzieht sich nach oben, so als wäre sie stolz auf ihr Werk.

„Sie waren es, nicht wahr? Sie haben mir das angetan!“, heule ich.

„Ich bin doch ein wenig stolz darauf, wie gut es funktioniert hat. Heimzahlung und Rache gegen die Seelie.“

Ich schäume vor Wut und in mir tobt ein Feuer. „Was haben meine Eltern Ihnen persönlich angetan, damit Sie mich so sehr hassen? Ich vermute, Sie sind eine wichtige Person, wenn man bedenkt, wie hörig die Wachmänner Ihren Befehlen Folge leisten. Aber das gibt Ihnen kein Recht, irgendjemanden wie ein Stück Scheiße zu behandeln."

„Du sprichst mit so viel Unhöflichkeit zu mir. Aber ich nehme an, ich kann von jemandem, der von Menschen erzogen wurde, nicht mehr erwarten." Sie schlägt mit der Hand nach außen.

Ich werde zur Seite geschleudert, knalle gegen eine Säule und falle dann auf den Marmorboden. Jeder Knochen in meinem Körper schreit vor Schmerzen.

Ein Schatten legt sich über mich. Sie packt mich bei den Haaren und zerrt mich auf die Knie. „Die beiden Feenrassen sind nicht miteinander zu vergleichen", rotzt sie mir ins Gesicht. „Die Blutlinie der Unseelie stammt direkt von der Feenkönigin ab. Die Seelie sind die Feen, die versucht haben, sie zu töten. Ich werde dir die Zunge herausschneiden, wenn du sagst, dass wir gleich sind."

Meine Kopfhaut brennt an der Stelle, an der sie mich an den Haaren zerrt und meinen Kopf nach hinten reißt. „Wer sind Sie?" Ich jammere vor Schmerzen.

„Ich muss mich bei dir bedanken, dass du heute hergekommen bist, da mein Sohn und seine Königin nicht am Hof sind. Es ist, als hätten die Götter mich endlich mit der Chance gesegnet, den schrecklichen Schlamassel, den deine Geburt angerichtet hat, wieder zu richten."

Ihre Worte preschen mir entgegen. Sie ist die

Mutter des Königs! „Schmoren Sie in der Hölle!" Ich lehne mich gegen sie auf, die Wut brennt in meinem Körper und es ist mir egal, ob sie eine Göttin ist.

Sie zischt und zieht mich an den Haaren durch den Raum zum Tisch hin. „Als Erstes werde ich dir deine Zunge nehmen, damit du eine Lektion lernen kannst, bevor du stirbst. Siehst du, ich versuche dir sogar noch etwas beizubringen, wo ich doch meine Zeit gar nicht verschwenden sollte. Und dies ist auch der Grund, weshalb ich so hart kämpfen muss, um meinen Sohn daran zu erinnern, dass er alles in seiner Macht Stehende tun muss, um König zu bleiben und das gesamte Königreich der Irrfahrten zu übernehmen. Und mit deinem Tod, kleines Mädchen, wirst du eines unserer größten Hindernisse überwinden. Deinen Vater."

„Warum hassen Sie mich so sehr?", dränge ich, während ich mich auf die Füße kämpfe, damit ich nicht wie ein Tier herumgeschliffen werde.

„Hast du mir nicht zugehört? Du bist ein Fehler und ich werde deinem Leben einen Sinn verleihen. Wenn du stirbst, wirst du jede einzelne Unseelie stolz machen. Tröste dich damit, dass man Lieder über dein Opfer schreiben wird."

„Opfer?" Ich fürchte mich zu Tode und möchte keinesfalls sterben.

Mit unglaublicher Stärke knallt sie meinen Kopf seitlich gegen den Holztisch. Teller und Besteck fallen zu Boden und mein Kopf dreht sich.

Ich schreie auf und der Schmerz haut mir seine Fänge ins Fleisch, an der Stelle, wo ihre Fingernägel sich mir in den Hals bohren, um meinen Kopf auf den Boden gedrückt zu halten.

„Halte still. So wird es einfacher sein."

Panik steigt in Wellen in mir hoch und eine nach der anderen zieht mich immer weiter in die Tiefe. Sie wird mich töten, jetzt und hier.

Ihr Griff um meinen Hals festigt sich und ihre andere Hand umklammert den Griff eines langen, scharfen Messers.

Mir ist schlecht und die Dunkelheit verschlingt mich. „Bitte nicht", winsele ich, aber sie lacht mich aus.

Sie lässt nicht mit sich reden. Sie ist der Teufel, so widerwärtig, dass sie das Königreich der Irrfahrten bis zum Krieg hin manipuliert hat. So viel Hass, so viel Angst, und alles, weil diese Frau ihren Hunger nach Macht stillen will... Sie will, dass ihr Sohn über das Königreich herrscht. Ob er anders als die verrückten Diktatoren zu Hause auf der Erde ist? Ich vermute, Gier und Macht mögen hier ein anderes Gesicht tragen, aber sie sind genau dieselben sadistischen Huren-söhne. Mir wird klar, dass Feen wie sie niemals Frieden oder Mitgefühl begreifen werden können. Ich bin für sie nur ein Mittel zum Zweck und balle meine Hände zu Fäusten.

Ich zittere und ziehe abgehackte Atemzüge ein, während ich gegen ihren Griff ankämpfe, aber dabei erwacht auch eine Kraft zum Leben in mir, die über meine Haut kratzt und sich in meiner Brust ausbreitet.

Meine Fingernägel presse ich ihr fest bis aufs Fleisch in ihren Arm. Sie aber lacht nur und senkt ihre Klinge näher an mein Gesicht heran.

„Aufhören! Bitte tun Sie das nicht." Panik ergreift Besitz von mir.

Ein Energieschwall bricht über mich herein.

Der Tisch unter mir beginnt zu wackeln, die Wände zu ächzen und ich heiße die Kraft willkommen. Ich gebe all die Energie, die ich habe, mit unglaublicher Geschwindigkeit von mir.

Ein donnerndes Geräusch erklingt um uns herum.

Der ganze Raum bebt gewaltsam, Kronleuchter schwingen umher, Staub fällt von oben herab und an den Wänden bilden sich Risse.

Sie hält inne, blickt zu dem Störenfried hinauf und ich schlage ihre Hand weg, um vor ihr wegzukriechen.

„Rühren Sie mich nie wieder an!", brülle ich verbittert.

Sie runzelt ihre Nase, verzieht ihr Gesicht zu einer Grimasse und sieht aus, als wäre sie bereit, mich bei lebendigem Leib zu häuten. Sie knallt mir ihre Macht entgegen, aber ich schreie ungewollt los und erwecke damit jede Faser meiner Kraft in mir.

Sie verteilt sich nach außen hin weg und die Luft schimmert. Fenster schlagen auf und zerborstenes Glas wird wie Regen in alle Richtungen geschleudert. Ich halte mir schützend die Hände über den Kopf, als die Glassplitter über mir zu Boden gehen.

Die abscheuliche Fee wird zurückgeschleudert. Sie krallt sich an einem Stuhl fest, um die Balance zu halten, aber stattdessen reißt sie diesen mit sich um. Riesige Risse öffnen sich in der Wand, der Boden bebt und ich taumle auf meinen Füßen umher. Die

Haupttür wird aus ihren Angeln gerissen und eine Armee aus Wachmännern strömt hinein.

Ich kämpfe um jeden einzelnen Atemzug und mein Körper vibriert vor Energie, so als würde ich in Brand stehen. Ich muss jede Faser in mir dazu zwingen, mit der Macht zu tanzen, die ich empfange. In mir steigt Wut auf. Ich möchte dieses gesamte verdammte Schloss in Schutt und Asche legen.

„Guendolyn?", brüllt Luther und ich wirbele auf den Fersen herum, nur um zu sehen, dass er an der Tür ist, gefangengenommen von Wachen, und mit Ahren an seiner Seite. Immer mehr Feen strömen in den Raum, als wäre es ein Spektakel und sie wollen herausfinden, was zur Hölle ich hier drinnen angestellt habe.

Verzweiflung verschmilzt mit Angst in meinem Bauch. Ich blicke über meine Schulter auf die Frau, die mich tot wissen möchte und sehe, wie sie sich auf die Beine kämpft.

Aber ich bin noch nicht fertig. Nicht mal ansatzweise.

Sie greift mich erneut an und schleudert etwas, das wie Feuerbälle aussieht, direkt auf mich zu und faucht dabei hasserfüllt.

Ich strecke meine Arme aus und meine Energie strömt in Wellen aus meinem Körper heraus. Sie knallt mit jedem Einzelnen im Raum zusammen und reißt sie von ihren Füßen. Sie stöhnen und schreien auf, aber ich schere mich nicht mehr um Nettigkeiten.

Die Feuerbälle erlöschen, jedoch nicht rasch genug. Einer von ihnen trifft mich am Oberkörper und schleudert mich mit dem Rücken gegen die Wand.

Hitze umgibt mich und panisch versuche ich die Flammen auf mir zu ersticken, sie auf meinem Mantel auszuklopfen.

Das Klappern von Metall hallt durch das Zimmer aus der Richtung, wo die Prinzen gegen die Wachmänner kämpfen, um mich zu unterstützen. Doch leider rennen immer mehr Wachen in den Raum. Wie weit würden wir kommen, selbst wenn uns die Flucht gelingt?

„Tötet sie alle!", ordnet sie an. „Sie werden dieses Zimmer nicht lebendig verlassen."

Mich überkommt die Erschöpfung und ich atme aus, als meine Kräfte versiegen. Scharf sauge ich die kalte Luft ein und die erschütternde Realität verschlingt mich. Wir sitzen in der Falle und ich habe nur eine einzige Option.

Mühsam atmend richte ich mich auf.

Luther blickt zu mir herüber und die Angst steht ihm ins Gesicht geschrieben.

Öffne das Portal, kleiner Wolf. Jetzt!

Damals im Thronsaal war es mit einem einzigen Gedanken getan, vielleicht ist das Problem also, dass ich alles zu sehr überdenke. Ich führe meine Hand zum Mund, neige die Finger zurück und atme aus.

Nichts.

Ich brumme vor mich hin und werde wahnsinnig wütend, da ich unfähig bin, es hinzubekommen. Also gehe ich tiefer in mich und beschwöre die Elektrizität, die durch meine Adern fließt.

Als ich zu den Prinzen blicke, die gegen die Wachleute kämpfen, wird mir klar, dass sie nicht viel länger durchhalten können. Ich mobilisiere meine letzten Kräfte und öffne mich der Energie, die einfach aus mir herausströmt. Erneut erschüttert ein Beben den Raum und im Gesicht der Frau zeichnet sich Panik ab. Sie starrt mich mit einem ungläubigen Ausdruck an, dass jemandem wie mir, einer Abscheulichkeit, eine solche Macht innewohnen kann.

An den Wänden bilden sich noch weitere Risse. Der Wind pustet durch die zerbrochenen Fenster hinein, pfeift und reißt an meiner Kleidung. Energie schwebt um mich herum und die Haare an meinem Nacken stellen sich auf. Dies ist keine Schlacht der Muskelkraft, nicht für uns, sondern eine der Fähigkeiten. Ich kann nicht aufhören, forschend durch die Masse der Leute zu blicken, in Sorge, dass jeden Moment die Magier auftauchen, um mich zu über-wältigen.

In mir brennt eine Dringlichkeit und ich rufe das Portal, indem ich an das Schloss am Schattenhof denke. An Deimos. Ans Überleben. An meine Macht.

Ein Sturm aus Wind und Erschütterungen durch-strömt den Raum und zerlegt ihn in seine Einzelteile. Es wird schlimmer, je intensiver ich versuche, meine Kräfte anzuzapfen. Teile der Wand stürzen ein und Wachmänner springen in alle Richtungen, um dem Tod zu entkommen. Vor mir steigen Schatten und Nebel auf, bevor sie sich ausdehnen, um über mir zu schweben. Der Mittelpunkt öffnet sich mit totaler Dunkelheit.

Ich wende mich Ahren und Luther zu, die mit

voller Geschwindigkeit und Wachmännern an ihren Fersen auf mich zu rennen.

„Geh hindurch!", schreit Ahren.

Ein rascher Blick hinter mich und ich erkenne den erschrockenen Blick der Frau. Sie hatte keine Ahnung von meiner Fähigkeit... bis jetzt. Das ist meine Kraft, die ich beherrschen muss, und ich werde einen Weg finden, um sie zu stärken. Jetzt gibt es kein Verstecken mehr; ich weiß, dass sie es dem König und der Königin erzählen wird, und sie auf mich Jagd machen werden. Mit allem, was vor sich geht, sitzt mir die Angst vor dem, was noch kommen wird, schwer auf der Brust.

Luther erreicht mich zuerst und schubst mich, damit ich losgehe.

Ich wirbele herum und stürze mich in die Schwärze des Portals.

Eine Leere umgibt mich... Dann bin ich fort.

Ich stolpere aus dem stockfinsteren Portal heraus. Helles Licht blendet mich direkt, als ich versuche, mich zu orientieren. Kalte Schneeflocken landen auf meinem Gesicht und bedecken die Wälder um mich herum, aber ich erkenne diesen Ort nicht wieder.

Ahren springt als nächstes aus dem Portal. Er blinzelt wegen der Helligkeit und stolpert, um Schritt zu fassen. „Wo sind wir?"

Luther kommt genauso schnell herausgeschossen, umklammert sein Schwert und blickt sich um. „Wohin hast du uns gebracht?"

„Ich weiß nicht. Aber bitte sagt mir, dass ihr das Heilmittel für Deimos habt."

„Wir haben es", antwortet Luther.

Unbehagen klammert sich an meine Rippen, als ich keine Spur des Schlosses in der Nähe erkennen kann. Wo genau sind wir?

Als eine weitere Gestalt aus dem Portal auftaucht,

schubst Luther mich fort und zieht sein Schwert. Er und Ahren stehen mit erhobenen Waffen zu meiner Rechten und Linken.

„Du solltest dieses Portal besser ganz schnell wieder schließen." Ahren brummt, als ein Unseelie Wachmann herausstolpert. Der Prinz packt ihn am Hals und rammt ihm das Schwert in die Brust. Ohne Anzeichen von Zögern und Reue. Es geht hier um Leben oder Tod und die Prinzen wurden darauf getrimmt, bis zum bitteren Ende zu kämpfen.

Ich hebe meine Hand, so wie ich es auch im Thronsaal getan habe, und stelle mir vor, wie der Durchgang sich schließt.

Drei weitere Wachleute drängen sich hindurch und brüllen mit gezückten Schwertern ihre Kriegsschreie heraus.

Ich strecke meine Hand aus und puste einen langen Atemzug heraus. Die Haare an meinem Nacken stellen sich auf und ich spüre, wie die Magie im Wind getragen wird. Blaue Energie schimmert am Rand des Portals, aber es verschwindet nicht. Es steht einfach dort in der Luft und zuckt.

„Guendolyn!", brüllt Ahren.

„Ich schaffe es nicht, es zu schließen. Ich weiß nicht, was ich tun soll."

Ein Wachmann nach dem anderen strömt heraus und die Panik ergreift Besitz von mir. Wie soll ich helfen, wenn ich nicht mal meine Kräfte unter Kontrolle bekomme? Ich stöhne, balle meine Hände zu Fäusten und möchte am liebsten meine Wut herausschreien. Der Schneefall hat zugenommen und fühlt sich eisig auf meiner Haut an.

Ich wirbele auf der Stelle herum und mein Kopf dreht sich beim Versuch, herauszufinden, wie ich das wieder richten kann. Weglaufen ist keine Option und wie lange wird es dauern, bis ein Magier hindurchkommt und uns auslöscht? Wenn Deimos hier wäre, könnte er dem Wald befehlen, den Feind anzugreifen. Ich fühle mich so verdammt nutzlos.

Wieder dem Portal zugewandt sehe ich, wie die Prinzen gegen die Wachmänner kämpfen und sie abschlachten. Luther blutet an der Wange und eine weitere große Wunde klafft blutüberströmt an seinem Arm.

Mein Herz rast, als ich meine Hand hebe, um es ein weiteres Mal zu probieren. Schatten erheben sich mit rasenden Bewegungen rechts und links von mir und ich wirbele herum, als ich das Flattern von Flügeln vernehme.

Kleine Feen. Es sind die kleinen Feen und mein Herz pocht voller Adrenalin in der Hoffnung, dass sie auf unserer Seite sind.

Ein Farbenregenbogen umgibt uns und es sind so viele kleine Feen. So viele, dass ich eingeschüchtert bin. Was, wenn sie zu einem anderen Clan gehören und nichts mit Fauchi zu tun haben? Ich weiß nicht mal, wohin ich uns teleportiert habe, und die Angst kriecht mir jetzt in die Brust, dass wir in einem größeren Schlamassel stecken, als ich angenommen habe. Diese kleinen Feen könnten unser Feind sein.

Der Schwarm steigt weiter nach oben und hängt

wie ein Schatten über uns, der seine scharfen Reißzähne zur Schau stellt. Sie fauchen und schießen auf uns zu, drehen aber in letzter Sekunde ab.

Ich ducke mich vor einer weg und die Furcht liegt mir schwer auf der Brust.

„Was zur Hölle geht hier vor sich?", zischt Luther, während er seine Klinge einem Wachmann in den Hals rammt, um ihn dann zur Seite wegzutreten.

Die einzige Möglichkeit, die mir bekannt ist, um diese kleinen Feen auf unsere Seite zu ziehen, ist, sie zu füttern. Es schien mit den anderen am Schattenhof auch funktioniert zu haben.

Ich eile hinüber zu einer toten Wache und schnappe mir panisch ein Messer. Ohne nachzudenken ziehe ich das scharfe Ende über meine Handfläche, welches sich tief in mein Fleisch bohrt. Der Schmerz sticht höllisch, aber ich beiße die Zähne zusammen und stolpere auf die Füße, während ich meine verletzte Hand in Richtung der kleinen Feen ausstrecke.

„Probiert!" Ich biete ihnen mein Blut an und hoffe, dass sie es verstehen und uns helfen werden.

Aber keine von ihnen fliegt auf mich zu. Sie flattern umher und starren auf die toten Körper, sowie die kämpfenden Prinzen.

Eilig renne ich auf sie zu. „Nimmt es, bitte. Helft uns einfach." Sie teilen sich, als ich auf sie zukomme und in diesem Moment erkenne ich, dass hinter ihnen bienenstockartige Zufluchten von den Bäumen in der Nähe hängen und die kleinen Feen aus ihnen heraus und zurück hineinfliegen. Dann blicke ich mich um und sehe mir den Wald genauer an.

Dutzende dieser Herbergen hängen von den Ästen der Bäume.

Wir befinden uns in der Mitte eines Dorfs oder Nests der kleinen Feen. Kein Wunder, dass sie verärgert zu sein scheinen. Wir haben gerade eine Bruchlandung in ihrem Zuhause gehabt.

Für einen Augenblick weiß ich nicht, was ich tun soll, oder wie wir dieses Problem lösen.

Deshalb wende ich mich dem Portal zu und versuche es noch einmal. Ich hebe meine Hand, Blut tropft auf die Erde und ich presse die Energie, die in mir heraufsprudelt, nach außen.

Schließ dich. Verflucht nochmal, schließ dich.

Etwas Kleines fällt mir aus der Luft in die Hand und rutscht in die kleine Blutpfütze meines Schnitts.

Zuerst zucke ich zusammen, sehe es mir dann aber genauer an.

Es befindet sich dort ein roter Kristall... Ein Rubin, genau wie der, den Fauchi gestohlen hat.

Ich reiße den Kopf in die Höhe und über mir schlagen hektisch diese wunderschönen blauen Flügel.

„Fauchi!"

Sie blickt mich an und deutet auf das Portal. Richtig!

Ich schließe meine Hand um den Stein und ein scharfes Stechen bohrt sich in meine Handfläche. Es schießt an meinem Arm herauf und durch meinen Körper hindurch, als hätte ich in eine Steckdose gefasst.

Die Hand führe ich zu meinem Mund, öffnet die Finger und puste über den Stein.

Wie aus dem Nichts kommt eine gewaltige Windböe auf und schlägt mir entgegen. Sie zieht an mir vorbei, prescht gegen die Wachmänner und die Prinzen, was sie ins Wanken bringt, und die kleinen Feen flattern wie verrückt geworden um uns herum.

Meine Augen aber sind nur auf das Portal gerichtet. Es beginnt sich aufzulösen, genau in dem Moment, als eine weitere Wache hinaustreten möchte. Jedoch ist er zu langsam... Der Mund des Portals verschwindet mit ihm, gerade als er sich mitten im Durchgang befindet, und alles, was von ihm zurückbleibt, ist ein abgeschnittenes Bein. Es fällt zu Boden und das herausquellende Blut versickert in der Erde.

Meine Haare schlagen mir ins Gesicht, das Pfeifen des Winds ist ohrenbetäubend und ich kauere mich zusammen.

In mir aber fühlt sich etwas anders an. Ein Brennen bricht in meiner Brust aus und schmerzt so sehr, dass ich nicht länger stillhalten kann. Die Energie durchfährt mich und der Himmel über mir vibriert.

Etwas kriecht mir über die Haut und ich kratze meinen Arm, kann aber nichts erkennen. Alles in mir verkrampft sich und es fällt mir schwer, etwas anderes als das Chaos sich biegender Bäume und raschelnden Laubs zu erkennen. Die kleinen Feen werden in alle Richtungen geschleudert und ich kann die Prinzen nicht mehr sehen.

Das Wetter spielt verrückt und ich lecke mir über meine trockenen Lippen. „Luther, Ahren, wo seid ihr?", rufe ich.

In Sekundenschnelle verstummt alles. Das Portal

ist verschwunden, der Wind nimmt ab und die kleinen Feen fliegen so weit wie möglich von mir weg.

Und meine Prinzen liegen zwischen den toten Wachleuten am Boden.

Mir schlägt das Herz bis zum Hals, als ich mit Tränen in den Augen in ihre Richtung stürze.

„Ahren", heule ich, während ich ihn hinten an seinem Mantel packe, um ihn auf den Rücken zu drehen und die Kälte mir direkt durchs Herz schneidet.

Das darf nicht geschehen. Sie dürfen nicht verletzt sein. Sie und Deimos sind die einzigen, die mir das Gefühl gegeben haben, hier her zu gehören, und die mein Herz erobert haben.

Das ist alles meine Schuld. Wenn ich doch nur gewusst hätte, wie ich meine Kräfte richtig einsetze. Zwischen den Prinzen sinke ich auf die Knie. Mit zitternden Fingern suche ich bei Luther nach einem Pulsschlag, aber seine Haut ist kalt und ich unter-drücke ein Schluchzen. Nein, nein—das ist jetzt nicht wahr. Ich kann sie nicht verlieren. Nicht jetzt, nicht nach allem, was passiert ist.

Ich klammere mich an Ahrens Hemd, kralle mich daran fest und will ihn und Luther zurückhaben, ganz gleich, was es kosten mag. Die Tränen rollen schnell und gewaltsam an meinen Wangen herunter.

Luther entweicht ein Stöhnen und ich wirbele herum, um ihn anzusehen.

Er drückt sich vom Boden hoch, ächzend, und sein Haar steht ihm mit einigen darin verfangenen Blättern zu Berge.

Ich werfe mich Luther in die Arme, was dazu führt,

dass er wieder mit mir auf ihm zu Boden geht. Ich kann nicht aufhören zu lachen und ihn zu küssen. Er legt seine Hände um mein Gesicht und die Art, wie er meinen Kuss erwidert, zeugt von jemandem, der an der Schwelle zum Tod gestanden hat und zurückgekehrt ist.

„Wehe, wenn du es jemals wagst, zu sterben", hauche ich ihm in den Mund.

„Ich plane nicht, irgendwo hinzugehen, kleiner Wolf."

Ich löse mich von ihm und wende mich Ahren zu, der neben mir kniet. Hastig schlinge ich ihm meine Arme um den Nacken, lege mein Gesicht in die Beuge an seinem Hals und umarme ihn fest. „Für einen Augenblick habe ich gedacht, ich hätte euch verloren. Jagt mir nie wieder so einen Schrecken ein, verstanden?"

Als ich mich zurücklehnen möchte, küsst er mich und seine Berührung lässt mich alles vergessen. Es erstaunt mich, wie sehr ihr beinaher Verlust das, was mein Herz will, verstärkt hat.

Ein Blick um mich herum verrät mir, dass sich die kleinen Feen größtenteils nicht zurückgezogen haben. Es ist Fauchi, die in unserer Nähe in der Luft steht und mich mit einem seltsamen Gesichtsausdruck anblickt.

Eirian. Ich kann ihre Stimme in meinen Gedanken hören. Es fällt mir genauso leicht, als wenn Luther in meinem Kopf zu mir spricht.

Fauchi deutet auf meine Hand und ich öffne die Faust, in der ich noch immer den Edelstein halte.

Ahren ringt um Luft, als sein Blick auf den Rubin fällt.

„Bitte sag mir, dass dies nicht der fehlende Stein aus dem Thron unseres Stiefvaters ist?"

„Er gehört ihm nicht", erkläre ich. „Er ist ein Fragment aus der Krone der Königin der kleinen Feen und er sollte bei den kleinen Feen sein, anstatt als Blickfang in einem Stuhl von irgendjemandem herzuhalten."

Ich richte mich auf und laufe auf Fauchi zu. Mit ausgestreckter Hand biete ich ihr den Rubin an. „Das gehört euch", sage ich zu ihr.

Sie schüttelt den Kopf. *Eirian*, sagt sie erneut.

Die kleinen Feen flattern plötzlich näher auf mich zu und landen auf dem mit Schnee bedeckten Boden, um mit gesenkten Häuptern vor mir niederzuknien. Ihre Flügel haben sie um sich herum angelegt.

Hunderte kleiner Feen füllen das Land.

„Was hast du getan?", fragt Luther.

„Sie wollen ihren Feenstein nicht zurücknehmen. Ich verstehe das nicht. Aber Fauchi wiederholt immer wieder das Wort *Eirian* in meinen Gedanken."

„Du kannst hören, wie es mit dir spricht?", fragt Ahren ungläubig.

Ich blicke ihn über meine Schulter an. „Nun, ich bin mir nicht sicher, ob ich ein einzelnes Wort als sprechen bezeichnen würde." Mit schiefem Lächeln sehe ich ihn hilfesuchend an.

„Hm, kleiner Wolf. Weißt du, was ‚*Eirian*' bedeutet? ", fügt Luther hinzu.

„Selbstverständlich nicht."

„Es ist ein altertümliches Wort für die Königin der kleinen Feen.“

Bei seiner Andeutung muss ich in Gelächter ausbrechen. Als wären die Dinge nicht schon verrückt genug.

„Das ist nicht lustig“, ermahnt er mich. „Es gibt Legenden, die berichten, dass der Geist der Königin der kleinen Feen in wenigen Auserwählten weiterlebt. Was, wenn—?"

„Sprich es nicht aus. Ich vertrage keine Überraschungen mehr.“ Zu wissen, dass mein leiblicher Vater der König des Schattenhofs ist, ist schon genug, und irgendwie muss ich diese Neuigkeiten auch noch den Prinzen beibringen.

„Wir müssen nach Hause gehen“, unterbricht uns Ahren. „Deimos bleibt nicht viel Zeit.“ Ich wende mich dem Ozean aus niederknienden kleinen Feen vor mir zu und fühle mich alles andere als vorbereitet oder würdig.

„Fauchi“, murmele ich. „Wir müssen zurück ins Königreich.“ Ich bin mir nicht sicher, ob sie mich versteht, denn sie blickt mich verwirrt an.

Ich zeige mit dem Finger auf mich und die Prinzen, und dann in die Ferne.

Sie nickt und kommt zu mir geflogen. Ihre großen, dunklen Augen studieren mich, bevor sie beginnt, in Gedanken zu mir zu sprechen... jedoch ergeben die Worte für mich absolut keinen Sinn. Dann zeigt sie auf den Stein und nickt.

Ich vermute, dass sie mir zu sagen versucht, dass ich den Stein nutzen kann, um mit ihr in Kontakt zu treten? Ehrlich, ich habe keine Ahnung, lächle aber trotzdem. „Danke dir."

Ein weiteres Mal betrachtet sie den Rubin, bevor sie mit der Hand in die Richtung schweift, in die auch ich zuvor gezeigt habe und in die wir gehen müssen. Das verstehe ich—nutze den Rubin, um nach Hause zu kommen. Sie beugt sich nach vorne, neigt ihren Kopf zum Schnitt auf meiner Handfläche und leckt am Blut. Ich warte, bis sie satt ist und sich zurückzieht.

Sie beginnt zu singen und ihre weiche Stimme klingt, als würde eine Jungfrau ihren Verlust beklagen. Die anderen kleinen Feen heben ihre Köpfe, spreizen die Flügel und stimmen mit ein. Der Klang wird lauter, hypnotisch und wunderschön. Als sie alle zurück in ihre Unterkünfte fliegen, erstrahlt die Gegend überall magisch in atemberaubenden Farben.

Ich wende mich den Prinzen zu, während mich beide ungläubig anstarren.

„Was?", frage ich.

„Ich denke, du bist so viel mehr, als dir bewusst ist", gibt Ahren zu.

Achselzuckend schlendere ich auf sie zu. „Ihr habt ja keine Ahnung, wie Recht ihr damit habt. Ich muss euch beiden viel erzählen, aber lasst uns zuerst zu Deimos gehen."

Ich erhebe die Hand mit dem Rubin und puste dann einen Atemzug über den Kristall, während ich mir Deimos im Bett liegend vorstelle.

Vor unseren Augen erheben sich die Schatten und formen sich rasch zu einem Portal. „Seid ihr bereit, nach Hause zu gehen?", frage ich und fühle mich dabei selbstsicherer als seit langer Zeit.

„Scheiße, ja." Luther nimmt mich an der Hand und führt mich zum Portal.

Ich mache einen Schritt voran und in diesem Augenblick wird mir klar, warum sich das Portal im Thronsaal geöffnet hat, gegenüber der Stelle, an der ich an meinem ersten Tag im Schloss des Schattenhofs stand. Es war wegen diesem Rubin. Er hat meine Kraft gerufen...

24

In einem Augenblick befinden wir uns in einem schneebedeckten Wald, umgeben von den kleinen Feen, und im nächsten finden wir uns in Deimos Schlafzimmer wieder, zuhause im Herrenhaus. Er befindet sich zwar im Palast, aber wen zur Hölle interessiert es, ob wir im richtigen Zimmer sind? Wir sind am Schattenhof. Das Portal hat uns hier her gebracht und nicht irgendwo anders hin, auf der anderen Seite des Königreichs der Irrfahrten.

Ich wende mich wieder dem Portal zu und schließe es mit einer gewissen Einfachheit, indem ich meinen Atem über den Edelstein in meiner Handfläche ziehen lasse.

„Dankt den Sieben Höllen, dass wir zurück sind", murmelt Luther.

Meine Gefühle sind vollkommen durcheinander, so verworren und chaotisch, dass ich mir nicht sicher bin, was ich empfinden soll. Angst, wegen allem, was wir durchgemacht haben, Freude, dass ich es zum ersten

Mal geschafft habe, das Portal zu beherrschen, und eine unruhige Woge der Angst, meinen Vater wiederzutreffen. Wie wird er reagieren?

Ahren tritt neben mich und seine Hand legt sich um meine. „Geht es dir gut?"

Ich nicke, innerlich aber bin ich aufgewühlt. „Wir müssen jetzt zu Deimos gehen."

„Einverstanden." Luther öffnet die Tür und wir eilen in den Flur. Es ist still, keine Seele ist in Sicht. Alles, woran ich jetzt denken kann, ist Deimos. Daran, ihn wieder lächeln zu sehen.

Bitte lasst das Heilmittel wirken.

Als wir die Brücke überqueren, greift uns ein Schneesturm an und der Tag wird von dicken Wolken verdunkelt. Ich kämpfe mich voran, einen Fuß vor den anderen. Es dauert nicht lange, bis wir den Palast betreten und den Korridor entlang rennen, während Luther die Führung übernimmt.

Irgendetwas stimmt aber nicht. Ganz und gar nicht.

Warum stehen nirgendwo Wachmänner? Wo sind sie alle?

Luther führt uns zu einer gewaltigen Treppe aus Marmor, die sich bogenförmig nach oben zieht.

Als Luther die Tür zu seiner Rechten öffnet, huschen wir hinter ihm hindurch. Meine Atemzüge sind abgehackt und meine Lungen schmerzen, da wir so schnell gerannt sind.

Auf der anderen Seite des Raums befindet sich ein sorgfältig aus schwarzem Holz angefertigtes Himmelbett. Deimos ist von Magie umgeben, genau wie damals, als ich ihn zum letzten Mal gesehen habe. Ich gehe eifrig voran und muss schlucken, als ich erkenne, wie weit fortgeschritten sein Verfall ist. Er ist so jetzt so viel blasser... nahezu farblos im Gesicht.

„Geht es ihm gut?", quietsche ich, bevor ich den Kloß in meinem Hals herunterschlucken kann.

„Er hat schneller abgebaut, als gehofft. Er hat vielleicht noch einen Tag, aber..." Ahrens Sorgen bleiben unausgesprochen, aber wir denken alle dasselbe. Deimos Zeit ist abgelaufen. Wir müssen jetzt handeln, oder wir verlieren ihn.

Unsichtbare Krallen haben sich beim Gedanken daran, ihn zu verlieren, in mein Herz gebohrt. Damit könnte ich nicht leben. Damit werde ich nicht leben.

Luther greift in seine Tasche und zieht eine kleine goldene Schatulle hervor, deren Deckel er öffnet. Er starrt auf den Inhalt herab und seine Stirn legt sich besorgt in Falten.

„Was ist los?", fragt Ahren und wirft auch einen Blick in das Kästchen.

„Ist dies das Heilmittel?", frage ich.

Luther leckt sich über die Lippen und sieht uns an. „Es ist ein Puder. Wie sollen wir ihm das verabreichen? Ich weiß nicht, wie diese Magie funktioniert. Scheiße." Er knallt die Schachtel zu und beginnt umherzulaufen. „Ich hätte den Magier auch nach dem Zauberspruch fragen sollen. Ich weiß es doch besser. Magie braucht immer Worte", brüllt er und seine Stimme hallt im Zimmer wider.

„Luther." Ich gehe auf ihn zu und nehme seine Hand in meine. „Es gibt immer einen Weg."

„Jasion", sagt Ahren. „Er wird es wissen!"

Als ich seinen Namen höre, sackt mir der Magen in die Kniekehlen und ich erinnere mich daran, wie die Unseelie Königsmutter über ihn gesprochen hat.

„Ahren, nein." Ich wende mich ihm zu, aber er ist bereits durch die Tür gestürmt und hat uns alleine gelassen. „Scheiße." Ich blicke zu Luther hoch. „Wir können Jasion nicht vertrauen."

Er scheint mich nicht zu hören, da er nur Augen für seinen Bruder hat. Blut tropft von den Wunden an Luthers Arm und seiner Wange, aber er reagiert nicht, als könne er diesen Schmerz nicht wahrnehmen. Ich lasse ihn mit seinen Gedanken alleine und gehe auf das Fenster zu, um hinauszublicken. Die Aussicht ist die auf die königliche Stadt und die darin umherwandernden Leute, die die Ställe dichtmachen.

Mir ist nicht bewusst, wie viel Zeit vergangen ist, aber Ahren ist noch immer nicht zurück. Schlussendlich drehe ich mich um und sehe, dass Luther seinem Bruder nicht von der Seite gewichen ist.

„Vielleicht kann ich versuchen Deimos zu heilen?", biete ich an.

Ich öffne meine Hand, in der ich noch immer den Rubin halte. Blut ist auf meiner Handfläche und dem Stein angetrocknet.

Luther schüttelt den Kopf.

„Hör mir zu. Was, wenn meine Fähigkeit von den kleinen Feen stammt? Du hast gesehen, was im Wald passiert ist. Was also, wenn ich den Edelstein verwenden kann, um Deimos zu heilen?"

Er blickt zu mir herüber, seine Augen sehen direkt durch mich hindurch und ich bin mir nicht mal sicher, ob er nur ein Wort, von dem was ich gesagt habe, aufgenommen hat.

Die Tür öffnet sich ächzend und als ich mich umdrehe, sehe ich, wie Ahren herein marschiert. Seine Wangen sind vom Rennen gerötet und seine Stirn ist noch vom Blut der Schlacht verschmiert.

„Ich kann weder Jasion noch einen anderen Magier finden." Seine Worte klingen verängstigt und aggressiv.

„Guendolyn wird es tun." Endlich sagt Luther etwas. „Wir haben keine andere Möglichkeit. Die Sonne geht unter und unserem Bruder läuft die Zeit davon."

Beide Prinzen blicken mich an und ich umklammere den Rubin in meiner Hand fest, da plötzlich Selbstzweifel in mir aufsteigen.

„Ich kann er versuchen."

Luther tritt nach vorne und öffnet die goldene Schmuckschatulle. Ich werfe einen Blick hinein und sehe eine kleine Menge Puder, die nach getrockneten Kräutern und etwas Säuerlichem, das in meiner Nase brennt, riecht.

„Irgendwelche Empfehlungen, wie ich das am besten anstellen soll?", frage ich die Prinzen.

„Wenn ich Jasion bei der Arbeit beobachtet habe, hat er das Puder über die Person gestreut, die er verzaubert, während er Worte über das spricht, was er versucht wahrzumachen."

„Und der Rubin?", frage ich, während ich ihre Gesichter nach einem Anzeichen, ob dies funktioniert, absuche. In ihnen steht aber nichts außer Sorge.

Ich kann mich nicht zurücklehnen und nichts tun.

„Ich werde es versuchen. Wir haben genug Puder für zwei Versuche, denke ich."

„Ich denke nicht, dass wir den Zauber aufteilen sollten", sagt Luther. „Die Hälfte des Puders könnte zu schwach sein."

Mein Gesicht verziehend nage ich auf der Innenseite meiner Wange.

„Wir haben einen Versuch." Ahren atmet die Worte aus, als könne er sich nicht dazu bewegen, sie auszusprechen. Er starrt auf die Tür, bevor er seinen Blick in meine Richtung lenkt. „Ich bin sofort zurück. Ich versuche noch einmal Jasion zu finden."

„Ahren, nein", brüllt Luther. „Was, wenn Guendolyn Recht hat und Jasion Deimos nicht helfen kann? Was, wenn es nicht in seinem Sinne ist, Deimos zu heilen?"

Ahrens Augenbrauen zucken. „Fang nicht wieder damit an. Ich weiß, dass du ihn bereits von Anfang an gehasst hast, aber—"

„Die Unseelie Königsmutter hat mir Fragen über Jasion gestellt", mische ich mich ein. „Warum würde sie ihn beim Namen nennen, wenn es keinen Zusammenhang gäbe?"

Beide Prinzen blicken mich mit angsterfüllten Augen an und mir ist bewusst, dass das, was ich ausgesprochen habe, ihnen schwer im Magen liegt. Er vertraut Jasion schon sein ganzes Leben lang, ich aber nicht.

„Bist du bereit?", fragt Luther.

„Ja." Nun, nicht wirklich, aber ich verberge die

Angst und zeige Mut. Jetzt ist nicht die Zeit, um der Verzweiflung Raum in meinen Gedanken zu geben.

Wir treten näher an Deimos Bett heran und ich nehme neben ihm Platz. Ich habe keine Ahnung, was der richtige Weg ist, dies hier durchzuführen, daher folge ich meinem Instinkt. Ich halte Luther meine freie Hand hin und er leert den Inhalt aus dem goldenen Kästchen auf meine Handfläche.

Wenn in mir ein Funken Feenmagie innewohnt, dann könnte dies der Ursprung meiner Heilkraft sein. Vielleicht verstärkt der Rubin der Königin der kleinen Feen meine Heilmagie genau wie die Magie des Portals. Das würde es mir möglich machen, Deimos Wunden zu heilen, sobald das Puder dem Fluch entgegenwirkt. Theoretisch sollte das funktionieren.

Ich lasse eine Hand durch die magische Blase gleiten, die Deimos umgibt, und halte den Rubin über die Bisswunde an seiner Schulter. Der Edelstein ruht zwischen ihm und mir. Bevor ich ein Wort sagen kann, breitet sich feurige Hitze über meine Handfläche aus, unerträglich heiß. Aber ich bewege mich nicht von der Stelle. Das wage ich nicht. In meinen Gedanken heile ich ihn. Das ist alles, was ich mir vorstellen kann—das Gift, das seinen Körper verlässt.

Die andere Hand mit dem Puder führe ich über sein Gesicht.

Bitte, das muss funktionieren. Bitte.

Ich drehe meine Hand um und die Kräuter rieseln auf ihn herab. „Tilgt das Gift in seinem Körper."

Stille senkt sich über uns und nur mein Herzschlag summt in meinen Ohren.

Hitze umgibt mich wie Flammen, die an meinem Fleisch züngeln. Ich versuche eine Erinnerung hervorzurufen, in der Deimos gesund und unverletzt ist. Das stelle ich mir vor meinem inneren Auge vor, zusammen mit meinen stärker werdenden Gefühlen für ihn, und ich widme ihm all diese Emotionen.

Heile.

Sengende Hitze umgibt meine Hand und arbeitet sich an meinem Arm herauf. Ich weiß, dass dies das Gift aus seinem Körper ist. Ich kann den Schmerz spüren, wie er wie Klingen in mich schneidet. Der Giftstoff erfüllt und verschlingt mich. Und doch halte ich mich aufrecht und weiche nicht zurück.

Energie bricht über mich herein und ich beiße die Zähne zusammen, während ich das Gift mit Gedankenkraft und starkem Willen aus mir verbanne. Ich begrüße jede Unze meiner Stärke und kämpfe mit ganzer Kraft gegen die Infektion an.

Blaue Lichtfäden wickeln sich um meinen Arm und über Deimos, verbinden uns und führen ihm die Heilkraft zu. Ich kann den Energiefluss auf meiner Haut spüren und der Edelstein unter meiner Handfläche pocht immer schneller.

Mein Atem wird schneller und der Schmerz, der sich in mir ansammelt, überwältigt mich. Er ist ein Feuer, das mich von innen nach außen verschlingt, sodass ich mich kaum auf den Beinen halten kann, während mein ganzer Körper zittert.

Deimos atmet laut aus und sein Körper wölbt sich nach oben. Seine Brüder sind an seiner Seite und ich halte mich mit aller Kraft fest, während die uns verbindenden Fäden pulsieren und mit jeder Sekunde, in der sie das Gift eliminieren, dünner werden.

Meine Beine zucken und mein ganzer Körper wird schwach. Als die letzten Fäden verschwunden sind, lasse ich los, denn ich bin nicht in der Lage, dies eine Sekunde länger aufrecht zu erhalten.

Mir kommt ein Schrei über die Lippen und ich gebe ein herzzerreißendes Geräusch von mir. Schwarze Rauchschwaden steigen aus meinem Mund auf, bündeln sich und verschwinden. Mein Magen dreht sich und ist in voller Aufruhr, während meine Knie unter mir nachgeben.

Ich falle zu Boden, ringe um Luft und jede Faser in mir zuckt vor Erschöpfung. Der Rubin befindet sich noch immer in meiner Hand, ich umklammere ihn fest und weigere mich, ihn loszulassen. Alles, was ich mir vorstellen kann, ist Deimos Reaktion auf meinen Heilversuch, und ich bete, dass es ihm gut geht. Mein ganzer Körper vibriert und meine Rippen schmerzen bei jedem Atemzug, der meine Lippen verlässt.

„Guendolyn." Luther kniet neben mir nieder und seine Hand liegt auf meinem Arm. Seine Berührung fühlt sich wie ein Speer an, der mich aufspießt. Ich stoße seine Hand fort, aber es ist zu spät. Seine Berührung hat etwas in mir ausgelöst.

Erneut schreie ich schmerzerfüllt auf und die Dunkelheit verschlingt mich.

Bilder erscheinen wie Blitze in meinen Gedanken, leuchten auf und verschwinden. Sie zeigen mich in der Schule, wie Luther in Gedanken zu mir spricht, wie er mich ärgert und mit mir flirtet. Dann werde ich auf seinen Armen in eine dunkle Welt getragen... Das Königreich der Irrfahrten. Wir rennen, ständig sind wir auf der Flucht.

Diese Schnappschüsse erscheinen mir so schnell, dass alles was ich erwische, kurze Einblicke sind. Die Erinnerungen aber verteilen sich in meinen Gedanken wie ein Netz, das die Gedächtnislücken der vergangenen Jahre füllt.

Das Treffen auf die drei Prinzen. Wie Luther mich vor dem König im Herrenhaus versteckt hält.

Wie Luther mir das Riesenrad zeigt, das er für mich gebaut hat, und dann unser erster Kuss. Bei der Erinnerung daran schmelze ich dahin, bei der Intensität unserer ersten Verbindung.

Das Bild verschwindet und stattdessen erscheint eine blonde Unseelie Fee, die mich ausgetrickst hat, um den Schattenhof zu verlassen und mit ihr zum Aschehof zu gehen. Ich, wie ich ihr Königreich betrete und den Fluch freisetze.

Kummer zerreißt mich in Stücke. Die Gefühle für die Prinzen, zu denen mir die ganze Zeit der Zugang verwehrt war, da ich mich nicht an sie erinnert konnte, erwischen mich eiskalt. Sie erwischen mich, sie zerreißen mich, und nehmen mir alles, woran ich mich geklammert habe, bis nichts mehr davon übrig ist. Nichts außer mir, der Frau, die ihr Leben in dem Moment verloren hat, in dem sie geboren wurde. Die, die sich in einen Feenprinz verliebt hat, lange, bevor sie ihn zum ersten Mal getroffen hat. Die, die die Prinzen dann verloren hat... Jetzt gleichen diese Erinnerungen einer Klinge, die sich in mein Fleisch schneidet.

Ich weine, Kummer und Wut durchfluten mich bei dem Gedanken an das, was ich verloren habe. Ich weine wegen dem Verlangen in meinem Herzen, das mir bis jetzt verwehrt war. All diese Besuche beim Psychiater während der letzten zwei Jahre, wegen meiner verwirrenden Gefühle, nur damit mir eingeredet wurde, ich hätte Halluzinationen oder so etwas. Das erklärt, warum ich diese Anziehung ihm gegenüber verspüre, ich aber nicht wirklich wusste, warum... bis jetzt.

„Guendolyn", ruft Luther.

Meine Augen öffnen sich mit einem Schlag, aber sein Gesicht ist durch meine Tränen verschwommen. Ich kann nicht aufhören zu weinen und es fühlt sich an, als würde sich meine Brust wegen dem Schmerz, den ich Luther durch Deimos Biss bereitet habe, entzwei springen.

„Bist du verletzt?" Luther nimmt mich in seine Arme und ich kuschele mich gegen seine straffe Brust. Ich kralle mich an seinen Mantel und halte mich ganz stark an ihm fest.

„Es tut mir leid", murmele ich. „Für so lange Zeit konnte ich mich nicht an uns erinnern." Es ist unmöglich die Tränen aufzuhalten.

Er nimmt mein Gesicht in die Hände und blickt auf mich herab, während seine Daumen meine feuchten Wangen trocken streichen. „Was ist los? Warum entschuldigst du dich?"

„Ich erinnere mich an uns. Ich erinnere mich an unsere Vergangenheit, Luther. Alles. Wie du mich aus meinem Zuhause geholt hast, an unseren ersten Kuss und wie du mich vor den Blutverfluchten gerettet hast, bevor ich die Schwelle zum Aschehof überquert habe." Meine Stimme ist zittrig, da es nicht nur um den Verlust der Erinnerungen geht, sondern auch um die Gefühle, die sie mit sich bringen. Das ist es, was mir Kummer bereitet. Zwei Jahre lang hat Luther gelitten, während ich verschwunden war. Und als ich zurück-kam, konnte ich mich nicht an unsere Vergangenheit erinnern.

Ich atme scharf ein.

„Kleiner Wolf", sagt Luther mit einem Lächeln, während seine Augen funkeln.

Er hilft mir auf die Beine und Ahren ist auch an meiner Seite, um mir das Haar aus dem Gesicht zu stre-ichen. Er blickt mich an, als würde er in meinem Gesicht nach einer Art Antwort suchen. Die Wahrheit aber liegt im Rubin, der mir nach all dieser Zeit den Zugang zu meinen Erinnerungen ermöglicht hat.

„Warum zur Hölle fühlt es ich an, als hätte ich gerade eine Ratte gefressen?", ächzt Deimos.

Wir alle wenden uns ihm zu und ich ersticke fast an einem Lachen.

Deimos richtet sich im Bett auf, noch immer lauern Schatten unter seinen Augen, aber das Funkeln in ihnen ist zurückgekehrt.

Ein Schrei kommt mir über die Lippen als ich auf ihn zurenne, um ihm in die Arme zu fallen. „Du bist zurück." Ich halte ihn fest und habe nicht vor, ihn oder einen der anderen Prinzen je wieder von meiner Seite zu lassen. Ich bin es leid, dass der Tod an jeder Ecke dieses Königreichs lauert. Zur Abwechslung wünsche ich mir mal Ruhe und Frieden. Und ich werde mich an jede Sekunde, die ich davon bekommen kann, klammern und darum kämpfen.

„Wie fühlst du dich?", frage ich.

Ahren und Luther setzen sich aufs Bett neben ihren Bruder und in der Zwischenzeit räuspert Deimos sich, blickt uns verblüfft an und begutachtet unsere zerzausten und blutenden Erscheinungsbilder. Er hat keine Ahnung, was wir alles durchgemacht haben, aber ich würde es ohne zu zögern sofort wieder tun.

„Habe ich viel verpasst?", stammelt Deimos.

„Bruder, du hast keine Ahnung", sagt Luther. „Erhol dich und wir werden dir alles erzählen."

Das donnernde Geräusch einer sich öffnenden Tür lässt mich aus der Haut fahren.

Mael, Ahrens Ratgeber, stürmt in den Raum und sein Blick ist versteinert und wild. „Eure Hoheit", beginnt er mit zitternder Stimme.

„Was ist los?", fragt Ahren, während er vom Bett aufsteht.

Mein Herz löst dieses Gefühl aus, wenn es weiß, dass etwas Schlimmes passiert ist, und sich selbst bereithält, mir aus der Brust zu springen.

Maels Gesicht wird kreidebleich. „Der König des Schattenhofs ist tot! Er wurde ermordet!"

Mein Schnappen nach Luft durchdringt die Stille des Raums.

„Guendolyn, du bleibst bei Deimos", nuschelt Ahren mit rauer und barscher Stimme. „Luther, komm mit mir. Lass uns herausfinden, was hier vor sich geht."

DANKE, DASS DU 'WIE MAN EINE FEE ZÄHMT' GELESEN HAST.

Bist Du neugierig, mehr über Guendolyn und ihre drei Feenprinzen im Königreich der Irrfahrten zu lesen, wo die Gefahr bereits auf sie wartet?

Finde mehr darüber in Wie Man Eine Fee Behauptet.

Der König ist tot...
... und jetzt hängt meine Zukunft, sowie auch mein Herz, in der Schwebe.

Nun, da das Königreich im Chaos versinkt und meine Kräfte noch immer dagegen ankämpfen, sich meiner Kontrolle zu beugen, stelle ich mir die Frage, ob es überhaupt einen Platz für mich unter den Feen gibt. Oder unter den drei Männern, die mich seit dem Beginn dieser Reise begleiten. Denn sogar bei ihnen habe ich das Gefühl, dass sie mir langsam entgleiten... Insbesondere da der Hofmagier mich hasst und er bei jeder Gelegenheit, die sich ihm bietet, gegen mich intrigiert. Aber dies sind nicht meine einzigen Probleme.
Die Wahrheit darüber herauszufinden, wer ich bin und was mein Schicksal sein wird, beschäftigt mich und

droht alles, was ich habe und alle, die ich liebe, zu
zerstören.

Wenn ich keinen Weg finde, meine Feinde aufzuhalten,
sind wir alle dem Untergang geweiht und das
Feenkönigreich ist verloren. Das kann ich nicht
zulassen. Das werde ich nicht zulassen. Selbst wenn
das bedeutet, dass ich bis zum Tod kämpfen muss...

Fesselnde Fortsetzung der 'WINTERDORNEN' Saga.

ÜBER MILA YOUNG

Mila Young geht alles mit dem Eifer und der Tapferkeit ihrer Märchenhelden an, deren Geschichten sie beim Heranwachsen begleiten haben. Sie erlegt Monster, real und imaginär, als gäbe es kein Morgen. Tagsüber herrscht sie über eine Tastatur als Marketing Koryphäe. Nachts kämpft sie mit ihrem mächtigen Stift-Schwert, erschafft Märchen Neuerzählungen und sexy Geschichten mit einem Happy End. In ihrer Freizeit liebt sie es, eine mächtige Kriegerin vorzugeben, spaziert mit ihren Hunden am Strand, kuschelt mit ihren Katzen und verschlingt jedes Fantasymärchen, das sie in die Finger bekommen kann.

Für weitere Informationen...
milayoungauthor@gmail.com